Alexia Meyer-Kahlen

WILD SOUL

Wir sind eins

FSC
www.fsc.org
MIX
Papier aus verantwortungsvollen Quellen
FSC® C083411

5 4 3 2 1

ISBN: 978-3-649-63215-3

Text: Alexia Meyer-Kahlen
Vorwort: Tanja Riedinger
Umschlagfotos / Vor- und Nachsatz:
Alexandra Evang / www.alexandraevang.de
Weitere Fotos Innenteil: Tanja Riedinger
Lektorat: Sara Mehring
Satz: Helene Hillebrand
Printed in Germany

www.wildsoul-wirsindeins.alexia-meyer-kahlen.com

www.coppenrath.de

Das ebook erscheint unter der ISBN: 978-3-649-63373-0.

Alexia Meyer-Kahlen

Wild Soul

WIR SIND EINS

Inspiriert von Erlebnissen von Tanja Riedinger
mit ihrer Andalusierstute Estella und Mustang Feenja

COPPENRATH

„Wild hearts can't be tamed"

Estellas wilde Mähne flattert mir ins Gesicht, ich sitze auf ihrem blanken Rücken. Frei galoppiert sie durch das Wasser ans Land, ein leises Pfeifen und sie steht. Ich rutsche von ihrem Rücken und gehe in die Hocke, auch sie neigt den Kopf nach unten und legt sich in den warmen Sand.

Ich verspüre tiefe Dankbarkeit und ein starkes Gefühl der Freiheit und des Vertrauens.

Das war nicht immer so.

Als Estella vor zehn Jahren in mein Leben trat, hat sich alles verändert. Sie kam als schmächtiges, dreijähriges Pferdchen auf den Hof und lief dort als Schulpferd. Meine Mutter hat trotz ihres unscheinbaren Äußeren erkannt, was für ein großes Herz diese Andalusier-Stute hat, und sich für sie entschieden.

Von Anfang an hat mich Estellas Blick in den Bann gezogen und den starken Wunsch in mir geweckt, einmal vollkommen frei mit ihr zu sein, mit ihr zu spielen und mehr über die Kommunikation mit Pferden zu erfahren.

Wie das Leben so spielt, wurden uns immer wieder Stolpersteine in den Weg gelegt.

Lahmheiten, eine erschreckende Diagnose vom Tierarzt, welche sich später als Fehldiagnose herausstellte, Unfälle und falsches Training durch unser Unwissen.

Doch manchmal sind die dunkelsten Momente dafür da, zu hinterfragen und die Blickrichtung zu wechseln. Jedes Mal, wenn etwas nicht geklappt hat, hat mir Estella einen neuen Weg gezeigt und bestätigt: Aufgeben ist keine Option, wenn man einen Traum wirklich verfolgt.

Inzwischen ist viel passiert. Estella war schon an den verschiedensten Orten in Deutschland, bei größeren Shows und Events. Sie ist im Internet bekannt geworden, Texte und Bilder werden von Tausenden von Menschen gelesen und gelikt.

Wenn wir zusammen sind, macht es jedoch keinen Unterschied, was außen abläuft. Die Freuden in den kleinen Momenten sind von großer Bedeutung, die gemeinsamen Abenteuer so viel wert.

Da meine große Faszination schon immer bei den ursprünglichen und wilden Pferden lag, durfte ich mich zudem in Deutschland und in Amerika diesen Tieren annähern. Auch in diesem Buch führt die Reise zu den Wildpferden in die USA. Dort darf die Protagonistin Sam sich sogar in völliger Freiheit einer Wildpferdeherde anschließen und deren Vertrauen gewinnen.

Die Annäherung, wie sie in diesem Buch beschrieben ist, spricht bei mir selber einen großen Wunsch an, ist jedoch (noch) nicht wirklich passiert.

An dieser Stelle möchte ich anmerken, dass dieses Buch keine Biografie oder eine genaue Abbildung meiner Arbeit mit den Pferden darstellt. Es handelt sich um eine fiktive Geschichte, welche im Kopf der wunderbaren Autorin Alexia Meyer-Kahlen während unserer langen Gespräche entstanden ist.

Die Hauptcharaktere und einige Ereignisse im Buch sind inspiriert von meinen Erlebnissen zusammen mit meiner besten Freundin Bettina sowie mit Estella und mit der Mustang-Stute Feenja, die ich eine Zeit lang ausbilden durfte.

Ein Großteil der Geschichte, die genauen Dialoge und insbesondere die zweite Hälfte des Buches sind fiktiv. Die dort beschriebene Art der Pferdearbeit habe ich bis jetzt auch nur in ihren Ansätzen erfahren und es läuft im echten Leben doch häufig anders ab als in unserer idealisierten Vorstellung.

Ich denke, es ist sehr wichtig, sich selbst nicht unter Druck zu setzen aufgrund einer scheinbar perfekt dargestellten Beziehungen von anderen. Es gibt nie den einen, richtigen Weg, kein Wahr oder Falsch.

Pferde halten uns den Spiegel vor, sie bringen uns auf unseren eigenen und authentischen Weg, wenn wir lernen zuzuhören.

Ein lebenslanger und wunderschöner Prozess, in dem wir lernen dürfen, große Freude in den spontanen und unzähligen schönen Momenten zu finden.

Geschichten wie diese schaffen einen Raum für Träume und ein Gefühl für das Zusammensein mit den Pferden, welches uns alle inspirieren soll.

Lieber Leser, liebe Leserin, ich wünsche mir, dass du dich immer wieder an deine eigenen Träume erinnerst, während du dieses Buch in der Hand hältst.

Wenn du an sie glaubst und mit großer Freude daran arbeitest, können sie dich an die überraschendsten Orte bringen und Unmögliches möglich machen.

Du bist die Hauptperson in deiner Geschichte.

Alles Liebe,
Tanja

I. Alegría

Sam wachte auf und spürte ihr Herz, wie es völlig verrückt klopfte. Sie hatte wieder den Traum gehabt.

Ein breites, seichtes Flussbett am Grund eines Tales. Rechts und links des friedlich dahinplätschernden Wassers ragten bewaldete Hänge empor. Es war still. Plötzlich erschien ein großer schwarzgrauer Hengst, gefleckt wie ein Leopard und schlank wie ein englisches Vollblut, zwischen den Bäumen und blieb regungslos stehen. Aufmerksam schaute er sich um, sog die Luft ein, lauschte. Entweder bemerkte er Sam nicht oder sie schien ihn nicht zu stören.

Der Hengst trat ganz aus dem Wald hervor und näherte sich dem Flussufer. Noch einmal spitzte er die schlanken Ohren und überprüfte seine Umgebung auf mögliche Gefahren, bevor er seinen edlen Kopf senkte und ein paar Schlucke Wasser nahm. Dann wandte er sich um und zog sich etwas zurück.

Zuerst zögerlich, dann immer vertrauensvoller, traten nun mehrere Stuten aus dem Wald zum Wasser. Einige hatten Fohlen neben sich laufen, andere schienen noch trächtig. Auch ihre Farben waren außergewöhnlich: Die meisten waren Blau-, Braun- oder Rotschimmel, die an Rücken und Hüften dieselbe Tigerschecken-Zeichnung aufwiesen wie der Schwarzgraue.

Im Traum hielt Sam den Atem an, während sie auf einer flachen Sandbank am Flussufer kauerte. Die Pferde strahlten etwas überirdisch Schönes aus.

Die Stuten und Fohlen schienen sich an Sams Anwesenheit ebenfalls nicht zu stören. Ein Pferd nach dem anderen senkte seinen Kopf zum Fluss und begann zu trinken. Auch die etwas älteren Fohlen versuchten, mit ihrer Nase den Wasserspiegel zu erreichen, was ihnen aufgrund ihrer langen, staksigen Beine aber kaum gelang.

Während die Stuten ihren Durst löschten, blieb der grau gefleckte Hengst abseits stehen und nahm weiterhin aufmerksam seine Umgebung wahr. Sein Blick streifte unbewegt über Sam, als wäre sie einfach ein Teil der ihn umgebenden Natur.

Als die letzte Stute sich vom Wasser abgewandt hatte, trat der große Schwarzgraue noch mal selbst an den Fluss und trank sich in großen Zügen satt. Dann drehte er sich zum Waldrand und verschwand mit seiner Herde zwischen den Bäumen.

An dieser Stelle erwachte Sam normalerweise immer und spürte ihr klopfendes Herz.

Sie drehte sich auf den Rücken und blickte an die Decke ihres Zimmers. Warum nur rief der Traum in ihr jedes Mal so starke Gefühle hervor? Er kam seit drei Jahren in unregelmäßigen Abständen und spielte sich stets so oder so ähnlich ab. Doch jeder Version war gemein, dass die ungewöhnlichen Geschöpfe, die offenbar vollkommen frei in der atemberaubend schönen Natur des Traumes lebten, sich durch Sams Anwesenheit in keinster Weise aus der Ruhe bringen ließen.

Zum ersten Mal aufgetaucht war der Traum, kurz nachdem ihre Mutter Alegría gekauft hatte. An Sams zwölften Geburtstag.

Die knapp vierjährige Andalusierstute war damals im Schulbetrieb des Stalles mitgelaufen, in dem Sam und Kati Reitstunden nahmen. Halb, um sie aus ihrem Schulpferdedasein zu erlösen, und halb, weil ihre Mutter überzeugt war von Alegrías gutem Charakter, wurde die junge Stute Sams Pferd. In den letzten drei Jahren hatte sich Alli, wie Sam sie zärtlich nannte, zu einer selbstbewussten Spanierin entwickelt und war für jeden Spaß zu haben. Es störte sie ganz und gar nicht, wenn Sam mal wieder auf irgendwelche verrückten Ideen kam, wie falsch herum auf ihr zu reiten, im Galopp auf ihrem Rücken zu stehen oder auf dem am Boden liegenden Pferd einen Handstandüberschlag zu machen.

Sam griff nach ihrem Wecker. Halb zwei. Mist. Sie musste morgen fit sein. Alli und Sam hatten es ins Finale des *Cavallo*-Videowettbewerbs geschafft und morgen in aller Frühe ging es mit dem Hänger nach Schloss Wickrath. Dort würde die bekannte Pferdezeitschrift nach den Live-Darbietungen der fünf Finalisten das „beste Kumpel-Pferd Deutschlands" auswählen. Es war der Hammer, dass sie überhaupt unter die letzten fünf gewählt worden waren. Noch viel mehr bedeutete es Sam allerdings, dass es ihre erste Show vor einem großen Publikum sein würde und sie endlich auch mal live zeigen konnte, was sie und Alli in der Freiheitsdressur erreicht hatten.

Seit sie mit elf Jahren auf einer Galashow einen berühmten französischen Meister der Freiheitsdressur gesehen hatte, dem seine zehn Pferde allesamt mit viel Freude folgten, wusste sie: Genau da wollte sie eines Tages auch mal stehen. Ganz frei mit einem Pferd diese Art von Verbindung zu haben, egal ob da eine Umzäunung stand. Und diese Verbindung auch zu spüren, wenn sie auf dem Rücken des Pferdes ohne Zaum und Sattel galoppierte. Das Gefühl musste einfach unbeschreiblich sein.

Jetzt war sie fünfzehn und ihrem Herzenswunsch ein gutes Stück näher gekommen, auch wenn sie noch lange nicht da war, wo sie einmal sein wollte.

Ob sie Kati texten sollte, dass sie wieder den Traum gehabt hatte? Kati – allerbeste Freundin, Seelenvertraute und unverzichtbare Partnerin in der Arbeit mit Alli.

Es war zu einem guten Teil Katis unermüdlicher Unterstützung zu verdanken, dass Alli heute mit Sam durch dick und dünn ging und ihre echte Freundin und Lehrmeisterin geworden war.

„Bling." Genau in diesem Moment tauchte eine Nachricht auf Sams Display auf. „Kann nicht schlafen. Guck mal, was für ein cooles Zitat ich grade gelesen habe: *Ich bin das Land, meine Augen sind der Himmel, meine Glieder die Bäume, ich bin der Fels, die Wassertiefe. Ich bin nicht hier, um die Natur zu beherrschen oder sie auszubeuten. Ich bin selbst Natur.* Hoffentlich läuft morgen alles gut."

Sam musste lächeln. Typisch Kati. Seit sie sich zu Beginn der 5. Klasse begegnet waren – die eine im Pferdepulli, die andere mit Pferdemäppchen –, waren sie immer auf genau derselben Wellenlänge.

„Bin auch wach", textete Sam zurück. „Hatte wieder den Traum."

„Echt? Meinst du, es hat was mit morgen zu tun?"

„Weiß nicht. Vielleicht ist es ja ein gutes Zeichen."

„Wie findest du den Spruch?"

Sam las ihn noch mal: *Ich bin das Land, meine Augen sind der Himmel, meine Glieder die Bäume, ich bin der Fels, die Wassertiefe. Ich bin nicht hier, um die Natur zu beherrschen oder sie auszubeuten. Ich bin selbst Natur.*

„Irgendwie krass. Das beschreibt genau die Atmo in meinem Traum. Woher hast du den?"

„Im Internet gefunden", schrieb Kati zurück. „So ein Indianerspruch."

„Cool. Können wir ja auf unserem Kanal posten."

„Hab ich auch schon gedacht."

Als Sam mit Kati vor drei Jahren einen YouTube-Kanal gestartet und kleine Filmchen eingestellt hatte, wie sie mit Alli wild johlend durch die Obstplantagen galoppierten, hätte niemand gedacht, dass sie mal so weit kommen würden. Jetzt waren sie schon bei über 10 000 Followern.

„Hey. Meinst du, wir haben morgen eine Chance?"

Kaum hatte Sam die Worte eingetippt, ärgerte sie sich, dass sie sie geschrieben hatte. Darauf kam es doch gar nicht an. Wichtig war, dass Alli mit ihrer Aufmerksamkeit ganz bei ihr blieb, wenn sie zum ersten Mal in total fremder Umgebung und vor so vielen Leuten miteinander frei arbeiteten. Wenn sie zusätzlich noch unter die ersten drei kämen, konnte das der Anfang eines neuen Weges sein – mit Einladungen zu weiteren Shows oder der Möglichkeit für Sam, auch mit anderen Pferden frei zu arbeiten. Aber das war jetzt total zweitrangig.

Schon texte Kati zurück: „Wenn ihr es nicht verdient habt, auf dem Treppchen zu stehen, dann weiß ich nicht, wer."

„Du bist die Beste!"

„Du auch."

Sam wälzte sich im Bett hin und her. Sie wusste, dass sie versuchen sollte zu schlafen, doch ihre Gedanken kehrten immer wieder zum morgigen Tag zurück. Würde ihr Auftritt die Leichtigkeit und Harmonie ausstrahlen, die ihr in der Verbindung zu Alli so wichtig war? Das Bewerbungsvideo aus dem ganzen Material zusammenzuschneiden, das Kati in den letzten Monaten gefilmt hatte, war eine Sache gewesen. Klar hatten sie dort viele tolle Elemente aus ihrer Arbeit gezeigt: wie Alli Sam draußen in der Natur frei im Galopp über Hindernisse folgte, wie sie sich auf Sams Kommando auf die Hinterhand setzte oder stieg, wie sie zusammen Ball spielten oder die Stute ihr Küsschen gab. Und natürlich durfte Sams Spezialität im Video nicht fehlen: der Handstandüberschlag auf der liegenden Alegría.

All das war schön und eindrucksvoll und sicher auch der Grund dafür gewesen, dass sie es ins Finale des *Cavallo Cups* geschafft hatten. Doch in der Show morgen musste sie das toppen.

Keiner außer Kati und Sams Mutter Bea konnte nachvollziehen, was für ein langer und mühseliger Weg es gewesen war, aus dem abgestumpften Schulpferd, das sich in seinen jungen Jahren schon in sein Schicksal ergeben hatte und nichts mehr vom Leben erwartete, das Bündel an Lebendigkeit und Freude zu machen, das Alli heute war.

Jedenfalls meistens, denn einstudierte Dinge abzufragen war bei Alegría immer noch tagesformabhängig. Manchmal schaltete sie einfach ab, wie sie es damals als Schulpferd getan hatte, und verlor sich irgendwo in sich selbst. Aber das alles war in den vergangenen drei Jahren so viel besser geworden!

Jetzt musste sich zeigen, ob Alegría wirklich Gefallen daran fand, sich vor einem Publikum zu präsentieren.

Ein Grinsen schlich sich auf Sams Gesicht, als ihr Katis Kommentar dazu einfiel: „Alli ist genauso eine Rampensau wie du, darauf könnte ich wetten. Sie ist schließlich nicht ohne Grund *dein* Pferd."

Sam seufzte auf. Kati kannte sie und Alli besser als irgendjemand sonst auf der Welt. Hoffentlich hatte sie recht.

Plötzlich kamen ihr die Worte aus Katis Spruch wieder in den Sinn: *Ich bin nicht hier, um die Natur zu beherrschen oder sie auszubeuten. Ich bin selbst Natur.*

Und was, wenn es hieß: *Ich bin nicht hier, um das Pferd zu beherrschen oder es auszubeuten. Ich bin selbst Pferd?*

Konnte man wirklich dahin kommen, das zu spüren? Dass man im Fühlen, Denken und Handeln komplett eins war mit seinem Pferd?

Sams Herz begann, wild zu klopfen. *Ich bin selbst Pferd.* Ja, genau so musste es heißen, und irgendwann würde sie aller Welt zeigen, dass das möglich war.

Nach nicht einmal zwei Stunden Schlaf wachte Sam erneut auf. Draußen wurde es gerade hell. Der Wecker würde sowieso um Viertel nach fünf klingeln, da konnte sie auch jetzt schon zu Alli fahren.

Ihrer Mutter legte sie einen Zettel hin: „Hi Bea. Bin schon zum Stall. Wir wollen um halb 7 verladen. Es reicht, wenn du mit dem Hänger 6.15 da bist. Danke! Sam."

Sie griff sich zwei Äpfel, einen für sich und den anderen für Alli, schwang sich auf ihr Fahrrad und radelte los. Es war nicht ungewöhnlich, dass Sam noch vor der Schule die sieben Kilometer zum Stall fuhr, um mit Alegría in Ruhe etwas zu üben.

In dem modernen Freizeitstall standen über achtzig Pferde, und auch wenn die Anlage sehr weitläufig war, benutzte immer irgendwer die Halle, den Roundpen oder einen der beiden Außenplätze. Und abends war es sowieso rappelvoll.

Zu diesen Zeiten war es Sam und Kati nicht möglich, mit Alli frei zu arbeiten – es sei denn, sie gingen mit ihr ins Gelände. Die Freundinnen hatten keine Lust auf Gaffer, und viele im Stall fanden das, was sie mit Alli machten, sowieso total schräg und auch irgendwie beängstigend.

„Pferde sind dazu da, geritten zu werden, und nicht, Menschen hinterherzulaufen", kam ihr die Stimme einer entrüsteten Pferdebesitzerin in den Sinn, die beobachtet hatte, wie Sam mit Alli das freie Folgen im Schritt, Trab und Galopp übte.

Manchmal kam es ihr so vor, als seien sie und Kati auf einem ganz anderen Planeten als der Rest der Pferdewelt – von ein paar Ausnahmen abgesehen.

Klar, ihr Weg war nicht immer einfach. Wie oft hatte es in den letzten drei Jahren mit Alli Diskussionen, Frustrationen und Rückschritte gegeben. Doch Kati und sie hatten gelernt, jeden Tag einfach nur ihr Bestes zu geben. Es ging in jedem Moment eben nur, was ging. Das musste man akzeptieren. Geduldig sein, das Ziel nicht aus den Augen verlieren. Und vor allem, niemals aufgeben. Dann wurden die guten Tage irgendwann mehr. Und jetzt würde sie ihre erste Live-Show mit Alli geben. Unfassbar!

Die hübsche braune Andalusierstute mit dem weißen Stern zwischen den Augen brummelte zärtlich, als Sam sich im frühen Morgenlicht durch die Stallgasse schlich. Allis Herdenkumpel waren alle auf der Weide, aber sie schien zu fühlen, dass es einen besonderen Grund gab, warum sie in der Box zurückgeblieben war.

„Na, meine Schöne", flüsterte Sam und trat zu ihr.

Alli schnoberte behutsam Sams Gesicht und Hals ab.

Sam liebte diese Momente der Nähe und hielt ganz still, bis Alli ihr Begrüßungsritual beendet hatte. Immer wenn die Stute ihre Zuneigung so spontan ausdrückte, wurde Sam von einer Welle der Dankbarkeit durchflutet. Die kleine Spanierin war so eine Kämpferin. Sie wollte leben, lernen und glücklich sein. Und hatte Sam trotz aller Schwierigkeiten niemals im Stich gelassen.

„Du warst immer für mich da. Und ich werde immer für dich da sein", flüsterte Sam ihr zu und gab ihr einen sanften Kuss auf die Nase. „Und wir werden gemeinsam noch soooo viele Abenteuer bestehen."

Als verstehe sie jedes Wort, spitzte Alli die Ohren und blickte Sam aufmerksam an.

„Heute ist der Beginn von etwas ganz Großem, meine Schöne", fuhr Sam fort. „Heute dürfen wir vielen Menschen zeigen, wie toll du dich entwickelt hast. Und wie stolz wir alle auf dich sind!"

Alli stupste Sam übermütig mit der Nase an, als wolle sie sagen: *Ich bin bereit. Wann geht's los?*

Obwohl Sam schon so früh aufgestanden war, verlief die Abfahrt wie üblich chaotisch. Tausend Sachen fielen ihr in letzter Minute noch ein, die sie unbedingt mitnehmen musste, und dabei vergaß sie fast die wesentlichen Dinge. Auch Kati, die um halb sechs am Stall aufgetaucht war, war vor lauter Aufregung nicht so organisiert wie sonst. Dreimal lief sie los, um das Putzzeug zu holen, doch erst als sie schon eine Stunde unterwegs waren, fiel Kati ein, dass sie es doch hatte stehen lassen.

„Zum Glück ist Alli schön sauber. Wir müssen nur aufpassen, dass sie sich dort vor der Show nicht noch in irgendwelche Äppel legt, dann passt das schon", meinte Sam gelassen.

„Eure Nerven möchte ich haben", warf ihre Mutter kopfschüttelnd ein.

Bea Gerst hatte sich breitschlagen lassen, die beiden Mädchen samt Alli nach Schloss Wickrath zu fahren. Aber natürlich war sie auch gespannt darauf, wie ihre Tochter und Alegría sich präsentieren würden.

„Es ist wie verhext", meinte Sam jetzt. „Egal, wie viel wir vorausplanen, es läuft bei uns einfach nie nach Plan. Wer da nicht spontan und flexibel ist, bekommt mit uns wirklich die Krise."

„Das kannst du wohl laut sagen", lachte ihre Mutter in gespielter Verzweiflung auf. „Mich wundert nur, wo ihr die Disziplin herholt, so fokussiert mit Alegría zu arbeiten."

„Am Ende hat zum Glück immer alles geklappt", warf Kati ein. Ihre Eltern und die Gersts waren gut befreundet, sodass sie Beas ironische Kommentare nicht persönlich nahm.

„Wenn Sophie mitgekommen wäre, würde sie uns jetzt erst mal einen Vortrag über effiziente To-do-Listen halten", grinste Sam. Ihre drei Jahre jüngere Schwester war wirklich das komplette Gegenteil von ihr. Sophie war genau in dem Alter, in dem Sam damals Alli bekommen hatte, doch für Pferde interessierte sie sich keinen Deut. Gnädig hatte sie ihre Mutter mit Sam auf den *Cavallo Cup* nach Schloss Wickrath ziehen lassen.

„Sam. Ruf doch bitte mal zu Hause an, ob bei Sophie alles in Ordnung ist“, meinte Bea Gerst jetzt. Sie hatten geplant, erst am nächsten Tag wieder zurückzufahren, damit die ganze Fahrerei für Alli nicht zu viel würde. „Ich habe schon ein ganz schlechtes Gewissen, die Kleine allein zu Hause zurückzulassen.“

„Mama, Sophie ist 12!“, rief Sam nun entrüstet aus. „In dem Alter sind Kati und ich mit Alli schon stundenlang allein durch die Wälder gezogen.“

„Du bist eben immer etwas anders gewesen“, gab ihre Mutter zurück. „Sophie ist nicht so ein Freigeist. Sie ist noch so viel kindlicher als du in dem Alter.“

„Aber Robert ist doch heute Abend zu Hause“, versuchte Kati, Sams Mutter zu beschwichtigen.

„Genau. Papa ist doch auch noch da“, gab Sam zurück. „Alles ist gut, Mama.“ Damit war das Thema für sie erledigt.

Sie wandte sich Kati zu. „Hey. Lass uns bitte noch mal den Ablauf durchgehen.“

Die Freundinnen besprachen ausführlich die Choreografie von Sams Show, die sie in den letzten Tagen zu einer fröhlichen spanischen Musik zusammengestellt hatten.

Zuerst kam der Teil, wo Sam Alli nur mit Halsring und ohne Sattel in verschiedenen Tempo- und Richtungswechseln ritt. Dann wollte sie die Stute durch einen großen gelben Ring springen lassen, und im Anschluss sollte Alli sich in engen Kreisen galoppierend um eine Tonne biegen, ohne dass Sam auf ihrem Rücken sie zu lenken schien.

„Den Ring und die Tonne haben wir eingepackt, richtig?“, hakte Sam nach.

„Check. Sind im Hänger“, nickte Kati.

Zum Abschluss des ersten Teils würde Sam ein paarmal im Galopp von Alli abspringen und nach ein paar Galoppsprüngen wieder auf ihren Rücken hinaufspringen.

Dann ging es zum Herzstück ihrer Show. Sam wollte Alli vom Boden aus als Erstes zu beiden Seiten in engen Volten dirigieren. Anschließend hatten sie einige schnelle Tempo- und Richtungswechsel eingeplant, um zu zeigen, wie bereitwillig Alegría Sam folgte. Zum Abschluss dieses Teils sollte Alli sich auf Sams Zeichen hin zu einer kleinen Levade erheben.

„Spätestens wenn die Musik in den langsameren Teil wechselt, musst du auf die Tonne", erinnerte Kati sie.

Sam nickte. Sie würde auf die Tonne hinaufspringen, und Alli sollte frei im Trab um sie zirkeln, während Sam auf der Tonne stehend ihrerseits ein paar Kunststücke vorführte. Dann ging es noch mal auf den Boden, wo Alli neben ihr her galoppieren und sich dann direkt aus dem Galopp hinlegen würde. Über der liegenden Alli wollte Sam zum Abschluss ihren berühmten Handstandüberschlag zeigen.

Sam und Kati gaben sich ein High Five: „Das wird!"

„Klar wird das was", grinste Bea Gerst in den Rückspiegel. „Daran hatte ich nie den geringsten Zweifel!"

Nach ihrer Ankunft bezog Alli ihre Paddockbox in dem Reitzentrum, wo sie bis morgen untergebracht sein würde, während Sam, Kati und Bea im Strom der Besucher über das Gelände der *Cavallo Academy* bummelten. Entlang der Alleen des Schlossparks boten Dutzende Aussteller die neuesten Pferdeartikel an, ein großes Zelt war zum „Hörsaal" umfunktioniert worden und dort fanden zahlreiche Vorträge statt. Auf dem Reitplatz, der zum *Cavallo-Ring* umbenannt worden war, gaben bekannte Pferdetrainer jeder Ausrichtung im Halbstundentakt Shows und Demos, Workshops und Live-Trainings.

„Das ist ja der Wahnsinn, was hier los ist", meinte Bea Gerst zu den Mädchen, die ihr gar nicht richtig zuhörten. An jeder Ecke war ein anderes bekanntes Gesicht der Pferdeszene zu entdecken.

Sam bekam ganz rote Ohren bei dem Gedanken, dass sie in ein paar Stunden selbst vor all diesen Leuten auftreten würde.

„Das sind hier bestimmt 2000 Zuschauer!", flüsterte Kati ihr aufgeregt zu.

Sam nickte. Ihr Mund war zu trocken, um irgendetwas zu antworten.

„Schatz, du solltest unbedingt noch etwas essen", meinte nun Bea Gerst und steuerte einen Essensstand an.

Das war zu viel.

„Muss zu Alli", murmelte Sam, drehte sich auf dem Absatz um und rannte davon.

Erst als sie in Allis Box hockte und der Stute zusah, wie sie bedächtig kleine Büschel von Halmen aus ihrem Heunetz zupfte, kam Sam wieder runter.

Alli schien die Ruhe selbst zu sein. Als habe sie die lange Fahrt und die fremde Umgebung total lässig weggesteckt.

„Hey. Machen wir das gleich zusammen?", flüsterte Sam ihr zu und zupfte einen Heustängel aus ihrer Mähne.

Alli schnaubte zufrieden und auch Sam entfuhr ein tiefer Seufzer.

Wo war eigentlich das Problem? Egal, wer da nachher am Ring stehen und ihr zusehen würde – das, was sie und Alli verband, konnte ihnen keiner nehmen. Sie würden einfach zusammen sein, aufeinander hören und tun, was sie sonst auch taten.

Sie strich Alli über die Stirn. „Du hast recht, mein Schatz. Danke.“

Während Sam und Alli vor dem *Cavallo-Ring* im Park von Schloss Wickrath auf ihren Auftritt warteten, hatte Sam für einen Moment die Augen geschlossen und ließ im Schnelldurchgang noch mal die Choreo ihrer Show durchlaufen. Irgendwann spürte sie, wie Kati sanft ihren Arm berührte.

„Ihr seid gleich dran. Break a leg. Alles wird gut.“

Sam atmete tief durch und konzentrierte sich einen Moment auf Alli. Sie spürte, dass ihre kleine Stute ganz bei ihr war. Dann öffnete sie die Augen und sprang auf Allis Rücken.

Die Stimme der Ansagerin ertönte aus dem Lautsprecher: „Unsere nächste Finalistin ist die fünfzehnjährige Samantha Gerst und ihre siebenjährige Andalusierstute Alegría. Kurz etwas zu ihrer Geschichte: Als Sam Alegría vor drei Jahren bekommen hat, war die Stute schon täglich im Schulunterricht eines Reitstalls mitgelaufen. Sam hat uns erzählt, dass Alegría damals auf nichts mehr Lust hatte. Jetzt zeigen uns die beiden, wie weit sie miteinander gekommen sind. Einen dicken Applaus für Sam und Alegría. Wir wünschen euch viel Erfolg und dem Publikum viel Spaß an euer Darbietung.“

Es ging los. Sam spürte eine prickelnde Aufregung, die auch ihre kluge und mutige Spanierin erfasste.

Wir machen das jetzt zusammen, schien sie Sam zu kommunizieren. *Und wir machen es gut.*

Ihre Musik setzte ein. Sam ritt nur mit Halsring auf Allis blankem Rücken im Trab ein und ließ die Stute zunächst zu beiden Seiten ein paar Volten gehen. Das bunte Publikum, das auf allen vier Seiten den Platz umringte, schien Alli nicht im Geringsten zu stören. Ganz im Gegenteil. Sie schien sogar Spaß daran zu haben, sich vor allen zu präsentieren.

Dann galoppierte Sam an und sprang mit Alli durch den gelben Reifen. Wenn sie irgendeinen Zweifel gehabt haben sollte, ob die Andalusierstute heute zeigen würde, was sie konnte, war dieser verflogen. Als seien sie mit einer Art unsichtbarem Band verbunden, flogen sie von Höhepunkt zu Höhepunkt ihrer Show. Nach dem Ring kam die Tonne, das Auf- und Abspringen im Galopp, die Levade, es war wie ein Rausch, ein Traum. Unbeirrbar blieb Alli mit ihrem Fokus ganz bei Sam und ließ sich von ihr durch die verschiedenen Showelemente führen. Und obwohl Sam ganz konzentriert bei ihrem Pferd und ihrer Darbietung war, konnte sie gleichzeitig spüren, dass das Publikum von der kleinen Andalusierstute, die Sam so bereitwillig folgte, total berührt war.

Kaum stand Sam nach ihrem abschließenden Handstandüberschlag wieder auf dem Boden, brach ein tosender Beifall aus. Das Publikum hörte gar nicht mehr auf zu applaudieren.

Sie nahm Kati und ihre Mutter wahr, die am Ausgang des Platzes standen und übers ganze Gesicht strahlten. Sam lief auf sie zu, während Alli munter neben ihr hergaloppierte. Ja, es war für sie beide gut gelaufen, sogar sehr gut, das hatte sie mit jeder Faser gespürt.

Sam war die letzte der fünf Finalistinnen gewesen, die ihre Show präsentiert hatte, und so erklang schon eine halbe Stunde später die Stimme der Ansagerin: „Ich glaube, die Jury hat fertig beraten."

Sam hatte neben Kati und ihrer Mutter am Rande des Platzes gewartet und meinte, vor Spannung zu platzen. Würde es für sie und Alli einen Platz auf dem Treppchen geben?

Sie erhaschte einen Blick ihrer Mutter und atmete tief aus. „Ich weiß, Mama", stieß sie hervor. „Wir haben eine super Show gemacht und es kommt nicht aufs Gewinnen an. Aber trotzdem ..."

Die Ansagerin meldete sich wieder: „Wir rufen jetzt die Kandidatinnen noch mal alle zurück in die Bahn, damit wir die Platzierung vornehmen können."

Kati trat einen Schritt zur Seite, sodass Sam mit Alli, die immer noch nur einen Halsring trug, den Reitplatz betreten konnte, wo die anderen vier Paare sich schon aufgestellt hatten.

Die Chefredakteurin der *Cavallo* trat mit ihrem Mikrofon auf den Platz.

„Wir kommen nun zur Siegerehrung des *Cavallo Cups* hier auf der *Cavallo Academy.* Noch mal zur Erinnerung: Siebenundvierzig hatten sich mit einem Video beworben, fünfzehn hatten es ins Voting geschafft, fünf ins Finale, und die haben Sie jetzt hier alle gesehen. Jede einzelne Leistung war großartig. Ich bin schwer beeindruckt von euren Auftritten, die Jury stimmt mir zu, und ich denke, Ihnen im Publikum wird das ähnlich gehen. Insofern stehen hier aus meiner Sicht schon mal fünf Sieger."

Es gab einen Applaus vom Publikum.

Sam stand mit Alegría zwischen einem Mädchen mit einem Minishetty und einem anderen, das ebenfalls eine Andalusierstute neben sich hatte, die allerdings deutlich größer als Alli war.

Die Frau verkündete nun, dass es zwei vierte Plätze gab, rief genau diese beiden nach vorne, gratulierte ihnen und überreichte jeder einen Geschenkkorb.

Dann fuhr sie fort: „Das dritt-tollste Kumpelpferd in Deutschland ist ...“

Hier machte sie eine Pause, und Sam bemerkte, dass sie aufgehört hatte zu atmen. Alli schien dagegen tiefenentspannt, und als ein Mädchen mit einem großen Warmblut nach vorne gerufen wurde, nahm auch Sam wieder einen tiefen Atemzug. Alles, was jetzt kam, war ehrenvoll.

Marschmusik setzte ein und die Redakteurin fuhr fort. „Zweitplatzierte in unserem *Cavallo Cup* sind Alegría und Samantha. Auch euch beiden herzlichen Glückwunsch.“

Sam schritt mit Alli stolz nach vorne und stellte sich auf. Während die Frau weitersprach, begann Alli, seelenruhig den Inhalt des Geschenkkorbs zu untersuchen.

„Das sah alles sehr leicht aus, sehr harmonisch. Du hattest viele tolle Elemente drin, es war sehr sportlich und zugleich einfallsreich, zum Beispiel mit dem Auf- und Abspringen. Das hat alles ganz super geklappt und ihr habt uns eine wunder-, wunderschöne Show geliefert.“

Sam strahlte über so viel Lob, während Alli inzwischen ein Bündel Möhren aus dem Geschenkkorb gezogen hatte, das sie am Grün wild kopfnickend hin und her schleuderte.

„Und dein Pferd scheint ein echtes Showtalent zu sein“, setzte die *Cavallo*-Chefredakteurin lachend hinzu, während das Publikum spontan applaudierte.

Dann erfolgte die Vergabe des ersten Platzes an ein älteres Mädchen auf einem großen Schecken, das sein Pferd zunächst mit Sattel und Kandare dressurmäßig geritten und dann erst Letztere gegen einen Halsring eingetauscht hatte.

Als sie zusammen mit den anderen vier Finalistinnen die Ehrenrunde drehte, fühlte Sam sich mit ihrem zweiten Platz total zufrieden und glücklich. In ihrer Art der Freiheitsdressur war sie unschlagbar gewesen, das stand fest. Vor lauter Übermut sprang sie im Galopp noch ein paarmal vom Pferd ab und wieder auf.

Kati fiel Sam als Erste jubelnd um den Hals. „Ich hab dir doch gesagt, dass ihr aufs Treppchen kommt. Suuuuper. Herzlichen Glückwunsch."

Sam drückte ihre Freundin ganz fest und flüsterte: „Danke, Kati. Ohne dich wäre das alles nicht passiert."

Dann wurde sie von ihrer Mutter umarmt.

„Ich bin stolz auf dich", flüsterte sie Sam ins Ohr. „Diesen Erfolg habt du und Alli euch echt verdient. War ein langer Weg ..."

„Danke, Mama, für dein Vertrauen in uns und deine ganze Unterstützung", gab Sam bewegt zurück.

Bea Gerst wandte sich an die beiden Mädchen. „Wie wär's, wenn ich mal eben in unserem Hotel für die Nacht einchecke und ihr hier alles klarmacht? Wir treffen uns dann später bei Alli an der Box, gehen irgendwo lecker essen und feiern ein bisschen, was meint ihr?"

Kati und Sam nickten begeistert. Lecker essen klang jetzt wunderbar, nachdem die ganze Aufregung von ihnen abgefallen war.

Kaum war Sams Mutter im Trubel der aufbrechenden Menschenmassen verschwunden, drängelte sich ein Typ Mitte dreißig, mit Spitzbärtchen und einer Bandana als Kopfbedeckung zu ihnen durch.

„Sam? Hi. Mein Name ist Joe Gärtner, ich schreibe für die *Alternative Horsemanship*. Weiß nicht, ob du die Zeitschrift kennst. Erst mal Glückwunsch zu deiner tollen Show, hat mich schwer beeindruckt, wie deine Stute dir gefolgt ist. Ich würde gerne in unserer nächsten Ausgabe etwas über dich machen. Da geht es schwerpunktmäßig um Problempferde und was Leute für Wege gefunden haben, ihnen zu helfen. Ich hab gehört, deine Stute hatte keinen so guten Start. Jetzt steht sie ja top da. Darf ich dir dazu ein paar Fragen stellen?"

Sam wurde knallrot. „Klar. Gleich hier sofort?", sprudelte es aus ihr heraus.

„Ähm, wollten wir nicht mit Bea essen gehen und deinen Erfolg feiern?", warf Kati vorsichtig ein.

„Dauert nicht lang", gab Sam schnell zurück und warf ihrer Freundin noch einen beschwörenden Seitenblick zu, der so viel sagte wie: „Komm mir jetzt bloß nicht mit so was Unwichtigem wie Essen."

„Okay, okay ...", meinte Kati betont beiläufig. „Ich bring dann schon mal Alli in ihre Box und packe unsere Sachen zusammen, du kannst ja nachkommen." Damit schlenderte sie davon.

Sam setzte sich mit Joe etwas abseits auf ein Rasenstück vor dem historischen Barockschloss.

„Cool, dass es gleich geklappt hat", grinste Joe. „Was getan ist, ist getan, sage ich immer. Also, erzähl mir doch einfach mal, wie es angefangen hat mit Alegría und dir."

Er schaltete sein Aufnahmegerät ein.

„Für Alli ist am Anfang so ziemlich alles schiefgelaufen", setzte Sam an. „Sie wurde viel zu jung eingeritten, mit zweieinhalb, und mit drei hat man mit ihr schon Sliding Stops auf dem eisigen Reitplatz gemacht. Das war umso schlimmer, da andalusische Pferde bis fünf wachsen, sie war also mit drei sehr zerbrechlich und sah aus wie ein halbes Fohlen."

„Das ist ja gruselig", schauderte Joe. „Kannst du den Lesern kurz erklären, was ein Sliding Stop ist?"

„Das ist ein Manöver aus dem Westernreiten, wo das Pferd aus dem vollen Galopp anhält, indem es sich auf die Hinterbeine setzt und auf den Hinterhufen weiterrutscht, während es mit den Vorderbeinen bis zum Stillstand weiterläuft. Der Hammer, das mit so einem jungen Pferd zu machen. Ja, und kurz darauf musste Alli dann jeden Tag mit Ausbindern in der Anfängerreitstunde gehen. Sie war selbst noch ein Baby, im Kopf und körperlich, deshalb war sie ‚todbrav' und wurde bei den Kindern eingesetzt und vormittags in der Hausfrauenstunde. Das alles war natürlich megaschlecht für ihren Geist und ihren Körper."

Joe nickte betroffen. „Das ist echt hart. Ein Wunder, dass sie überhaupt noch auf den Beinen steht."

„Meine Freundin Kati und ich ritten sie in den Reitstunden und verliebten uns in sie", fuhr Sam fort. „Meine Mutter hat sie auch sehr gemocht, also kaufte sie Alegría. Ein Traum wurde wahr! Wir haben so viele Pläne gemacht ... Zu dieser Zeit waren wir gerade mal 12 und ritten einfach herum, meistens ohne Sattel und vor allem draußen, alles, was Spaß bringt, zum Beispiel Wettrennen. Wilde Sachen eben, die nicht jeder macht. Wir ritten auch mit ihr ‚Dressur', aber wir wussten nicht viel über Muskeln und wie man ein Pferd richtig trainiert. Wir haben viele Fehler gemacht, und uns war nicht bewusst, wie schlecht sie damals aussah. Das eigentliche Problem waren die Reitstunden, in denen sie lief. Einfach viel zu viele Reitstunden in viel zu jungem Alter. Selbst als wir sie bereits gekauft hatten, sollte sie weiter im Reitunterricht gehen. Wir hatten null Ahnung und haben gesagt: Okay, sie darf weiter in den Stunden laufen, das junge Pferd muss ja bewegt werden."

„Und sie hat keinen Schaden aus alldem davongetragen?", zweifelte Joe.

Sam schüttelte hilflos den Kopf. „Später haben wir dann den Stall gewechselt und im neuen Stall fingen die Probleme mit ihr an. Sie hatte durch all das komplett den Spaß daran verloren, geritten zu werden. Ist ja kein Wunder. Sie wollte noch nicht mal mehr Schritt gehen, wenn jemand auf ihrem Rücken saß. Sie schien echt gebrochen. Wir sahen Alegría an und dachten, sie könnte niemals ‚tanzen'. Wie sehr wir uns geirrt haben, hast du ja grade gesehen! Aber das war damals nicht zu ahnen."

Sie unterbrach ihre Erzählung und blickte Joe an. Tränen standen ihr in den Augen. „Sorry, aber wann immer ich Allis Geschichte erzähle, muss ich weinen. Das alles ist natürlich nicht spurlos an ihr vorübergegangen und im Training spüre ich bis heute die Auswirkungen ihrer ersten Jahre. Es macht mich wütend, wie sie junge Pferde brechen, bis sie tote Augen haben und wie Maschinen funktionieren. Deswegen ist es mein erklärtes Ziel im Leben, Pferde zu Menschenfreunden zu machen. Ihnen einen guten Start zu geben. Wir haben am Anfang auch Fehler gemacht, die ich nie mehr wiederholen würde. Und ich will andere davor bewahren, dasselbe zu tun."

Joe nickte anerkennend. „Du hast mit deinen 15 Jahren echt

schon ’ne Menge kapiert, was viele sogenannte ‚Pferdeprofis‘ nie lernen werden. Erzähl doch jetzt mal, was genau die Probleme waren, die Alegría hatte, und wie du damit umgegangen bist.“

Sam atmete tief durch. „Meine Freundin Kati und ich haben von Anfang an mit Alli so ’ne Art Freiarbeit gemacht, aber ziemlich planlos. Ich habe mich halt ohne alles draufgesetzt und Alli ist auf dem Platz ein bisschen rumgaloppiert, aber das war natürlich total unkontrolliert. Dann habe ich verschiedene Sachen ausprobiert. Zuerst habe ich es mit Leckerlies versucht, aber ich wollte nicht, dass sie mir nur wegen des Futters folgt. Also habe ich das wieder gelassen. Dann habe ich so klassisches Horsemanship versucht, aber da war viel zu viel Druck drin, und sie ist ständig vor mir weggerannt, anstatt zu mir zu kommen, hat gebuckelt und mir die Hinterbeine entgegengeschleudert. Hat also auch nicht funktioniert. Dann kam die Zeit, wo sie total fertig war und wir vom alten Stall weg sind. Alli war durch das, was sie erlebt hatte, völlig unmotiviert, auch nur irgendwas mit einem Menschen zu machen. Es wurde nach dem Stallwechsel ein bisschen besser, weil sie da in einer Herde stand, aber im Prinzip hatte sie erst mal keine Lust auf gar nichts mehr. Und ich habe versucht, einen neuen Weg mit ihr zu finden, habe mir immer wieder Videos von den Großen der Freiheitsdressur angeschaut, viel gelesen. Das Wichtigste war aber, dass ich Zeit mit Alli verbracht habe. Viel Zeit. Die Halle und der Reitplatz waren für sie erst mal vergiftet, das war mir klar. Also bin ich anfangs stundenlang mit ihr spazieren gegangen, habe im Wald kleine Übungen mit ihr um Bäume herum gemacht und so. Und ich hab mir ein Bein abgefreut, wenn von ihr mal ein

Feedback kam. Wenn sie mitgemacht hat. Langsam bin ich dahintergekommen, dass für sie das Wichtigste ist, dass sie bei mir entspannen kann. Ich habe mit ihr dann viel auf Gras gearbeitet, und bei mir, also in unserer Zweierherde, durfte sie immer fressen, gucken, wiehern, einfach machen, was sie will. Ab da, wo sie anfing, die Entspannung *bei mir* zu suchen, war es, als hätten wir eine Schallmauer durchbrochen. Alli wurde von Tag zu Tag motivierter, und wir konnten anfangen, Sachen zu erarbeiten. Und bis heute ist sie meistens mit viel Freude bei der Sache."

Joe schwieg einen Moment. Dann meinte er: „Danke für deine Offenheit, Sam. Eure Geschichte hat mich echt bewegt, und ich bin sicher, viele Leser sehen das genauso. Hey, wenn du Lust hast, auch mal woanders was mit deinem Pferdchen zu zeigen, sag einfach Bescheid. Ein Kumpel von mir bucht die Shows für so einen Western-Themenpark unten in Bayern. Da könnt ihr bestimmt mal was machen."

„Cool. Echt?", strahlte Sam über beide Ohren. „Klar hab ich da total Lust drauf. Ich gebe dir mal meine Nummer und dann kann er mich ja kontakten wegen Terminen."

„Ja, super", grinste Joe. „Ich sag gleich dazu: Damit wird man nicht reich. Aber darauf kommt es dir wahrscheinlich auch nicht an."

Sam schüttelte lachend den Kopf.

„Nee. Ich würde sogar 'ne Show machen, wenn ich draufzahlen müsste."

Sam fand Kati vor Allis Paddockbox. „Und?", grinste die Freundin sie spöttisch an. „Kommste auf's Cover?"

Sam setzte ein zerknirschtes Gesicht auf. „Sorry, Kati, ich wollte nicht blöd zu dir sein. Aber das war eben 'ne Riesenchance. Der Typ wird über Allis Geschichte schreiben. Und er kann mir Shows mit Alli in irgend so einer Westernstadt vermitteln, ist das nicht mega?“

Kati blickte sie ernst an. „Als deine und Allis allerbeste Freundin muss ich dir jetzt mal den Kopf waschen. Ihr habt gerade eure erste richtige Show gemacht und es war superschön. Anstatt sich blöd zu freuen und erst mal zu relaxen, planst du gleich wieder das nächste Event. Gib Alli Zeit. Warum machst du so einen Stress? Ihr werdet schon noch berühmt.“

„Ich weiß auch nicht“, antwortete Sam. „Ich hab einfach das Gefühl, dass ich echt was dazu beitragen kann, dass Pferde besser verstanden und behandelt werden. Und ich will den Leuten an unserem Beispiel mit Alli auch zeigen, wie wichtig es ist, an seine Träume zu glauben, gerade auch mit Pferden, bei denen es viele Probleme gibt. Wenn man Ausdauer, Geduld und ein Ziel hat, geht echt so viel.“ Sie grinste. „Aber ein bisschen bekannt will ich dabei schon auch werden.“

Kati knuffte sie. „Ich pass schon auf, dass du nicht aus dem Ruder läufst.“

Nach ihrem zweiten Platz beim *Cavallo Cup* und dem Artikel über sie und Alegría in der *Alternative Horsemanship,* der kurz darauf erschien, war Sam plötzlich am Stall in ihrem Heimatkaff so etwas wie eine kleine Berühmtheit.

„Ich kann nicht glauben, dass selbst die arrogantesten Zicken, die immer darüber hergezogen haben, was wir mit Alli veranstalten, mich jetzt auf einmal grüßen“, lachte Sam.

„Die, die uns immer zu laut fanden und zu crazy, meinst du?“, gab Kati breit grinsend zurück. Die Freundin war total stolz auf Sam und Alli. „Ich weiß noch, wie die das immer voll ‚gefährlich‘ fanden, wenn wir komische Sachen aufgebaut haben und Alli da nur mit Halsring rumgesprungen ist.“ Sie schüttelte den Kopf. „Jetzt sehen alle, dass da ein Plan hinter war. Meistens jedenfalls“, setzte sie giggelnd hinzu.

„Weißt du, was das Beste ist?“, warf Sam ein. „Ich soll übernächstes Wochenende hier bei uns in der Halle eine Freiheitsdressur mit Alli zeigen! Die Stallbesitzerin hat mich gefragt.“

„Am Tag der offenen Tür?“, rief Kati aus. „Und? Machst du's?“

„Klar“, gab Sam zurück. „Die Gesichter von denen, die immer noch nicht kapiert haben, wie es mit Pferden auch ganz anders gehen kann, lassen wir uns auf keinen Fall entgehen!“

Nachdem die Freundinnen ausführlich debattiert hatten, welche neuen Elemente sie in die Show einbauen wollten, entschieden sie sich schließlich dafür, den Ablauf vom *Cavallo Cup* in Grundzügen zu übernehmen, aber noch eine Nummer mit einem großen Flattertuch einzubauen, das Kati halten sollte, während Sam auf Alli um sie herum galoppierte. Außerdem wollte Sam unbedingt noch das rückwärts sitzende Galoppieren in die Nummer mit dem Auf- und Abspringen einbauen.

„Sam. Fahr deine Ansprüche runter. Du musst niemandem etwas beweisen, am wenigsten irgendwelchen Leuten im Stall“, meinte Bea Gerst, als sie von den hochfliegenden Plänen ihrer Tochter hörte.

„Quatsch, Mama, das hat nichts mit Ansprüchen zu tun. Ich will den Leuten einfach zeigen, was alles möglich ist, wenn das Pferd einem vertraut.“

„Aber musst du das denn alles in einer einzigen Show tun?", seufzte ihre Mutter.

Sam antwortete nicht. Sie spürte, dass sie nicht ganz ehrlich gewesen war. Jetzt, wo sie das Gefühl hatte, einen Ruf in der Freiheitsdressur verlieren zu können, spürte sie einen feinen Druck: Sie wollte einfach mehr zeigen. Als sie am nächsten Tag mit Kati die Nummer mit dem Tuch einstudierte und es auch beim zehnten Mal einfach nicht so klappen wollte, wie Sam es sich vorgestellt hatte, meinte die Freundin: „Lassen wir es einfach weg. Wir haben doch genug Elemente in der Show."

„Ich will das aber drin haben", beharrte Sam bockig. „Los, wir machen das jetzt noch mal. Ich trabe eng um dich herum, du reichst mir eine Ecke vom Tuch, und ich ziehe den Zirkel immer größer, während sich das Tuch entfaltet. Dann galoppiere ich an und es fliegt zwischen dir und mir. Ist doch voll cool."

Kati schüttelte verständnislos den Kopf. „Du musst es wissen ..."

Sam trabte Alli an. Doch aus irgendeinem Grund weigerte sich die Stute plötzlich, in engen Wendungen um Kati zu gehen.

„Das gibt's doch nicht", murmelte Sam und sprang von ihrem Rücken ab. Sie versuchte vom Boden aus, Alli zum Trab in engen Kreisen zu animieren, aber es schien fast so, als habe die Spanierin Angst, ihr Gleichgewicht zu verlieren.

„Was ist denn mit dir los?", rief Sam ungeduldig. „Ich hole jetzt den Kappzaum und dann üben wir das noch mal."

„Nichts holst du!", unterbrach Kati sie plötzlich energisch. „Was ist mit *dir* los, Sam?" Sie schien richtig wütend. „Du gehst gerade gegen alles, an was wir glauben! Erinnerst du dich? Kleine Schritte, das Pferd nie überfordern, Grenzen akzeptieren. Alli will nicht, das zeigt sie dir gerade ganz deutlich. Und sie will nicht, weil sie nicht kann. Das würdest du auch sehen, wenn du aufs Pferd schauen würdest. Anstatt auf dich und das, was du mit aller Gewalt durchsetzen willst. Du bist gerade keinen Deut besser als all die Leute, die du so dringend belehren willst!“

Mit diesen Worten drehte Kati sich um und stapfte davon.

Sam blieb allein in der Halle zurück, während die Worte der Freundin in ihr widerklangen. Es war das erste Mal in ihrer langen Freundschaft, dass sie Kati so wütend gesehen hatte.

Sie schämte sich plötzlich. Was war nur in sie gefahren? Sie wandte sich Alli zu, die mit gesenktem Kopf neben ihr stand.

„Hey. Sorry.“

Doch die kleine Spanierin hob nicht den Kopf, wie sie es sonst immer tat, wenn Sam sie ansprach.

Plötzlich durchfuhr Sam ein heißer Schreck. Kati hatte recht, irgendetwas stimmte nicht mit Alli. Sie hatte gerade dieselbe Ausstrahlung wie damals als Schulpferd. Irgendwie total abgeschnitten und leblos.

Als sie ihre Stute betrachtete, fiel Sam auf, dass Alli neben dem total in sich gekehrten Blick die Nüstern eng zusammengezogen und ihre Maulspalte angespannt hatte. Sie musste Schmerzen haben.

„Komm, mein Schatz, ich bring dich in deine Box zurück“, flüsterte Sam heiser.

Doch als Alli hinter ihr hertrotten wollte, schwankte sie plötzlich, als sei sie betrunken. Als könne sie ihre Gliedmaßen nicht mehr koordinieren.

„Scheiße!“, stieß Sam hervor. Sie fühlte Panik in sich aufsteigen. Alles sagte ihr, dass das hier etwas ziemlich Ernstes war.

Sie mussten sofort einen Tierarzt verständigen. Kati, wo war nur Kati?

Sam fühlte sich plötzlich total allein.

„Du schaffst das, mein Schöne. Halte durch", beschwor sie Alli. „Wir gehen jetzt ganz langsam in deine Box zurück, und dann rufe ich jemanden, der dir hilft. Alles wird gut. Du wirst sehen."

Doch ganz tief drinnen spürte Sam, dass das eine Lüge war.

Der herbeigerufene Tierarzt Dr. Sälzer ließ sich Alli zunächst im Schritt vorführen und bat Sam dann, sie, so gut es ging, aus dem Schritt und Trab abrupt abzustoppen. Jedes Mal knickten Allis Hinterbeine ein, manchmal schien es fast, als würde sie hinten komplett zusammenbrechen. Dann sollte Sam die Stute eng um die eigene Achse drehen. Bei dieser Bewegung schien sich Allis Gesicht vor Schmerz wieder ganz fest zusammenzuziehen. Außerdem pendelte ihr Bein beim Anhalten auf eine bizarre Weise nach außen.

„Ich habe genug gesehen", nickte der Tierarzt schließlich. „Ihr könnt sie zurück in die Box bringen."

„Und?", fragte Bea Gerst nervös nach. Sie war zeitgleich mit dem Tierarzt am Hof eingetroffen.

„Ich habe leider keine gute Nachricht. Ich halte es für eine spinale Ataxie, eine Störung im Bewegungsapparat", meinte Dr. Sälzer. „Das schwankende Laufen, die tappende Fußung beim Auftreten, das Einknicken der Hinterhand, alles deutet darauf hin. Wir können das natürlich noch mal röntgenologisch überprüfen, aber ich bin mir ziemlich sicher."

„Was heißt das genau?", hakte Bea Gerst nach.

„Das hängt vom Schweregrad und vor allem von der Ursache der Ataxie ab. Sie kann zum Beispiel von einem Trauma herrühren. Ist die Stute vielleicht kürzlich auf der Weide gestürzt oder hat sich überschlagen?“

„Nein, also … ich weiß es nicht“, stotterte Sam.

„Heute Morgen ist sie noch ganz normal gelaufen!“, warf Kati verzweifelt ein.

Die Freundinnen hielten sich vor lauter Angst um Alli so fest an den Händen, dass es schon fast wehtat. Von ihrem Streit war nichts mehr zu spüren.

Dr. Sälzer zuckte mitleidig mit den Schultern. „Irgendwann treten die Symptome der Ataxie einfach auf. Ein Sturz oder Ähnliches kann zu einer kleinen Verschiebung von zwei Wirbelkörpern der Halswirbelsäule führen. Die Nervenstränge, die für die Bewegungskoordination des Pferdes zuständig sind, liegen an der Oberfläche des Halsmarks. Entsteht durch die verschobenen Wirbelkörper ein Druck aufs Halsmark, gibt es eine Entzündung, es kommt zu Flüssigkeitsansammlungen, die noch mehr Druck erzeugen, und irgendwann zeigen sich die typischen Bewegungsstörungen der Ataxie.“

Er blickte in die entsetzten Gesichter der Mädchen und fügte hinzu: „Das ist der beste Fall.“

„Und was ist der schlimmste?“ Auch die Stimme von Bea Gerst zitterte nun.

„Eine Arthrose der Halswirbelsäule.“ Dr. Sälzer machte eine Pause, dann sprach er weiter. „Alegría ist ja noch ziemlich jung. Doch grobe Trainingsfehler, schlecht sitzende Sättel, Blockaden und massive Muskelverspannungen, falsche Hufbearbeitung – all das kann dazu führen, dass Bänder und Bandscheiben der

Wirbelsäule verschleißen. Auch schon bei einem jungen Pferd. In weiterer Folge werden die verschlissenen elastischen Strukturen durch knöcherne Zubildungen ersetzt. Dann haben wir eine arthritische Veränderung der Wirbelsäule, also eine Wirbelgelenksarthrose, die ebenfalls zu einem Druck auf das Halsmark und zu den entsprechenden Bewegungsstörungen führen kann."

Sam und Kati war jetzt der blanke Horror ins Gesicht geschrieben.

„Als ganz junges Pferd hat Alegría alles, was Sie eben aufgezählt haben, erfahren", flüsterte Bea Gerst heiser. „Wir haben sie aus einem Schulpferdedasein herausgekauft, wo sie schon mit drei Jahren ausgebunden in den Reitstunden gelaufen ist."

„Wir wollen den Teufel nicht an die Wand malen", versuchte Dr. Sälzer, sie zu beruhigen. „Um wirklich abzuklären, ob es sich bei Alegrías Ataxie ursächlich um eine Arthrose handelt, müssten wir die Halswirbelsäule röntgen. Da lassen sich arthrotische Veränderungen in der Regel leicht erkennen. In der Regel, sage ich. Denn manchmal muss man, um eine Wirbelgelenksarthrose definitiv auszuschließen, das Pferd in der Klinik in Vollnarkose legen und bei einem maximal abgewinkelten Hals röntgen. Das kann man leider nicht im Stehen tun."

Bea Gerst schluckte. „Das kann ich so jetzt nicht allein entscheiden. Wir müssen erst mal alles in der Familie besprechen. Da kommen ja auch unüberschaubare Kosten auf uns zu."

Sam schossen die Tränen in die Augen. Verzweifelt stieß sie aus: „Mama, wir müssen alles tun, um Alli zu retten. Wir können sie jetzt nicht aufgeben, nach allem, was wir schon zusammen durchgemacht haben."

Auch Kati war kreidebleich geworden.

„Ich mache mal einen Vorschlag“, schaltete sich Dr. Sälzer ein. „Ein Röntgenbild im Stehen könnten wir hier in der Stallgasse machen. Das kostet nicht die Welt. Da sieht man schon mal, ob arthrotische Veränderungen augenfällig sind. Doch auch wenn die Vorgeschichte der Stute durchaus eine Wirbelgelenksarthrose nahelegt, spricht gegen diese Diagnose, dass sich eine Ataxie in der Regel innerhalb von ein paar Wochen bis Monaten entwickelt. Und ihr habt Alegria ja nun schon einige Jahre in guter Haltung, stimmt's?“

„Wir sind hier jetzt knapp zwei Jahre“, flüsterte Sam.

„Na, siehst du“, antwortete Dr. Sälzer. „Das spricht aus meiner Sicht gegen Arthrose als Ursache für ihre Ataxie.“

Sam fühlte einen winzigen Schimmer Hoffnung in sich aufflackern. Hoffentlich hatte der Tierarzt recht und es war nicht das Allerschlimmste.

„Es gibt auch die Möglichkeit, einfach mal abzuwarten“, fuhr Dr. Sälzer fort. „Wurde die spinale Ataxie bei eurer Stute durch eine einmalige Verletzung des Rückenmarks ausgelöst, können sich die Symptome unter Umständen von selbst verringern. Wir können ihr etwas gegen die Entzündung spritzen, und wenn die sich zurückbildet, werden die Nervenbahnen nicht mehr durch die Flüssigkeitsansammlung zusammengedrückt. Die für die Ataxie typische Bewegungsstörung bildet sich dann automatisch zurück. Die verbleibende Instabilität zwischen den Wirbeln kann man später durch gezielten Muskel- und Koordinationsaufbau ausgleichen.“

„Danke, Dr. Sälzer. Das müssen wir, glaube ich, alle erst mal verdauen.“ Bea Gersts Stimme klang eine Spur leichter.

Nach einem flehenden Blick von Sam fügte ihre Mutter hinzu: „Selbstverständlich können Sie Alli etwas gegen die Entzündung und die Schmerzen spritzen und dann schauen wir weiter."

Der Tierarzt nickte. „Ich halte das für ein gutes Vorgehen. Stellen Sie sie irgendwo auf die Weide und lassen Sie sie ein paar Monate ganz in Ruhe. Die Entzündung wird sich nach der Spritze schnell zurückbilden und Schmerzen hat sie eigentlich keine. Wenn sie sich bewegen kann, wie sie will, wird sie Biegungen der Halswirbelsäule, die ihr wehtun, vermeiden. Und die Bewegungsstörungen sehen schlimmer aus, als sie für die Stute selbst sind."

Er zog eine Spritze auf und verabreichte sie Alegría.

„In acht Wochen sehen wir uns wieder. Dann müssten deutliche Verbesserungen eingetreten sein. Ansonsten …" Er führte seinen Satz nicht zu Ende.

Noch am selben Abend tagte der Familienrat. Auch Kati und ihre Eltern waren dazu gebeten worden und selbst Sophie nahm an dem Krisentreffen teil.

Nachdem Robert Gerst und Katis Eltern Anja und Thomas Hofmann betroffen dem Bericht von Bea gelauscht hatten, legte sich Stille über die Runde.

Schließlich brach Sams Vater das Schweigen. „Also, wenn ich es richtig verstanden habe, ist die Prognose im schlimmsten Fall, dass Alegría als Reitpferd nicht mehr geeignet ist."

„Und im besten Fall, dass nur ganz minimale Bewegungsstörungen zurückbleiben, die man durch gezieltes Training ausgleichen kann", fügte Sam hastig hinzu.

„Und ja wohl auch alles dazwischen", meinte Sophie trocken.

Sam warf ihrer jüngeren Schwester einen wütenden Blick zu. Wie konnte sie nur so gefühllos sein?

„Ich möchte noch mal wiederholen, was Dr. Sälzer gesagt hat", versuchte Bea Gerst, die aufflackernde Spannung zwischen ihren Töchtern zu lösen. „War die Kompression des Rückenmarkes einmalig, kann sich das Symptom unter Umständen von selbst verringern. Eine abwartende Haltung ist also laut Dr. Sälzer gerechtfertigt."

Thomas Hofmann, der Vater von Kati, räusperte sich. „Also, wenn ihr die Einschätzung eines Außenstehenden haben wollt, dann können wir doch nichts verlieren, wenn wir das Pferd erst mal acht Wochen auf der Weide stehen lassen. Danach muss man dann schauen, was der Stand ist und wie es weitergeht."

Robert Gerst nickte. „Thomas hat recht. Gleichzeitig muss euch beiden, Sam und Kati, aber auch bewusst sein, dass wir es uns nicht leisten können, ein Pferd durchzufüttern, das nicht mehr reitbar ist."

Sam schossen sofort die Tränen in die Augen. „Das ist mir egal. Dann höre ich eben mit dem Reiten auf. Wir dürfen Alli auf gar, gar, gar keinen Fall weggeben."

Auch Kati lief bei dem Gedanken, sich vielleicht in acht Wochen von der kleinen Spanierin trennen zu müssen, ein Strom von Tränen über die Wangen.

„Es hat doch keinen Sinn, sich jetzt verrückt zu machen", schaltete sich Anja Hofmann ein. „Warten wir es doch einfach mal ab."

Mit dem Stallbesitzer war vereinbart worden, dass Alli in den kommenden zwei Monaten zusammen mit einer kleinen Herde, die sie kannte, auf einer entlegenen Sommerweide bleiben sollte. Sam und Kati besuchten sie dort jeden Tag. Alli fühlte sich in der Herde offenbar sehr wohl und genoss es, Tag und Nacht draußen zu sein. Wie Dr. Sälzer gesagt hatte, schien sie an keinerlei Schmerzen zu leiden.

Für Sam waren die Besuche eine einzige Tortur. Ihre schöne Stute mit den abstrus-tollpatschigen Bewegungen der Ataxie über die Weide torkeln zu sehen, brach ihr wieder und wieder das Herz. Hinzu kamen die gehässigen Bemerkungen der Leute am Stall. Mehr als einmal mussten sie und Kati sich Sätze anhören wie: „So ein Pferd braucht kein Mensch", „Die wäre früher direkt weggekommen" oder: „Erlöst den armen Gaul doch. Ihr quält den nur".

„Wie hältst du das alles nur aus?", stieß Sam verzweifelt hervor, als sie und Kati nach einer besonders gemeinen Bemerkung einer Stallkollegin nach Hause radelten.

„Weiß auch nicht", gab Kati zurück. „Ich fühle mich wie in einem Tunnel. Ich schaue nur auf den Tag x in acht Wochen, wo wir erfahren werden, wie es um Alli steht. Und bis dahin, sage ich mir, ist alles offen."

Sam seufzte. Sie wurde gequält von Schuldgefühlen über die blöde Szene in der Halle mit Alli und dem Tuch. Da hatte Alli schon ihre ersten Symptome gezeigt, ohne dass Sam es gemerkt hatte. Ganz im Gegenteil hatte sie es für bloße Sturheit gehalten. Ihre Alli hatte Schmerzen gehabt, und sie hatte sie auch noch gezwungen, immer und immer wieder die Biegung zu versuchen.

„Das eine hat doch mit dem anderen rein gar nichts zu tun", versuchte Kati in ihrer pragmatischen Art, die Freundin zu beruhigen.

Doch Sams Gedanken kehrten immer wieder zu dem Nachmittag zurück. Auch wenn ihr Verstand wusste, dass sich die Ataxie genauso gut zu jedem anderen Zeitpunkt hätte zeigen können, war sie genau da zum ersten Mal aufgetreten. Als sie unfair zu Alli gewesen war. Als sie das Vertrauen der kleinen Spanierin enttäuscht hatte.

Wie unter Zwang musste sie sich vor dem Einschlafen immer wieder ihre ganzen Videos auf YouTube anschauen und wieder und wieder die Aufzeichnung ihrer Show vom *Cavallo Cup*. Ein Teil von Sam konnte und wollte nicht realisieren, dass das alles vielleicht für immer vorbei sein sollte.

Wie hatte sie zu ihren Eltern gesagt? *Dann höre ich eben mit dem Reiten auf.* Sam spürte, dass das nicht die Wahrheit war. Sie konnte gar nicht aufhören. Pferde waren ihr Leben. Und der Welt zu zeigen, was man mit Vertrauen und Geduld bei einem Pferd erreichen konnte, war ihre Bestimmung, das fühlte sie ganz tief innen drin. Doch was, wenn Alli wirklich nicht mehr okay werden würde? Wenn sie verdammt war, für den Rest ihres Lebens als Krüppel über irgendwelche Weiden zu torkeln? Und was, wenn sie sich entscheiden musste zwischen einer Zukunft als Pferdefrau und Alli zu behalten?

Sam hatte das Gefühl, dass ihr Kopf zerplatzte. So durfte sie nicht denken. Warum konnte sie nicht sein wie Kati? Jetzt einfach alles beiseiteschieben und in acht Wochen schauen, was war. Allen schien das zu gelingen, nur nicht ihr.

Eines Abends machte sich ihre ganze angestaute Verzweiflung Luft. Die Familie saß beim Abendessen, es wurde über Alltägliches geredet. Als Sophie gerade irgendetwas von ihrem neuen Tennis-Camp plapperte, sprang Sam plötzlich auf.

„Wie könnt ihr nur so tun, als wäre nichts?", schrie sie. „Euch allen ist Alli doch komplett scheißegal."

Ihre Eltern blickten sie vollkommen überrumpelt an.

„Sam, bitte ...", setzte Bea Gerst an.

Doch Sam war außer sich. „Seht ihr nicht, wie irre das ist? Alli torkelt da draußen rum und wird vielleicht nie wieder die Alte sein und ihr macht hier business as usual. Da stimmt doch was nicht."

„Es gibt jetzt im Moment absolut nichts, was wir tun können, und das weißt du", schaltete sich ihr Vater ruhig ein.

Sam brach in einen unkontrollierten Weinkrampf aus und rannte türenknallend in ihr Zimmer.

Nach einiger Zeit hörte sie ein sachtes Klopfen. Als sie nicht antwortete, öffnete ihre Mutter die Tür einen Spaltbreit.

„Darf ich zu dir kommen?"

Sam lag auf dem Bett und wurde von Tränen geschüttelt.

Ihre Mutter setzte sich neben sie, ohne eine Antwort abzuwarten. „Ist grade alles ziemlich viel, hmmm?" Sie strich Sam über den Rücken, die daraufhin noch mehr weinen musste. „So ist gut. Heul es einfach raus", ermunterte ihre Mutter sie.

Irgendwann waren die Tränen tatsächlich versiegt und Sam fühlte sich vollkommen leer.

„Magst du mit mir reden?", fragte Bea Gerst sanft.

Sam meinte zunächst, keinen Ton rauszubringen. Doch schließlich kamen Worte aus ihrem Mund: „Das mit Alli ... ich hab so ein schlechtes Gewissen. Irgendwie habe ich das Gefühl, dass es meine Schuld ist, dass sie diese schlimme Krankheit bekommen hat."

Bea Gerst nahm ihre Tochter in den Arm. „Wie kommst du denn nur auf so einen Unsinn. Es ist dein Verdienst, dass sie heute so gut dasteht. Wenn du und Kati euch nicht so reingehängt hättet, wer weiß, was mit ihr passiert wäre ..."

Sam schüttelte verzweifelt den Kopf. „Als sie mich am meisten gebraucht hat, als es ihr schon nicht gut ging und sie Schmerzen hatte, habe ich ihr noch mehr abverlangt. Wo ich den Mund immer so voll nehme von wegen Vertrauen und Geduld ist die Basis für alles. Ich habe selbst das komplette Gegenteil davon getan. Es kommt mir vor, als wäre ihre Krankheit wie eine Strafe dafür."

„Sam, das ist kompletter Unsinn. Und du weißt das", ermahnte sie ihre Mutter.

„Und wenn es nicht wieder weggeht?", fuhr Sam verzweifelt fort. „Ich könnte Alli um nichts in der Welt abgeben, am allerwenigsten in diesem Zustand. Aber ich weiß, dass ich auch nicht aufhören kann, mit Pferden zu arbeiten. Was soll ich dann nur machen?"

„Mein armer Schatz", flüsterte ihre Mutter, „du machst dir viel zu viele unnötige Gedanken. Du musst die Brücke erst suchen, wenn du am Fluss stehst."

„Das sagt Kati auch immer", entgegnete Sam, „aber ich kann das irgendwie nicht."

Bea Gerst richtete sich auf. „Weißt du, was? Mir ist gerade eine Idee gekommen."

Sam hörte ihr gar nicht richtig zu, doch ihre Mutter sprach

einfach weiter. „Papa und ich wollten dir zu Weihnachten einen Aufenthalt auf einer Pferde-Ranch im Nordwesten der USA schenken. Ich habe vor einiger Zeit über die Züchter einen Artikel gelesen, sie stammen von den Nez-Perce-Indianern ab und scheinen wirklich ein ganz besonderes Pferdewissen zu haben. Warum fährst du nicht einfach jetzt?"

Sam blickte ihre Mutter entgeistert an. „Ich kann doch Alli nicht verlassen!"

„Du kannst nicht nur, du musst sogar. Dein kleiner Nervenzusammenbruch heute Abend hat mir gezeigt, dass die Situation dich komplett überfordert. Und in dem Zustand bist du für Alli keine Hilfe, ganz im Gegenteil. Kati schaut nach ihr und du kommst auf ganz andere Gedanken. Es sind sowieso Sommerferien. Ich finde die Idee hervorragend!", beharrte ihre Mutter.

„Nee, Mama, echt nicht. Das geht nicht. Ich kann das nicht", entgegnete Sam matt.

Ihre Mutter gab ihr einen Kuss auf die Stirn. „Schlaf drüber und morgen reden wir noch mal. Ich bin sehr dafür, dass du fährst!"

Sie saß wieder auf der Sandbank am Flussbett. Der große Schwarzgraue hatte seine Herde zum Wasser geführt, und alle tranken, während er wie immer die Stuten bewachte.

Plötzlich hob eine kleine Stute den Kopf und schaute Sam direkt an. Sie hielt den Atem an. Noch nie zuvor hatte eines der Pferde mit ihr Blickkontakt aufgenommen. Sie wagte nicht, sich zu rühren.

Auch die Stute bewegte sich keinen Millimeter, blickte sie einfach nur unverwandt aus ihren großen dunklen Augen an.

Sie war von einem goldschimmernden Braun, interessanterweise ohne Tigerschecken-Zeichnung, und eine lange, schmale Blesse zog sich über ihren ganzen Kopf. Das Auffällige an ihr war aber ihre unglaublich lange silbergraue Mähne. So ungewöhnlich wie ihre Farbkombination war auch die Ausstrahlung der Stute. Sie war nicht mehr ganz jung und strahlte etwas Erfahrenes und Weises aus. Gleichzeitig zeugte ihr Blick von einer freien und wilden Seele, die sich noch nie einem Menschen geöffnet hatte. Fasziniert verharrte Sam, in den Augen der Stute versunken. Plötzlich begannen sich wie von allein Worte in ihrem Kopf zu formen.

„Ich warte auf dich."

Ihr Herz begann, wie verrückt zu klopfen, während die Stute Sam weiter unvermittelt anblickte.

„Ich warte auf dich" – hatte sie das gerade zu der Stute gesagt oder war das von der Silbermähne gekommen? Oder von ihnen beiden?

In diesem Moment wachte Sam auf.

Als sie verschlafen die Küche betrat, saß ihre Mutter noch am Frühstückstisch und machte gerade die Wochenend-Einkaufsliste.

Sie blickte auf. „Und, mein Schatz? Geht es dir besser?"

Sam nickte.

„Ich habe gute Nachrichten", fuhr Bea Gerst fröhlich fort. „Gestern Abend noch habe ich Jon und Rosa Redheart eine Mail geschickt und heute Morgen war schon die Antwort da. Du kannst zu ihnen kommen und sechs Wochen auf ihrer Farm arbeiten. Passt doch perfekt, oder?"

Sam starrte ihre Mutter ausdruckslos an, doch die fuhr unbekümmert fort: „Die Redhearts sind mit ihren Pferden im Nordosten Oregons, im Wallowa Valley. Ich habe Bilder gesehen, es ist wunderschön dort. Flüge habe ich auch schon gecheckt: Es gibt in drei Tagen einen nach Seattle, wo ich für dich einen Last-minute-Platz bekommen könnte, und von dort weiter nach Portland. Von da müsstest du dann mit dem Überlandbus fahren, Rosa hat geschrieben, dass es noch mal gut acht Stunden sind. Aber das ist ja kein Problem."

Sie machte eine kurze Pause und blickte Sam erwartungsvoll an. „Was sagst du?"

„Ihr könnt mich gar nicht schnell genug loswerden", grunzte Sam und schenkte sich einen Kakao ein.

„Das heißt, du fährst?"

Sam zögerte mit einer Antwort. Ihr Kopf fühlte sich merkwürdig wattig an.

„Kann ich dir heute Mittag Bescheid geben?", hörte sie sich sagen.

Bea Gerst nickte. „Vor zwölf bitte, so lange kann ich den Flug reservieren."

„Einverstanden", gab Sam zurück.

Am Gatter von Alegrías Weide angekommen, schaute Sam der kleinen Herde erst mal eine ganze Weile still beim Grasen zu. Aus der Ferne konnte man meinen, dass mit Alli alles in Ordnung war, wie sie da friedlich mit abgesenktem Kopf an den Grashalmen rupfte. Richtig zufrieden sah sie aus.

Sam schlüpfte unter dem Zaun hindurch. Die kleine Spanierin hob den Kopf und blickte ihr aufmerksam entgegen, während Sam sich langsam näherte. Bei Alli angekommen, setzte sie sich vor ihrer Stute ins Gras.

Wie immer begann Alli als Erstes, Sam zärtlich abzuschnobern.

„Na?“, flüsterte Sam. Sie strich Alli über die Nase. „Wie geht es dir heute, meine Schöne?“

Alli schnaubte und wandte sich ungerührt wieder dem Gras zu.

Sam sah ihr eine Weile dabei zu, wie sie genüsslich Büschel für Büschel vertilgte, und lauschte auf das gleichmäßige Rupfgeräusch. Irgendwie hatte es eine total beruhigende Wirkung.

„Soll ich fahren?“, flüsterte sie.

Die anderen Pferde bewegten sich langsam zum entgegengesetzten Ende der Weide. Alli hob plötzlich den Kopf, als bemerke sie erst jetzt, dass sich ihre Herde entfernte. Umständlich drehte sie sich um und tappte den anderen tollpatschig hinterher. Für einen kurzen Moment zog sich Sams Herz schmerzhaft zusammen.

Dann murmelte sie: „Du hast recht, meine Schöne. Danke.“

II. Sayquica

Der Highway zwischen Portland und La Grande zog sich endlos. Sam wusste schon gar nicht mehr, wie sie noch sitzen sollte. Sie war nun schon gut zwanzig Stunden unterwegs, und die Zeitverschiebung von neun Stunden trug ihr Übriges dazu bei, dass sie sich komplett zermürbt fühlte.

Nach einem Elf-Stunden-Flug war sie in Seattle, Washington, angekommen, um nach zwei Stunden Aufenthalt weiter nach Portland, Oregon, zu fliegen. Dann setzte sich ihre Reise in den äußersten Nordosten Oregons mit diesem Überlandbus fort, in dem sie nun auch schon seit fünf Stunden saß.

Endlich bog der Bus vom Highway ab und sie musste ein letztes Mal umsteigen. Der nächste Bus würde sie an ihren Bestimmungsort bringen: das kleine Städtchen Joseph in der Berg- und Wildnisregion der Wallowa Mountains.

Sam hatte nicht die geringste Ahnung, was sie dort erwarten würde. Sie hatte noch nicht mal eine Adresse von der Farm der Redhearts. Als sie zugesagt hatte, in die USA zu fliegen, war alles auf einmal unglaublich schnell gegangen – das Visum besorgen, packen, sich von Kati verabschieden, von ihren Eltern, noch mal ausführlich von Alli.

„Zum Glück ist alles so schnell gegangen“, dachte sie, denn

dadurch hatte sie keine Zeit gehabt, ihren Entschluss infrage zu stellen.

Sie blickte aus dem Fenster. Nachdem der Bus hinter La Grande durch eine fruchtbare Ebene gefahren war, in der sich Weizenfelder und Grasland wie ein Flickenteppich aneinanderreihten, kurvte die Straße nun abwechselnd durch schroffe Höhen und Waldstücke, einem breiten Flusslauf folgend.

„Hier sieht es null aus wie in meinem Traum", fuhr es Sam durch den Kopf. Doch was erwartete sie eigentlich? Dass ihr die Silbermähne bei ihrer Ankunft fröhlich entgegengaloppiert kam? Sie hatte noch nicht mal Kati von dem letzten Traum erzählt. Es erschien ihr ja selbst total verrückt, sich wegen eines Traumes ans andere Ende der Welt zu begeben. Und deswegen war sie doch hier, oder?

Die Straße mäanderte in großen Schwüngen durch karge Hochplateaus, immer wieder unterbrochen von Kiefernwäldern. *Wallowa Lake Highway* hatte sie irgendwo gelesen.

Stimmt, Joseph lag ja an einem großen See, dem Wallowa Lake, erinnerte sie sich. Das war auf den Bildern, die ihre Mutter ihr vor der Abfahrt aufs Handy geschickt hatte, deutlich zu sehen gewesen.

Es ist da wunderschön! Die holen dich an der Busstation in Joseph ab, hatte sie geschrieben. Als wäre sie hier, um Ferien zu machen …

In Minam setzte sich ein freundlicher älterer Mann mit dunklen Haaren und hochliegenden Wangenknochen neben sie, der sofort ein Gespräch anfing. Er fragte sie, wo sie herkomme und wo sie hinfahre. Als er hörte, dass sie aus Deutschland kam, erzählte er ihr, dass diese Ecke Oregons altes Stammesgebiet der

Nez-Perce-Indiander gewesen sei, bevor sie im 19. Jahrhundert in einer dramatischen Flucht vom US-Militär von ihrem angestammten Land vertrieben wurden. Der Ort Minam ging auf den indianischen Namen E-mi-ne-mah zurück, der ein Tal beschrieb, in dem es eine bestimmte Heilpflanze gab. Und auch Joseph, Sams Bestimmungsort, war nach dem berühmten Chief der Nez Perce benannt, der jene historische Flucht angeführt hatte.

Sam ließ seine Erklärungen auf sich herabrieseln und schaute aus dem Fenster. Ab Minam lief die Straße ein ganzes Stück lang parallel zum mächtigen Wallowa River.

Einer plötzlichen Eingebung folgend, fragte sie den Mann: „Gibt es hier in den Bergen eigentlich noch Wildpferde?“

Er blickte sie überrascht an. „Du meinst Mustangs?“

Sam zuckte mit den Schultern. Sie wusste selbst nicht, was sie meinte.

„Yeah, unten im Südosten gibt es einige Herden“, antwortete der Mann zögerlich.

„Ich meine hier oben“, insistierte Sam. „In den Wallowa Mountains. Gibt es hier noch welche?”

Der Mann musterte sie plötzlich interessiert. Dann antwortete er ausweichend: „Kommt drauf an, wen du fragst.“

Der Bus schwang sich herab ins Wallowa Valley, und vor Sam erstreckte sich plötzlich ein fruchtbares Tal mit goldenen Feldern, in die wie von Künstlerhand hin und wieder eine große rote Scheune getupft war. Über der Ebene spannte sich ein endlos blauer Himmel, unterbrochen durch die pfeilspitzenartigen Gipfel der umliegenden Bergketten, auf denen noch ein müder Sommerschnee lag. Ihre Mutter hatte recht gehabt: Es war wunderschön hier.

Der Bus fuhr in das 1 000-Seelen-Örtchen Joseph ein und hielt schon nach wenigen Hundert Metern an einer Chevron-Tankstelle. Endstation.

Sam verabschiedete sich von ihrem Sitznachbarn, der mit einem lockeren „See ya around", *Man sieht sich,* antwortete, und schälte sich aus dem Sitz. Sie war todmüde und spürte jeden einzelnen Knochen.

Nachdem sie ihren Koffer aus dem Bauch des Busses gezerrt hatte, sah sie sich um. An einer Straßenecke hingen ein paar Jugendliche ab und verschiedene Leute in Autos warteten auf dem Parkplatz der Tankstelle auf die Ankömmlinge.

Sam setzte sich auf ihren Koffer. Ihr Magen knurrte so laut, dass sie meinte, man höre es in einem Umkreis von ein paar Hundert Metern. Durst hatte sie auch. Und jetzt?

Plötzlich fiel ihr Blick auf einen verbeulten Pick-up-Truck, der etwas abseits stand. *Halo Ranch* konnte sie auf der Fahrertür entziffern. Und darunter: *Home of the Nez Perce Horse.*

Doch die Fahrerkabine war leer.

Während sie noch überlegte, ob sie einfach zu dem Truck herübergehen und daneben warten sollte, unterbrach eine Stimme ihre Gedanken. „Sam?"

Sie wandte sich um und blickte in das feingeschnittene, indianisch aussehende Gesicht eines Jungen mit tiefschwarzen Haaren, der nicht viel älter sein konnte als sie selbst.

„Luke", stellte er sich vor und streckte ihr die Hand entgegen. „Ich soll dich abholen. Durst?"

Dankbar nahm Sam die Flasche mit kaltem Wasser entgegen, die er ihr reichte, und leerte sie in einem Zug. Erfrischt betrachtete sie ihr Gegenüber. „Du arbeitest auf der Ranch?"

Luke nickte. Er schien kein Freund vieler Worte zu sein. Stattdessen ergriff er ihren Koffer, schleppte ihn zum Pick-up herüber und warf ihn auf die Ladefläche.

Sam stieg neben Luke in die staubige Kabine. Ein mittelgroßer dreifarbiger Hund, der sich im Fußraum eingerollt hatte, hob den Kopf und begann, leise zu knurren.

„Alles okay", gab Luke ihm zu verstehen und sofort senkte sich sein Kopf wieder und er schloss die Augen.

Sam versuchte, sich so zu setzen, dass ihre Füße den schlafenden Hund nicht berührten.

„Anoki tut dir nichts", kommentierte Luke ihre Versuche.

Sam nickte zweifelnd.

„Was macht ihr eigentlich so auf der Ranch? Mit den Pferden, meine ich?", versuchte sie, das Thema zu wechseln.

Luke schenkte ihr einen fragenden Blick, während er den Pick-up auf demselben Weg aus Joseph heraussteuerte, den der Bus hinein genommen hatte.

Sam realisierte, wie naiv ihre Frage geklungen haben musste, und sie setzte nach: „Ihr züchtet Appaloosas, richtig?"

„Nez Perce Horses", korrigierte Luke, während er direkt auf die Berge zuhielt.

Nachdem keine weitere Erklärung folgte, was der Unterschied zwischen einem Appaloosa und einem Nez Perce Horse war, beschloss Sam, es mit einer anderen Frage zu versuchen.

„Trainiert ihr auch Pferde oder seid ihr ein reiner Zuchtstall?"

Wieder blickte Luke sie merkwürdig an, als verstehe er überhaupt nicht ihre Frage.

Sam seufzte. Dieser Luke schien wirklich schwer von Begriff. Dabei hatte er auf den ersten Blick ganz sympathisch gewirkt.

Der Pick-up war nun von der Straße in einen Schotterweg abgebogen. Anoki hob plötzlich seinen Kopf, als spüre er, dass sie gleich zu Hause waren.

„Wirst du selbst sehen“, murmelte Luke plötzlich.

In der Ferne entdeckte Sam ein paar rote Gebäude, die am Fuß der Berge wie von einer Riesenhand hingewürfelt waren. Was immer sie sich unter einem amerikanischen Gestüt vorgestellt hatte, das hier war jedenfalls alles andere.

Neben einem hölzernen Farmhaus gab es eine der großen roten Scheunen, die für die Gegend so typisch zu sein schienen, ein paar eingezäunte Weiden, einen Roundpen sowie eine freistehende Garage. Das war alles.

„Und wo sind die Pferde?“, stotterte Sam.

Zum ersten Mal grinste Luke. Das Grinsen stand ihm gut. Endlich sah er aus wie ein Junge in ihrem Alter.

„Draußen natürlich. Wir holen nur die ans Haus, die krank sind oder verkauft werden sollen. Die Herden leben das ganze Jahr über auf dem Land.“

Sam nickte, obwohl sie keine Vorstellung davon hatte, was „das Land“ sein sollte.

Als sie ausgestiegen waren, kamen ein paar gackernde Hühner angelaufen, die umgehend von Anoki fortgejagt wurden. Luke trug Sams Koffer hinüber zur Garage. Nun sah sie, dass auf dem Gebäude ein Dachboden aufgestockt worden war, der offenbar als Gästeapartment diente.

„Dinner ist um sechs“, warf Luke ihr beiläufig zu und machte keinerlei Anstalten, den Koffer hinaufzutragen.

Ein Blick auf die Uhr verriet Sam, dass sie gerade mal zwanzig Minuten hatte.

Nachdem sie den Koffer in das gemütliche Dachgeschoss mit dem offenen Bad geschleppt hatte, schickte sie kurz eine Nachricht an ihre Eltern und Kati, dass sie endlich angekommen war und sich später melden würde.

Sie beschloss, vor dem Essen noch auf eigene Faust etwas die Ranch zu erkunden. Hinter der Garage entdeckte sie das Hühnerhaus und einen kleinen Teich. Dann wandte sie sich der großen roten Scheune zu. Das Tor war nicht verriegelt, und sie fand darin sechs geräumige Pferdeboxen, die allerdings leer standen. Der Rest des Gebäudes wurde offenbar für die Lagerung von Heu genutzt.

Auf einem Paddock hinter der Scheune war eine Raufe mit Heu befüllt, doch sie konnte weit und breit kein Pferd entdecken. Sam begann, sich zu fragen, was sie hier eigentlich arbeiten sollte. Hatte ihre Mutter nicht von dem besonderen Pferdewissen der Redhearts geschwärmt? Bis jetzt konnte sie sich nicht vorstellen, was die überhaupt mit Pferden machten.

Sie überlegte, ob sie noch Zeit hatte, Kati eine ausführliche Nachricht zu schicken, aber dann beschloss sie, am ersten Abend lieber nicht zu spät zu kommen.

Sam fand die Vordertür des Farmhauses unverschlossen. Anoki, der sich auf der Veranda davor zusammengerollt hatte, schenkte ihr keine Beachtung, als sie eintrat.

„Wenigstens der akzeptiert mich jetzt“, schoss es ihr durch den Kopf.

Sie folgte dem Duft von gegrilltem Fleisch durch das Wohnzimmer in eine große Küche. Luke und ein schlanker Mann Mitte vierzig, dem Luke wie aus dem Gesicht geschnitten war, saßen schon am Tisch. Wie peinlich, dieser Luke war offenbar der Sohn der Redhearts und nicht irgendein Farmhelfer.

Eine strahlend lächelnde Frau mit langem Zopf, der ihr bis zur Hüfte reichte, kam auf Sam zu, schloss sie herzlich in die Arme und legte gleich los: „Ich bin Rosa. Hast du eine gute Reise gehabt? Du Arme musst ganz schön kaputt sein. Iss erst mal was Gutes, dann wirst du dich gleich besser fühlen."

Sam fiel ein Stein vom Herzen. Endlich jemand, der mehr als zwei Worte am Stück rausbrachte.

Rosa häufte ihre eine Riesenportion Grillfleisch, grüne Bohnen und Kartoffelpüree mit Sauce auf den Teller, als Sam sich verlegen räusperte: „Ähm ... ich bin Vegetarierin."

Rosa blickte sie überrascht an und Sam schob gleich hinterher: „Aber grünen Bohnen und Kartoffelpüree sind prima, sozusagen ... mein Lieblingsessen."

Rosa lachte. „Dann müssen wir nachher mal reden, was du noch gerne isst außer grünen Bohnen, denn Luke und Jon sind echte Fleischesser." Sam machte sich hungrig über ihren Teller her, während sie mit einem Ohr der Unterhaltung von Luke und seinem Vater lauschte, die am nächsten Morgen ein paar Jungstuten zur Farm herunterholen wollten.

„Darf ich mitkommen?", warf sie schnell ein, während sie hastig das Essen in ihrem Mund herunterschluckte.

„Noch nicht", erwiderte Jon in einem Ton, der keinen Widerspruch duldete. Dann setzte er hinzu: „Keine Angst, für dich gibt es hier noch genug zu tun."

Sam beschloss, die Gelegenheit, dass Jon das Wort an sie gerichtet hatte, beim Schopf zu packen: „Luke hat gesagt, ihr züchtet Nez Perce Horses."

„Wir züchten Nez Perce Horses, ziehen sie auf und trainieren sie“, gab Jon zurück.

Sam seufzte erleichtert. Das hörte sich mehr nach ihrem Geschmack an. Gleich schloss sie ihre nächste Frage an: „Und sie sind irgendwo draußen auf dem Land?“

Rosa schaltete sich ein: „Die Pferde leben auf den 60 Acres, die zur Ranch gehören.“

„60 Acres?“, hakte Sam nach. Mit dieser Flächenbezeichnung konnte sie rein gar nichts anfangen.

„Circa 240 000 Quadratmeter“, entgegnete Luke trocken.

Sam schluckte. Das war ja eine Riesenfläche.

„Wie findet ihr die Pferde denn da wieder?“, stieß sie verblüfft hervor.

Die drei Redhearts lachten, als habe sich ihnen diese Frage noch nie im Leben gestellt.

Unverdrossen bohrte Sam weiter. „Was ist denn nun der Unterschied zwischen einem Nez Perce Horse und einem Appaloosa?“

Nachdem er seinen letzten Bissen heruntergeschluckt hatte, setzte Jon an: „Ich sehe, du willst alles ganz genau wissen. Dann hör gut zu.“ Er lehnte sich in seinem Stuhl zurück. „Unser Stamm, die Nez Perce, hat hier in der Gegend mal sehr besondere Pferde gezüchtet. Ist allerdings ein paar Hundert Jahre her. Das waren die ursprünglichen ‚Appaloosas‘ – äußerst widerstandsfähige Pferde, deren Intelligenz und Liebe zum Menschen außergewöhnlich waren. Ihr Ruf war legendär und sie waren bei den anderen Stämmen begehrt für die Büffeljagd und auch bei Händlern und Forschern. Extrem ausdauernde und schnelle Pferde.“

Sein Blick verlor sich für einen Moment in der Ferne. Dann fuhr er fort: „Die Regierung verlangte irgendwann, dass die Nez Perce ihre Heimat hier in den Wallowa Mountains für immer verlassen und sich in ein Reservat in Idaho zurückziehen sollten. Unser Stamm entschied sich im Juli 1877, unter Führung von Chief Joseph zu fliehen – 750 Männer, Frauen und Kinder mit über zweitausend Pferden. In den nächsten vier Monaten trugen diese unglaublichen Pferde unsere Leute bei Hitze und eisigem Wetter über 1.500 Meilen durch einige der härtesten Gegenden der Welt, ohne die Möglichkeit, sich auszuruhen oder sich von Verletzungen zu erholen. In all der Zeit waren ihnen einige hundert US-Kavalleristen auf den Fersen, und aus jeder Konfrontation mit ihnen gingen die Nez Perce siegreich hervor, was sie nicht zuletzt ihren Pferden verdankten. Doch ein paar Kilometer vor der kanadischen Grenze gelang es der Kavallerie schließlich in einem Schneesturm, unsere Leute zu stellen. Die erschöpften und ausgehungerten Pferde, die ihnen verblieben waren, wurden durch die Armee beschlagnahmt oder getötet. Etwa die Hälfte der Überlebenden zog in das Reservat in Idaho. Das war das Ende des freien Stammes der Nez Perce und das Ende ihrer besonderen Pferde."

Sam hatte Jon mit offenem Mund gelauscht, und auch Rosa und Luke, denen die Geschichte ihres Stammes offenbar bekannt war, hatten Jon fast andächtig zugehört.

Schließlich flüsterte Sam: „Und wie ging es weiter?"

Jon zuckte resigniert mit den Schultern. „Die beschlagnahmten Nez-Perce-Pferde wurden von der Armee versteigert und in den nächsten Generationen achtlos mit allem gekreuzt, was sich im heimischen Stall befand, vom Kaltblut bis zum Esel.

Erst die Gründer des Appaloosa Horse Clubs 1938, ein paar Rancher, machten den Versuch, diese besondere Rasse irgendwie zu erhalten. Sie begannen mit gut hundert Tieren, in denen man das ursprüngliche Nez-Perce-Pferd noch erkennen konnte. Die Gründer sammelten alle historischen Unterlagen, die sie über die Rasse bekommen konnten, erstellten Abstammungsnachweise und Registrierungspapiere für zur Zucht geeignete Pferde und erarbeiteten einen Rassestandard. Doch in den nächsten 50 Jahren wurde durch Einkreuzungen von Quarter Horses und Arabern ein Appaloosa geschaffen, der sich vor allem durch einen edlen Kopf, eine starke Bemuskelung der Hinterhand und spektakuläre Farbe auszeichnete. Ein Show-Pferd, das die Eigenschaften, die das ursprüngliche Nez-Perce-Pferd so berühmt gemacht hatten, wie Ausdauer, Zähigkeit und Mut, weitestgehend verloren hatte."

„Das heißt, mit euern Nez-Perce-Pferden startet ihr den Versuch, den ursprünglichen Appaloosa rückzuzüchten?", hakte Sam nach. Sie war von Jons Geschichte vollkommen gefangen.

„Unser Stamm bemüht sich seit den 1990er-Jahren um ein Zuchtprogramm für das echte Nez-Perce-Pferd", schaltete sich nun Rosa ein. „Wir haben damit begonnen, die ursprünglichen Zuchtlinien des Appaloosa Horse Clubs, die ja noch Nez-Perce-Blut hatten, zu kreuzen. Später kamen dann Stuten aus der Minam-Linie von Chief Joseph dazu, die noch hier im Wallowa Valley lebten – reine, aber nicht registrierte Appys der alten Herde."

„Und? Hat es geklappt? Konntet ihr dem ursprünglichen Appaloosa wieder näherkommen?", entfuhr es Sam gefesselt.

„Appaloosa ist kein Wort, das wir verwenden würden. Dieser

Name ist unseren Pferden von Weißen gegeben worden. Genau wie Nez Perce."

Sam blickte überrascht auf Luke. Das waren ja mehr Worte, als sie in den ganzen letzten Stunden aus seinem Mund gehört hatte. Und in einer Schärfe, die sie ihm nicht zugetraut hätte.

„In unserer Sprache heißen wir Nimiipuu, was einfach nur so viel bedeutet wie *die Menschen*", warf Jon erklärend ein.

Sams Enthusiasmus war ungebremst. „Ich bin schon total gespannt darauf, eure Pferde zu sehen. Und mit ihnen zu arbeiten", rief sie aus. „Die müssen etwas total Besonderes sein, ich meine im Aussehen und im Charakter."

Plötzlich schoss ihr das Bild der Herde aus ihren Träumen in den Kopf: der leopardgefleckte schwarzgraue Hengst und die Blau-, Braun- und Rotschimmel-Stuten mit der Tigerschecken-Zeichnung an Rücken und Hüften. Für einen Moment stockte Sam der Atem. Gab es einen Zusammenhang zwischen ihren Träumen und den ursprünglichen Pferden der Nez Perce? War sie deshalb hier?

Doch schon im nächsten Moment holte Jon sie in die Gegenwart zurück. „Du solltest dich jetzt besser hinlegen. Morgen gibt es einige Arbeit."

Sam nickte. Doch ihr Herz klopfte. Sie war genau am richtigen Ort, das fühlte sie ganz deutlich.

Als sie wenig später in ihrem Bett lag, meinte sie, viel zu wach zum Schlafen zu sein, obwohl ihr Körper sich anfühlte, als wäre ein 15-Tonner darübergewalzt. In ihrem Kopf drehte sich ein wilder Reigen von Bildern und Fragen: die ursprünglichen ‚Appaloosas', die gar nicht Appaloosa hießen, die große Flucht der

Nimiipuu und was ihre unglaublichen Pferde geleistet hatten, das traurige Ende dieser besonderen Rasse und der Kampf um einen Neuanfang und nicht zuletzt die Herde aus ihren Träumen, die so anders aussah als irgendeine Rasse, die sie kannte.

Als Sam am nächsten Morgen die Augen öffnete, schien die Sonne hell in ihr Zimmer. Oje, sie war gestern eingeschlafen, ohne sich noch mal bei Kati zu melden. In Deutschland musste es jetzt später Nachmittag sein.

„Wie geht es dir? Und wie geht es Alli??? Miss you!", tippte Sam schnell in ihr Handy.

Sofort kam von Kati eine Antwort: „Endlich lässt du von dir hören! Alles klar bei dir? Hier ist alles gut, Alli lässt dich schön grüßen und gibt dir einen Kuss."

Sam lächelte und textete: „Bin noch total erschossen von der Reise und allem Neuen auf der Ranch. Heute Nachmittag kann ich mehr berichten."

„Denk dran, dass es hier neun Stunden später ist als bei dir!!!", schrieb Kati zurück.

Sam schickte der Freundin ein Emoji.

Dann schlüpfte sie schnell in eine Jeans und ein T-Shirt und lief hinunter. Vielleicht nahmen Jon und Luke sie doch noch mit aufs *Land*.

Zu ihrer Enttäuschung war nur Rosa da und erzählte ihr, dass die beiden schon vor Tagesanbruch los waren. Anoki hatten sie auch mitgenommen.

Rosa machte Sam Rührei mit frischem Toast und stellte ihr ein Riesenglas kalte Milch hin.

„Das kannst du doch essen?", fragte sie besorgt.

„Schon okay", nickte Sam. „Ich mag eben bloß kein Fleisch."

„Das kriegen wir hin", meinte Rosa und setzte sich zu ihr an den Küchentisch.

„Ich glaube, du bist der netteste Mensch, den ich kenne", brachte Sam mit vollem Mund heraus.

Rosa lächelte wieder ihr Strahlelächeln. „Ich muss nachher nach Joseph, ein paar Besorgungen machen. Was hältst du davon, wenn ich dich mitnehme und am Wallowa Lake absetze? Du kannst dir noch ein bisschen Zeit nehmen, um anzukommen, die Männer sind eh nicht vor heute Nachmittag mit den Pferden zurück."

Zuerst wollte Sam protestieren, doch dann fand sie die Aussicht, ein paar Stunden die Sonne am See zu genießen, gar nicht so übel. Und Rosa hatte recht, sie musste nicht auf der Ranch zwischen den Hühnern sitzen, wenn hier eh nichts für sie zu tun war. „Einverstanden. Ich hole nur ein Handtuch und einen Badeanzug."

Rosa stoppte ihren Station Wagon auf dem Parkplatz vor dem *Mount Joseph Family Foods,* einem hübschen, ländlichen Lebensmittelladen. Überhaupt hatte Sam hier bislang keine der sonst in Amerika allgegenwärtigen Fastfood-Ketten entdecken können, stattdessen säumten kleine Läden und Cafés mit lustigen Namen wie *Bee Crow Bee* oder *Mad Mary's* Josephs beschauliche Straßen. Sogar ein paar Kunstgalerien hatte sie auf der Fahrt entdeckt.

Während sie im Auto auf Rosa wartete, beobachtete sie einige Kinder, die barfuß über einen kleinen Bach hin und her hüpften, sich gegenseitig jagten und kreischten. Hier war die Zeit echt stehen geblieben.

Ihr Blick fiel auf ein großes Plakat, das für die Sortenvielfalt der lokalen *Arrowhead Chocolates* warb: *Truffles and Caramels, Fruit & Nut Clusters and Jellys, Bars and Bark, Solid Molded Chocolate.*

Sie musste lächeln. Kati würde unverzüglich über diesen Laden herfallen, wenn sie hier wäre.

Einen Moment überkam Sam eine Art Wehmut. Innerhalb weniger Tage war sie in diese vollkommen andere Welt katapultiert worden, während alle, die sie liebte, zu Hause saßen. War es ein Fehler gewesen herzukommen? Jagte sie im wahrsten Sinne des Wortes nur einem Traum hinterher?

Hinter ihr öffnete sich die Heckklappe des Kombis und Rosa verstaute ihre Einkäufe.

„Auf zum See!“, rief sie fröhlich aus. Sie schien wirklich immer gute Laune zu haben!

Als sie fünf Minuten später auf einen der Besucherparkplätze des Wallowa Lakes fuhren, bot sich Sam ein idyllisches Bild: Boote mit Wasserskifahrern flitzten über den See, während das Ufer bevölkert war mit Familien, die an verschiedenen Stränden schwammen, rumplanschten und sich sonnten. Fischer in langen Gummistiefeln jagten an der felsigen Peripherie nach Lachsen und Seeforellen, wie Rosa ihr erklärte. Und das Wasser schien so kristallklar, wie Sam es noch nie in ihrem Leben gesehen hatte.

„Echt schön hier“, murmelte sie.

„Du darfst nicht vergessen, dir ein Eis bei *Matterhorn* zu kaufen, das ist gleich hier am See“, schlug Rosa ihr vor.

„Matterhorn?“, gab Sam erstaunt zurück. Da war sie in der

hinterletzten Ecke Oregons, und hier gab es tatsächlich eine Eisdiele, die Matterhorn hieß?

„Manche nennen diese Gegend die ‚Alpen des Nordwestens'", grinste Rosa entschuldigend.

Sam grinste zurück. Okay, dann würde sie eben noch ein bisschen in den ‚Alpen' einen auf Urlaub machen.

„In drei Stunden hole ich dich wieder hier ab", rief Rosa ihr zu und fuhr fröhlich winkend davon.

Sam fand eine schöne, ruhige Stelle abseits des Familienstrandes. Sie legte sich auf ihr Badetuch und blickte in den strahlend blauen Himmel. Wenn sie das beeindruckende Panorama der Wallowa Mountains betrachtete, konnte sie sich gut vorstellen, dass man diese Berge mit den Alpen verglich. Wie musste es gewesen sein, als die Nimiipuu mit ihren Pferden hier vollkommen frei gelebt hatten? Ob sie ihre Herden zum Trinken auch an diesen See geführt hatten? An vielen Stellen reichten die dichten Kiefernwälder bis ans Seeufer hinunter.

Sams Blick wurde plötzlich von einem ungewöhnlichen Vogel angezogen. Seine riesengroßen schwarzen Schwingen trugen ihn in weiten Kreisen über den See, sein Kopf und die Schwanzfedern waren dagegen schneeweiß. Er sah ungeheuer majestätisch aus, musste eine Flügelspannweite von mindestens zwei Metern haben. Ob das ein Weißkopfseeadler war?

Ein Bling des Smartphones riss sie aus ihren Gedanken.

„Meldest du dich heute noch?", textete Kati. „Hier ist es schon nach acht."

„Sitze gerade an einem unglaublich schönen See und beobachte einen Adler. Das müsstest du sehen!"

„Video?“, schrieb Kati.

Der Adler drehte noch seine Kreise und so hielt Sam einfach die Kamera ihres Handys drauf und filmte nebenbei noch etwas von dem umliegenden Bergpanorama.

„Hammer“, antwortete Kati, als sie das kurze Video erhalten hatte. „Mach doch ein Video-Tagebuch von deiner Zeit drüben. Dann kriegen wir hier auch was mit.“

„Coole Idee“, schrieb Sam. „Sollen wir einen neuen Kanal dafür einrichten?“

„Besser einen Insta-Account”, textete Kati. „Wollte ich sowieso mal für uns machen. Was hältst du von *Wild horses on tour?*“

Sam war sofort Feuer und Flamme. „Super!“

„Dann fang mal fleißig an zu dokumentieren“, schrieb die Freundin zurück, „damit wir was zum Veröffentlichen haben.“

Sam schickte ihr ein Emoji mit einem verzweifelten Gesichtsausdruck. „Bis auf den Adler ist noch nicht wirklich was passiert. Bin noch im Urlaubsmodus. Aber heute Nachmittag kommen irgendwelche Pferde auf die Ranch. Das wird spannend zu sehen, was die mit denen machen! Ich halte drauf!!!“

Kati schickte ihr ein Daumen-Hoch. „Ich erwarte deinen Bericht gleich morgen früh!“

Sam musste grinsen. Kati war die geborene PR-Frau.

„Und du schickst mir dafür jeden Tag ein kleines Video von Alli“, schrieb sie der Freundin zurück. „Ich muss doch überprüfen, ob sie Fortschritte macht.“

„Nix musst du! Alli hat mir gesagt, dass sie jetzt mal in Ruhe gesund werden will, du sie bitte nicht nerven und da drüben dein Ding machen sollst.“

„Das hat sie gesagt????“

Kati antwortete mit drei Herz-Smileys.

Sam schickte ihr ein Herz zurück. Sie hatte verstanden.

Sam stand am Paddock hinter der Scheune und beobachtete die fünf Jungstuten, die Jon und Luke zur Farm heruntergebracht hatten. Was auch immer ihre Grundfarbe war, jede von ihnen hatte zusätzlich irgendwo die typischen „Spots", die man von einem Appaloosa kannte. Doch ihr Gebäude sah völlig anders aus als das der bekannten muskulösen Westernpferde. Unter ihren konturierten Körpern mit den hoch aufgesetzten Hälsen, langen Rücken und Beinen traten Knochen und Sehnen sichtbar hervor.

„Du verstehst also was von Pferden?" Jon stellte sich neben Sam an den Weidezaun und kaute dabei auf einem Heustängel rum.

Sam war sich nicht sicher, ob das eine Feststellung oder eine Frage sein sollte. Sie deutete auf die Stuten. „Darf ich dich was fragen?"

„Klar", gab Jon zurück und spuckte den Heustängel aus.

„Ist da noch irgendwas anderes eingekreuzt? Die sehen vom Gebäude alle so trocken aus, erinnern mich fast an englische Vollblüter. So gar nicht wie die Appaloosas, die ich kenne."

Für einen Moment huschte ein Lächeln über Jons Gesicht. Dann fuhr er fort: „Der Nimiipuu-Stamm in Idaho bekam in den Neunzigern vier reinrassige Achal-Tekkiner-Hengste geschenkt. Sie gelten als eine der ältesten und widerstandsfähigsten Pferderassen der Welt. Wir haben einige unserer Stuten von diesen Hengsten decken und die akzeptablen Auskreuzungen im Nez-Perce-Horse-Register eintragen lassen."

Für einen Moment musste Sam an die Pferde aus ihrem Traum denken, die so anders aussahen als alle Rassen, die sie kannte. Diese Stuten hier hatten einiges mit ihnen gemeinsam.

„Und warum ausgerechnet Achal-Tekkiner? Die kommen doch vom andern Ende der Welt“, hakte Sam nach.

Jon zögerte einen Moment mit seiner Antwort. Dann meinte er betont beiläufig: „Die sind den ursprünglichen Pferden der Nez Perce einfach in vielem sehr ähnlich.“

Bevor Sam weiter fragen konnte, was eine Rasse aus Turkmenistan mit einer Rasse aus dem Westen der USA gemeinsam haben konnte, wechselte Jon schnell das Thema.

„Traust du dir zu, die da halfterführig zu machen?“ Jon deutete mit dem Kinn auf eine Blue Roan mit Spots über Hüfte und Lenden, die gerade mit gebleckten Zähnen eine Palominostute fortschickte. Sam musste schlucken. Die dunkle Stute mit den weißen Stichelhaaren strotzte vor Energie und schien von ihrem Wesen her ziemlich dominant zu sein.

„Sie ist noch nie von einem Menschen angefasst worden. Wir haben die Girls runtergetrieben, um sie zum Verkauf fertig zu machen. Erst mal gehen die halfterführig weg. Wenn die neuen Besitzer es wollen, reiten wir sie aber auch an und bilden sie sogar aus. Das macht alles Luke.“

Die Blue Roan scharrte herausfordernd mit dem Vorderbein, als wolle sie zu der Palomino sagen: Hast du genug oder soll ich dir noch mal zeigen, dass ich die Stärkere bin? Dann zwackte sie ihr noch schnell in den Hals. Die andere trollte sich. Die Stute blickte sich siegesgewiss um, ob sie noch irgendwem ihre Überlegenheit beweisen konnte.

Sam fühlte ein irres Kribbeln im Bauch. Was hatte Jon gestern gesagt? Für dich gibt es hier noch genug zu tun? Da hatte er ihr ja eine ordentliche Portion zugedacht! „Kann's mal versuchen", meinte sie nun betont lässig.

„Hatte nichts anderes erwartet", gab er zurück. „Wir separieren gleich die Pferde und treiben die Blue Roan in den Roundpen. Dann gehört sie für die nächsten Tage dir."

Sam nickte. „Einverstanden."

Blue, wie Sam die Stute genannt hatte, stand nun schon seit über einer Stunde allein im Roundpen und lief immer noch unruhig hin und her, weil sie von den anderen Stuten getrennt war. Sam hatte ihr ein Heunetz an das Roundpen-Gitter gebunden und ihr einen Kübel Wasser hingestellt, doch Blue interessierte sich keinen Deut dafür. Immer wieder schmetterte sie ein lautes Wiehern in Richtung der angrenzenden Weide, wo die vier übrigen Stuten nun beieinanderstanden und grasten.

Nachdem das Futter und Wasser nichts dazu beigetragen hatten, dass Blue sich an die neue Situation gewöhnte und etwas beruhigte, beschloss Sam, in den Roundpen zu gehen und einfach zu schauen, wie die Stute auf sie reagieren würde.

Als sie den im Durchmesser circa 17 Meter großen, hoch eingefassten Zirkel betrat, schoss Blues Kopf mit den langen, gespitzten Ohren zu ihr herum. Angespannt beobachtete sie, wie Sam sich vollkommen beiläufig und scheinbar desinteressiert in der anderen Hälfte des Roundpens hin und her bewegte. Blues Getrenntsein von der Herde war für sie plötzlich vollkommen nebensächlich geworden, hier galt es nun, etwas potenziell viel Bedrohlicheres im Auge zu behalten. Die Stute schien vor innerer Anspannung fast zu platzen.

Sam gab sich alle Mühe, Blue durch ihr Desinteresse zu signalisieren, dass sie rein gar nichts von ihr wollte, aber innerlich war sie nicht so ruhig. Das Kraftpaket vor ihr, das nun in höchste Alarmbereitschaft versetzt war, schien bereit, jeden Moment zu explodieren. Und wenn ihre Hufe durch die Gegend flogen, wäre Sam nicht gerne in der Nähe. Wie konnte sie Blue nur beruhigen und ihr vermitteln, dass sie sich in ihrer Anwesenheit entspannen und sicher fühlen konnte?

Im Moment schienen sie weit davon entfernt. Blue hatte einfach viel zu viel Angst vor dem merkwürdigen zweibeinigen Wesen, das nun mit ihr denselben Roundpen teilte, um sich auf irgendetwas einzulassen. Möglicherweise war dieses Ding gefährlich und würde sie jeden Moment anspringen wie ein Berglöwe, deshalb hielt sie sich laut schnaubend im Sicherheitsabstand zu Sam und beäugte sie höchst alarmiert, unsicher, ob sie flüchten oder kämpfen sollte.

„Du hast genauso viel Angst vor mir wie ich im Moment vor dir“, sagte sie innerlich zu der Stute. Ihr wurde klar, dass sie bei Blue rein gar nichts erreichte, indem sie einfach nur versuchte, sich zu entspannen. Sie musste die Sicherheit auch ausstrahlen, die sie versuchte, Blue zu vermitteln. Und das ging nur, indem sie ganz klar die Führung ergriff.

Aus den Augenwinkeln nahm sie wahr, dass Luke und Jon außen an den Roundpen getreten waren. Sie beobachteten Sam schweigend, und die hatte plötzlich das Gefühl, dass das hier so eine Art Test war, mit dem die beiden herausfinden wollten, wie viel sie wirklich von Pferden verstand.

Sie machte einen entschiedenen Schritt auf Blue zu. Als habe die Stute nur auf eine solche Reaktion von Sam gewartet, um ihre angestaute Energie zu entladen, schlug sie heftig aus und setzte dann zu einem irren Lauf entlang des Außengitters vom Roundpen an, wobei sie aufgrund der Zirkelform des Pens natürlich nicht wirklich vor Sam flüchten konnte.

„Mist. Das war zu viel Druck", schalt Sam sich innerlich. Blue reagierte extrem sensibel auf kleinste Körperbewegungen. Sie war ein richtiges Wildpferd und zwang Sam dazu, total bewusst mit ihrer Energie und den Signalen ihres Körpers umzugehen. Vor allem aber musste sie zu hundert Prozent präsent sein, sonst konnte die Begegnung mit der Blue-Roan-Stute potenziell lebensgefährlich werden.

Was nun? Sam versuchte, Blues wildes Gerenne einfach zu ignorieren, und wandte sich mit scheinbar größter Aufmerksamkeit dem Sand des Roundpens zu, den sie mit dem Fuß hin- und herschob. Sam war nun innerlich deutlich ruhiger als am Anfang ihrer Begegnung. Nach einer gefühlten Ewigkeit kam schließlich auch bei Blue an, dass dieses Wesen da in der Mitte keinerlei Interesse an ihr hatte. Sie blieb stehen, drehte sich laut prustend nach innen und fixierte Sam erneut, um zu schauen, was als Nächstes von ihr kommen würde.

Sam blieb einfach in der Mitte des Roundpens stehen und schaute weiter total desinteressiert auf den Boden. Sie spürte, wie Blue ihre Anspannung etwas losließ. Das war gut.

Irgendwann hob Sam ihren Blick und machte einen kleinen Schritt auf das Pferd zu. Das genügte, damit die Stute sofort wieder in den Fluchtmodus schaltete. Sam ließ sich davon nicht beirren und wartete wie zuvor einfach in der Mitte des Roundpens ab. Sie ignorierte das rennende Pferd, bis Blue sich irgendwann wieder zu ihr eindrehte und sie angespannt beäugte.

Sam zeigte keinerlei Reaktion, und wieder gelang es der Stute, sich in der stummen Co-Existenz mit dem merkwürdigen Wesen da in der Mitte für einen Moment etwas zu entspannen. Sie atmete einmal sogar tief aus.

Als Sam ihren Blick hob und erneut einen Schritt auf Blue zumachte, rannte die Stute zwar wieder im Kreis vor ihr davon, doch diesmal drehte sie sich deutlich schneller wieder zu Sam ein als vorher. Als Blue sich zu ihr nach innen drehte, zog Sam sofort alle Aufmerksamkeit von ihr ab und blieb ganz bei sich.

Blue schien langsam zu verstehen, dass von dem komischen Wesen keine Gefahr ausging, und dass nichts Schlimmes passierte, wenn sie stehen blieb und es anschaute, ja, dass es wesentlich angenehmer für sie war, als kopflos zu flüchten.

Sam verließ den Roundpen, ohne Blue zu beachten. Nachdem die Stute ihr kurz nachgeblickt hatte, wandte sie sich endlich zögerlich ihrem Wasser und Heu zu.

Sam atmete auf. Ein kleiner Schritt, Blue ein Gefühl der Sicherheit im Kontakt mit dem Menschen zu vermitteln, war getan.

Am nächsten Morgen lief Sam schon vor dem Frühstück zum Roundpen, um Heu und Wasser für Blue aufzufüllen. Die Stute beäugte sie misstrauisch aus einer gewissen Distanz, rannte aber wenigstens nicht gleich weg. Sobald Sam den Roundpen verlassen hatte, näherte Blue sich dem Futter und begann zu fressen. Sam sah ihr noch eine Weile von der anderen Seite der Umzäunung aus zu, dann ging sie ins Haus.

„Wie läuft es mit der Blue Roan?“ Rosa schien die Einzige zu sein, die ein Interesse an ihrer Arbeit zeigte, während Jon und Luke stumm Eier mit Speck in sich reinschaufelten.

„Ich versuche irgendwie, ihr zur vermitteln, dass sie bei mir entspannen kann“, gab Sam zurück. „Aber Blue ist sehr misstrauisch.“

Rosa nickte verständnisvoll.

„Ein Pferd ist ein Pferd. Das darfst du niemals vergessen“, schaltete Jon sich plötzlich ein. „Es ist kein Hund und es ist schon gar kein Mensch. Du musst genau verstehen, was es bedeutet, ein Pferd zu sein und wie ein Pferd zu reagieren. In der Herde findest du alle Antworten. Wenn du das nutzen kannst, wirst du jedes Pferd zähmen und trainieren können.“

Dann wandte er sich ungerührt wieder seinen Eiern zu.

Sam war einen Moment verwirrt. Warum hatte Jon das zu ihr gesagt? Hatte er das Gefühl, dass sie Blue zu sehr aus menschlicher Sicht betrachtete?

Einen Moment war sie versucht, ihn danach zu fragen, doch dann beschloss sie, erst mal selbst darüber nachzudenken, was sie da im Roundpen tat und warum.

Nach dem Frühstück setzte Sam sich an den Rand der Weide von Blues vier wilden Schwestern und beobachtete die Stuten. Auch wenn sie dem Augenschein nach vollkommen friedlich im Herdenverband grasten, gab es bei längerer Beobachtung doch unzählige kleine Interaktionen zwischen ihnen: Wie nah zwei Tiere nebeneinander fraßen, was passierte, wenn ein offenbar höherrangiges Pferd sich beim Grasen einem anderen näherte, oder welches Pferd welchem anderen Pferd auf subtile Weise den Kopf oder die Hinterhand zudrehte. Diese ganze Kommunikation war völlig fein, unaufgeregt und ohne offensichtliche Aggression.

„Klarheit", schoss es Sam plötzlich durch den Kopf. Das Beziehungsgefüge innerhalb der Herde war völlig klar, und genauso eindeutig waren die Bewegungen und Entscheidungen jedes einzelnen Pferdes, die auf diesem Beziehungsgefüge beruhten.

War sie gestern mit Blue ebenso klar gewesen? Sams erstes Anliegen war es immer gewesen, dem Pferd im Kontakt mit dem Menschen Entspannung und Sicherheit zu vermitteln. Doch nun wurde ihr bewusst, dass ein Pferd das nur von ihr annehmen konnte, wenn sie selbst innerhalb ihrer Beziehung einen klaren Platz einnahm. Letztlich gab es ja nur diese beiden Möglichkeiten im Kopf des Herden- und Fluchttieres Pferd: führen oder geführt werden. Erst wenn Blue sich von Sam widerstandslos anführen und leiten ließ, würde sie sich sicher fühlen und bei ihr entspannen.

Doch genauso wichtig war „Fairness": Als faires Leittier durfte sie keinen unbegründeten oder unangemessenen Druck machen. Auch das würde unweigerlich zu einem Vertrauensverlust führen.

Intuitiv hatte Sam diese beiden Pole immer schon in ihrer Arbeit berücksichtigt, aber sie hatte nie genau darüber nachgedacht, warum sie tat, was sie tat. Es waren weitestgehend Bauchentscheidungen gewesen.

Doch hatte Alli seinerzeit nicht genau dasselbe von ihr gebraucht? Eine klare Beziehung, in der sie für ihre Stute weder ein Leckerliautomat war, den man respektlos beknabbern konnte, noch ein unfairer Despot, der es der kleinen Spanierin durch Druck unmöglich machte, ihr zu vertrauen. Erst als Sam die richtige Balance gefunden hatte, konnte Alli sich bei ihr sicher fühlen und entspannen.

Bei Blue war es genauso. Sam musste eine klare und kompetente Führungsrolle einnehmen. Erst das würde es Blue möglich machen, ihr zu vertrauen.

Klar, sie hatte Blue durch ihr desinteressiertes Verhalten gestern immer wieder Entspannung angeboten. Aber sie hatte der Stute keinen Grund gegeben, darauf zu vertrauen, dass sie bei ihr diese Entspannung verlässlich finden konnte. Als Blue wie verrückt im Kreis vor ihr weggerannt war und sie sich einfach abgewandt hatte, hatte sie die Stute alleingelassen, anstatt auch in dieser Situation in der Beziehung und Kommunikation eines Leittiers zu bleiben. Es ging nur um Nuancen, doch bei einem Wildpferd wie Blue konnten sie den entscheidenden Unterschied machen, ob sie das volle Vertrauen der Stute gewinnen konnte oder nicht. Plötzlich wusste Sam, wie sie mit Blue arbeiten musste!

Sam betrat den Roundpen und entspannte sich noch mal ganz bewusst, ohne Blue zu beachten, die etwa in der Mitte des Zirkels stand. Dann sah sie auf und fixierte aus der Distanz mit ihrem Blick die Flanke der Stute. Eine klare Botschaft, wie sie ein höherrangiges Pferd an ein niederrangiges Tier geben würde. Und sofort wich Blue mit ihrer Hinterhand aus.

Sam senkte auf der Stelle ihren Blick und entspannte sich wieder.

Dann machte sie wie gestern einen kleinen Schritt auf die Stute zu, und Blue setzte an, vor ihr zu flüchten. Doch dieses Mal versuchte Sam, die Stute allein durch ihre Körpersignale in ihrer Flucht zu begrenzen und sie mit ihrem Blick auf die Flanke wieder zum Eindrehen zu bewegen. Nicht mehr Blue entschied jetzt, wann sie sich Sam zuwandte, sondern Sam forderte sie dazu auf! Sobald Blue darauf antwortete, indem sie sich auch nur ansatzweise zu ihr hindrehte, nahm Sam sofort alle Aufmerksamkeit vom Pferd weg, drehte sich weg und entspannte sich.

Nachdem Sam mit Blue dieses Wechselspiel aus Begrenzen, Fixieren und sofortigem Loslassen und Entspannen ein paarmal wiederholt hatte, drehte die Stute sich immer schneller zu ihr hin. Sam konnte spüren, dass sie jetzt an ihr interessiert war und die Verbindung zu ihr förmlich suchte. Denn in ihren Augen war Sam nun ein starkes, klares Gegenüber, das offenbar einen Plan verfolgte, dem sie sich gerne anschließen wollte.

Beim nächsten Eindrehen schaute Blue nicht nur zu Sam hin, sondern kam auch einen Schritt auf sie zu.

Sams Herz jubelte, doch sie blieb äußerlich ganz ruhig, sodass Blue einfach nur an ihrem entspannten Zustand teilhaben konnte. Dann ließ sie die Stute schließlich stehen und verließ den Roundpen.

Sam spürte, wie sich der Blick der Blue Roan an sie heftete, nun definitiv mehr interessiert als alarmiert. Auch als Sam den Roundpen nach kurzer Zeit wieder betrat, lief sie nicht weg. Sam setzte sich in den Sand und beachtete Blue kein bisschen.

Der Kopf der Stute streckte sich neugierig Sam entgegen und sie kam einen zögerlichen Schritt auf Sam zu. Zwischen ihnen waren jetzt nur noch ein paar Meter.

Sam versuchte, in einem Zustand maximaler Entspannung zu bleiben, und auch Blue entspannte sich weiter, bis sie schließlich irgendwann abschnaubte. Das war, worauf Sam gewartet hatte.

Sie erhob sich und brachte Heu und Wasser in den Roundpen. Dann hockte sie sich wieder ein paar Meter von Blue entfernt in den Sand.

Ohne zu zögern, ging Blue auf das Futter zu und begann, zu fressen und zu trinken. Sams Anwesenheit schien sie nicht mehr zu stören.

Sie atmete erleichtert aus. Blue hatte verstanden, dass der Mensch ihr nicht gefährlich war. Sams Arbeit war für heute beendet.

„Hast du Lust, mit rauszufahren und ein paar Zäune zu flicken?" Sam war total überrascht, dass Luke sie ansprach. Irgendwie hatte sie das Gefühl gewonnen, dass er sie nicht besonders leiden konnte.

Der Junge schmiss einen Haufen Zaunmaterial auf die Ladefläche des Pick-ups und Anoki sprang in die Fahrerkabine.

Sam kletterte hinterher und der dreifarbige Hund rutschte von allein zur Seite.

„Ich bin heute mit Blue einen großen Schritt weitergekommen", berichtete Sam. „Ich habe das Gefühl, dass sie jetzt die Verbindung zu mir sucht, anstatt vor mir wegzulaufen."

Luke nickte. „Stell dir vor, du bist ein Hase. Ein Wolf kommt vorbei und will, dass du ihm vertraust. Du weißt in jeder Zelle deines Körpers, dass Wölfe Hasen fressen, und deshalb versuchst du am Anfang alles, um ihm aus dem Weg zu gehen. Diese Besorgnis ist dieselbe, die ein Wildpferd fühlt. Du bist ein Jäger, das Pferd ist ein Gejagter. Das ist in jeder Zelle eures Körper eingeschrieben. Der Wolf muss den Hasen durch sein Verhalten davon überzeugen, dass er anders ist als die anderen

Wölfe und dass er es ernst meint, mit dem Hasen eine echte Beziehung aufzubauen. Erst dann wird der Hase sich in seiner Gegenwart entspannen."

Der Pick-up rumpelte quer über eine Hochebene. Sam hatte gar nicht mehr das Bedürfnis, irgendetwas zu reden. Ihr Blick ruhte auf dem weiten Plateau vor ihr, ihr Körper spürte die rüttelnden Bewegungen des Wagens und ihr Kopf war auf angenehme Weise leer.

Schließlich war es Luke, der wieder das Wort ergriff. „Ich hab mir deine Videos im Internet angeschaut. Du bist so was wie ein Star in Germany, oder?"

Sam waren Lukes Worte ein bisschen peinlich. „Pferde sind mein Leben", gab sie zurück. „Ich will sie verstehen, will mit ihnen in ihrer Sprache reden. Und den Menschen zeigen, wie viel aus der tiefen Verbindung zu einem Pferd heraus möglich ist."

Luke nickte. Dann senkte sich wieder Schweigen über sie, aber es war ein schönes Schweigen, in dem Sam sich Luke irgendwie verbunden fühlte.

„In meiner Kultur begreifen wir uns als echte Brüder und Schwestern von allem, was lebt", setzte Luke irgendwann an. „Von Mutter Erde und allem, was sie hervorbringt. Wir Menschen sind nicht mehr oder besser als ein Pferd oder ein Adler, ein Felsen oder eine Pflanze. Tiere sind für uns Gefährten, Schützlinge und Führer."

Luke machte eine kurze Pause, als wolle er überprüfen, ob Sam ihm wirklich zuhörte. Dann fuhr er fort. „Ich weiß, dass viele Weiße das mit Mutter Erde und den Tier-Brüdern und -Schwestern für so eine Art Indianerfolklore halten. Sie haben nicht die geringste Ahnung, wie real das ist."

Wieder legte sich Schweigen über die Fahrerkabine, während der Wagen weiter über die Hochebene rumpelte.

Sam hatte plötzlich das Gefühl, dass es gar keine Zäune zu reparieren gab, dass Luke nur nach einem Vorwand gesucht hatte, um mit ihr allein zu reden.

„Ich bin das Land, meine Augen sind der Himmel, meine Glieder die Bäume, ich bin der Fels, die Wassertiefe. Ich bin nicht hier, um die Natur zu beherrschen oder sie auszubeuten. Ich bin selbst Natur", murmelte sie den Spruch, der auf so eigentümliche Weise die Atmosphäre ihres Traumes wiedergegeben hatte.

Sie spürte, dass Luke ihr aufmerksam zuhörte, und fuhr fort: „Ich habe seit drei Jahren immer wieder denselben Traum. Ich hocke auf einer Sandbank an einem breiten Flussbett. Eine Herde wilder Pferde tritt aus dem Waldsaum, um am Wasser zu trinken: ein großer schwarzgrauer Hengst, gefleckt wie ein Leopard und schlank wie ein englisches Vollblut. Stuten mit Fohlen, von ähnlich eleganter Statur und mit derselben Tigerschecken-Zeichnung wie der Hengst. Das Besondere ist, dass sie sich an mir überhaupt nicht zu stören scheinen. Sie laufen nicht weg oder sind misstrauisch wie Blue, sondern betrachten mich einfach irgendwie als Teil der Natur. Diese Tiere strahlen etwas ganz Besonderes aus. Ich habe noch nie solche Pferde gesehen."

„Du hast die Ma'amin gesehen", schoss es Luke aus dem Mund.

Sam blickte ihn fragend an, doch er wendete schon den Wagen. „Ich möchte, dass du jemanden kennenlernst."

Irgendwann hielt der Pick-up mitten im Nirgendwo, am Rand eines Kiefernwaldes. Luke machte Anstalten auszusteigen.

„Den Rest müssen wir laufen“, meinte er. „Ist nicht weit.“

Anoki lief auf dem Trampelpfad zwischen den Bäumen schwanzwedelnd voraus, als wisse er genau, wo es hinging.

Wie Luke gesagt hatte, öffnete sich der Wald nach etwa zehn Minuten auf ein kleines fruchtbares Tal, in dem eine Hütte stand. Vor der Hütte saß ein Mann mit langen grauen Haaren und einem von Sonne und Wind gegerbten Gesicht. Der Schnitt seiner Augen, die hohen Wangenknochen und die kräftige braune Farbe seiner Haut konnten seine indianische Abstammung nicht verleugnen.

Er blickte ihnen ruhig entgegen, als habe er ihr Kommen erwartet.

Als sie vor ihm standen, ergriff Luke das Wort.

„Das ist Sam. Sie kommt aus Deutschland und hilft auf der Farm mit den Pferden. Sam, das ist Weißer Adler, mein Großvater.“

„In meiner Sprache heiße ich Sahkonteic“, entgegnete ihr der alte Mann in gebrochenem Englisch. „Sprich: Sah-kon-taiz.“

„Sah-kon-taiz.“ Sam versuchte, seinen Namen, so gut es ging, nachzusprechen. Sahkonteic nickte. Dann sagte er zu Luke etwas in seiner Muttersprache.

Luke wandte sich an Sam: „Großvater Sahkonteic sagt, dass er dich versteht, aber selbst lieber in der Sprache der Nimiipuu sprechen will. Ich werde übersetzen.“

„Ist er wirklich dein Großvater?“, flüsterte Sam fasziniert. „Was macht er allein hier oben? Warum wohnt er nicht bei euch?“

Sahkonteic lächelte und Sam wurde knallrot. Wie peinlich, er verstand ja, was sie sagte.

Dann ließ Sahkonteic ihr durch Luke sagen, dass er es vorziehe, draußen in den Bergen zu leben, weil die Natur das Buch des Großen Geistes war. „Das Große Geheimnis ist Stille und die Stille wird dir alle Fragen beantworten."

Sam blickte Luke an. Von welchen Fragen sprach der alte Mann?

Doch Luke ergriff schon das Wort: „Großvater. Sie hat von den Ma'amin geträumt. Viele Male schon."

Sahkonteic nickte, als überrasche ihn das nicht im Geringsten. Dann verfiel er in ein tiefes Schweigen, als wolle er wirklich aus der Stille seine nächste Antwort erlauschen. Luke schien mit dieser Art von Schweigen vertraut zu sein und wartete geduldig.

Sam fühlte sich angesichts von Sahkonteics Schweigen innerlich zuerst etwas nervös, aber bald spürte sie, dass der alte Mann überhaupt nichts von ihr erwartete. Es war sogar richtiggehend angenehm, sich von seinem Schweigen tragen zu lassen, wie vorgestern der Adler vom Wind über dem See getragen wurde.

Irgendwann setzte Sahkonteic an zu sprechen und Luke übersetzte: „Die Ma'amin waren für unsere Leute Stammespferd, Rennpferd, Kriegspferd, Familienpferd. Sie waren ein in Ehren gehaltenes Familienmitglied, dessen Stärke und Loyalität den Unterschied zwischen Leben und Tod bedeuten konnte."

Sam konnte ihre Frage einfach nicht unterdrücken: „Sind die Pferde aus meinem Traum real? Ich meine, leben sie wirklich hier draußen irgendwo?"

Sahkonteic ging darauf nicht ein. Stattdessen sprach er weiter: „In den Geschichten und Liedern der Alten heißt es, dass die Ahnen der Ma'amin von weit her kamen, von jenseits des großen Wassers, aus dem Land, wo die Sonne aufgeht. Dort gab es einen großen Häuptling, der mit den Ahnen der Ma'amin viele Kriege gewonnen und ein großes Reich erobert hat. Aus diesem Bestand züchteten die Nimiipuu dann ihre berühmten Pferde."

Was erzählte Lukes Großvater da? Meinte er mit den Ahnen der Ma'amin die Mustangs? Aber die kamen doch ursprünglich aus Spanien, nicht aus dem Osten? Aus welchem Osten überhaupt?

Sahkonteics Blick hatte sich in der Ferne der gegenüberliegenden Bergkette verloren. Sam blickte zu Luke, auch er regte keine Miene. Langsam kehrte auch in Sams Kopf wieder Ruhe ein.

Plötzlich kam ihr das Bild der Silbermähne in den Sinn. Sie flüsterte: „In meinem letzten Traum von der Herde hat mich eine Stute mit einer langen silbergrauen Mähne direkt angeschaut. Sie sah anders aus als die anderen Stuten, und irgendwann war es, als ob sie innerlich zu mir sagte: *Ich warte auf dich*. Deshalb bin ich hergekommen."

Aus den Augenwinkeln erhaschte sie Lukes überraschten Gesichtsausdruck. Doch Sahkonteic nickte wieder. „Sayquíca hat dich gerufen."

Sam blickte ihn verwirrt an. Er kannte die Stute aus ihrem Traum?

Der alte Mann war wieder in ein tiefes Schweigen verfallen.

Sam versuchte, dieselbe ruhig abwartende Haltung wie Luke

einzunehmen, doch es fiel ihr schwer. Sahkonteic hatte Silbermähne gerade beim Namen genannt. Das musste doch heißen, dass die Herde real war und dass es sie wirklich gab. Vielleicht wusste er sogar, wo genau die Pferde lebten. Sam spürte, wie ein aufgeregtes Kribbeln in ihr aufstieg. Endlich. Endlich würde sich das Geheimnis ihres Traumes lüften.

Plötzlich ergriff Sahkonteic wieder das Wort: „Du musst selbst zum Pferd werden, dann wird dir Sayquíca ihr Vertrauen schenken."

Sam blickte ihn fragend an. Doch Sahkonteic hatte die Augen geschlossen, und Sam wurde klar, dass er nicht die Absicht hatte, mehr zu sagen.

Wie auf ein unsichtbares Zeichen hin erhob Luke sich still und erwies seinem Großvater Respekt durch eine tiefe Verneigung. Sam tat es ihm etwas unbeholfen nach. Sahkonteic schien sie gar nicht wahrzunehmen, so versunken war er in der Stille.

Luke und Sam gingen langsam zum Auto zurück, Anoki trottete hinter ihnen her. Erst als sie wieder in der Fahrerkabine saßen, wagte Sam, einige der unzähligen Fragen auszusprechen, die ihr im Kopf herumwirbelten.

„Habe ich das richtig verstanden, dass die Ma'amin-Pferde aus meinem Traum der Grundstock des ursprünglichen Nez Perce Horse sind? Aber was bedeutet es, dass sie aus dem Osten kamen? Und wo sind diese Pferde jetzt? Leben sie hier oben in den Bergen? Dein Großvater schien die Stute aus meinem Traum sogar zu kennen!"

Luke startete den Wagen. „Sahkonteic ist nicht nur mein

Großvater, er ist auch ein Ältester unseres Stammes. Er ist eine Art geistiger Führer für uns. Oft spricht er aus Vision und sagt dann Dinge, die nicht immer sofort verständlich, aber von großer Bedeutung sind. Ein Zuhörer muss ruhig und geduldig sitzen, während der Älteste aus seiner Weisheit spricht. Fragen zu stellen, während ein Ältester spricht, gilt in meiner Kultur als extrem unhöflich."

„Sorry, konnte ich nicht wissen", murmelte Sam kleinlaut.

„Ihr Weißen funktioniert eben anders", gab Luke zurück. „Ihr wollt alles mit dem Kopf verstehen. Die tiefen Dinge kann der Kopf aber nicht begreifen. Die muss man drinnen in sich fühlen."

Sam zuckte mit den Schultern. Sie war nun mal, wie sie war. Und woher sollte sie auch die Gebräuche dieser fremden Kultur kennen? Außerdem war das doch jetzt egal. Viel wichtiger war, dass sie nun wusste, dass ihre Träume eine reale Bedeutung hatten.

„Wie hat dein Großvater die Stute mit der silbernen Mähne noch mal genannt?"

„Sayquíca. Das heißt in der Sprache meines Stammes *Die in Ehren Gehaltene.*"

„Die in Ehren Gehaltene", murmelte Sam. Das passte. Die Stute in ihrem Traum hatte etwas ungeheuer Erfahrenes und Weises ausgestrahlt.

„Kannst du mir beibringen, wie man ihren Namen ausspricht?", fragte sie Luke.

Luke lächelte. „Sprich mir nach: Sai-kiets-ah."

„Sai-kiets-ah", wiederholte Sam.

Was hatte Sahkonteic gesagt? Sie musste selbst zum Pferd

werden, damit Sayquíca ihr vertraute? Doch wann würde sie der Stute begegnen? Und wo?

In ihrer Vorstellung sprach sie die Silbermähne an. „Sayquíca, In Ehren Gehaltene. Ich bin jetzt da, hier ganz in deiner Nähe. Zeig mir bitte, wo du auf mich wartest ..." Sie musste eingenickt sein. Flüchtige Bilder der goldschimmernden Stute mit der schmalen Blesse und der langen Silbermähne huschten vor ihrem inneren Auge vorbei, flüchtiger als Schatten. Sam versuchte, sie mit ihrem Namen zu rufen, um sie festzuhalten, doch sie entschwand immer wieder, wie ein Traumgespinst.

Als sie die Augen aufschlug, waren in der Ferne die roten Gebäude der Halo Ranch zu erkennen.

Sam brachte Blue am nächsten Morgen wie immer ein volles Heunetz in den Roundpen und füllte den Kübel mit Wasser auf. Blue beobachtete sie dabei ruhig aus einigen Metern Entfernung. Als Sam ein paar Schritte zurücktrat und sich in den Sand hockte, ging die Stute gleich zum Futter und begann, zu fressen und zu trinken. Als sie nach etwa einer halben Stunde das Heunetz geleert hatte, erhob sich Sam und fixierte wie gestern aus der Distanz Blues Flanke. In der Herdensprache hieß das: Würdest du mir bitte weichen?

Die Stute wich unter Sams Blick ein paar Schritte mit der Hinterhand zur Seite und Sam ließ ihren Blick sofort fallen und entspannte. Dann fixierte sie mit den Augen die andere Flanke, und wieder wich Blue sofort aus, worauf Sam sogleich allen Druck zurücknahm. Blue schien sie als ein ranghöheres Wesen, vor dem man weichen musste, zu akzeptieren.

Nachdem sie dieses Spiel von Weichenlassen und Entspannen einige Mal wiederholt hatte, drehte Sam ihre Schulter ein und ging ein paar Schritte von Blue weg. Die Stute folgte ihr. Zögerlich zwar, aber sie folgte! Blue folgte ihr freiwillig, weil sie verstanden hatte, dass sie bei Sam sicher war und sich entspannen konnte.

Immer noch waren einige Meter Distanz zwischen ihnen. Sam ging seitlich einen Schritt auf Blue zu, um sie zu berühren, doch die Stute wich aus. Okay, sie war noch nicht so weit.

Daraufhin setzte sie ihr Wechselspiel von Auf-die-Hinterhand-Schauen und Entspannen fort und ließ Blue zwischendurch immer wieder ein paar Schritte folgen. Der Abstand zwischen ihnen verringerte sich mehr und mehr, und mit jedem Folgen spürte Sam, dass die Verbindung zwischen ihnen stärker wurde.

Als Blue ihr bis auf einen Meter Abstand nahe gekommen war, streckte Sam ganz entspannt ihre Hand zur Seite aus, ohne das Pferd anzuschauen. Blue zögerte kurz, dann machte sie den Hals lang, um vorsichtig an Sams Hand zu schnuppern. Sie konnte fühlen, wie die langen Barthaare der Stute ihren Handrücken kitzelten. Der erste Körperkontakt!

Sam ließ die Blue Roan gewähren, bis sie ihre Nase von selbst zurückzog.

Jetzt Pause!

Gefolgt von Blues aufmerksamem Blick, verließ Sam den Roundpen und verschwand auf ihr gemütliches Zimmer oben über der Garage.

Gestern Abend noch hatte sie Kati eine lange Nachricht aufgesprochen, in der sie ihr ausführlich von den gestrigen Ereignissen berichtet hatte: der Fahrt mit Luke auf die Hochebene, dem Treffen mit Sahkonteic und vor allem, dass der Stammesälteste indirekt bestätigt hatte, dass die Pferde aus ihrem Traum und insbesondere die Stute mit der Silbermähne real waren.

Doch waren sie das? Inzwischen waren Sam schon wieder Zweifel gekommen. Wenn es diese Ma'amin-Herde tatsächlich irgendwo da oben in den Bergen gab, mussten doch mehr Leute davon wissen, vor allem Jon und Rosa, die ja das ursprüngliche Nez-Perce-Pferd rückzuchten wollten. Sie würden doch in ihrer Zucht auf diesen Bestand zurückgreifen. Oder taten sie das vielleicht sogar?

Blue hatte vom Gebäude her eine gewisse Ähnlichkeit mit den Pferden in ihrem Traum. Doch warum hatten sie nichts von der Herde erzählt, als Sam ihnen am ersten Abend Fragen über ihre Pferde gestellt hatte? Oder hatten sie das doch? Hatte Rosa nicht von irgendwelchen Stuten der alten Herde gesprochen, die noch hier im Wallowa Valley lebten?

Sam öffnete ihren Messenger-Dienst. Von Kati waren mehrere Nachrichten gekommen.

„Dich kann man aber auch nirgendwo hinlassen, ohne dass du alles aufmischst. Also: Was sind diese Ma'amin denn jetzt eigentlich für Pferde? Und was heißt, dass sie ursprünglich aus dem Osten kamen?? Ich dachte, die Mustangs wären der Ursprung aller indianischen Pferde???"

Zehn Minuten später hatte Kati noch mal getextet: „Ich sehe dich schon durch die Berge reiten und diese Stute mit der Silbermähne suchen. Wie spricht man denn ihren Namen aus? Und warum hast du mir nichts von deinem Traum von ihr erzählt??? Hast schon recht, ich hätte wahrscheinlich gesagt, dass du jetzt total am Rad drehst. Was sagen denn die Eltern von diesem Luke zu allem? Wissen sie von der Herde?"

Sam musste lächeln. Kati stellte dieselben Fragen, die sie sich auch gestellt hatte. Einen Moment wünschte sie sehnlichst, die Freundin wäre jetzt hier und würde dieses Abenteuer gemeinsam mit ihr bestehen, wie sie in den letzten Jahren immer alles gemeinsam gemacht hatten.

Aber gleichzeitig wusste sie, dass es genau richtig war, wie es war. Kati betreute Alli und sie tat das mit so viel mehr Gelassenheit und Hoffnung als Sam. Und Sam war hier, weil es für sie an diesem Ort eine Aufgabe gab, auch wenn sie noch nicht genau wusste, worin die bestand. Ja, vielleicht musste sie wirklich nach Sayquíca und der Ma'amin-Herde suchen. Auf jeden Fall wollte sie heute Abend mit Jon und Rosa über alles reden.

Sie entdeckte noch eine weitere Nachricht von Kati: „Vergiss nicht, mal ein paar Fotos oder Videos von dir und Blue bei der Arbeit zu machen bzw. machen zu lassen. Und was dazu zu schreiben. Der Insta-Account steht bereit …"

Sam textete Kati kurz zurück. „Will heute Abend mit den Redhearts sprechen, halte dich über alles auf dem Laufenden. Vergiss nicht meinen täglichen Kuss für Alli."

Sie wollte die Nachricht schon abschicken. Plötzlich fiel ihr noch etwas ein: „PS Wenn ich wirklich in den Bergen nach Sayquíca suche, kommt das in unseren Insta-Account. Versprochen!"

Nach einem Nickerchen beschloss Sam, noch eine weitere Einheit mit Blue zu machen. Jon und Luke waren früh am Morgen wieder verschwunden und Rosa war beim Einkaufen in Joseph.

Wenn ihr keiner irgendeine Arbeit gab, konnte sie ihre Zeit genauso gut auf das Training von Blue verwenden.

Als sie den Roundpen betrat, schaute Blue entspannt zu ihr herüber. Kaum zu glauben, dass heute erst der dritte Tag ihres Trainings war und das Wildpferd ihr schon so viel mehr Vertrauen entgegenbrachte. Das Nez-Perce-Pferd war wirklich eine ganz besondere Züchtung. Vor allem die Kombination aus einem extrem starken und unabhängigen Geist und ihrer augenscheinlich großen Menschenbezogenheit war wirklich ungewöhnlich. Doch brauchte es nicht genau diese Eigenschaften für ein Pferd, das zugleich Stammespferd, Rennpferd, Kriegspferd und Familienpferd sein musste? Dessen Stärke und Loyalität den Unterschied zwischen Leben und Tod bedeuten konnte, wie Sahkonteic ihr gestern erklärt hatte?

Sam streckte ihre Hand aus, während sie unbeteiligt auf den Boden schaute. Sie spürte, wie Blue sich vorsichtig näherte, bis sie ihre Hand zart mit der Nase berührte und beschnupperte. Während Sam weiter zu Boden blickte, näherte sie sich langsam dem Hals der Stute. Sie konnte spüren, wie Blue sich versteifte.

Sam hielt einen Moment inne, spürte nach innen und ließ noch mal jegliche Spannung in ihrem Körper los. Dann streckte sie die Hand weiter aus und berührte Blues Hals. Blues Haut zuckte bei der Berührung ihrer Hand überrascht zusammen. Schnell wich die Stute ein paar Schritte zurück. Sam blieb ganz entspannt an ihrem Platz stehen und schaute weiter unbeteiligt auf den Boden. Sie spürte, dass es jetzt ganz wichtig war, keinerlei Druck in irgendeiner Form auszustrahlen, sondern Blue einen komplett entspannten Zustand anzubieten.

Und wirklich machte die Stute nach kurzer Zeit wieder ein paar Schritte auf Sam zu. Das hier war so filigran und fein, dass Sam kaum wagte zu atmen. Und gleichzeitig fühlte sie sich Blue ganz nah und verbunden, konnte ihre Angst spüren wie auch ihre Neugier und ihren Wunsch, Sam zu vertrauen. Das alles war irgendwie gleichzeitig da. Jetzt bloß keinen Fehler machen!

Blue stand einen knappen Meter neben ihr. Irgendwann streckte Sam wieder langsam ihre Hand aus und legte sie Blue ganz vorsichtig auf den Hals, ohne die Stute anzuschauen. Nach einer gefühlten Ewigkeit atmete Blue aus. Sam verweilte in der sanften Berührung von Blues Hals und wartete einfach ab. Und irgendwann kaute Blue ab und ließ die Spannung aus ihrem Körper gehen. Sie konnte nun entspannt unter der Berührung von Sams Hand einfach neben ihr stehen. Blue begann, sich wirklich darauf zu verlassen, dass das komische zweibeinige Wesen ihr Vertrauen nicht missbrauchen würde. Das war die Basis für alles Weitere, was Blue in ihrem Leben mit Menschen erfahren würde.

Sam war vollkommen erfüllt von Glück und Stolz, dass sie diesem Wildpferd am allerersten Anfang seines Weges in der Menschenwelt eine gute Erfahrung hatte schenken können. Und sie hoffte inständig, dass es auf Blues weiterem Weg so bleiben mochte.

Sie hatte heute mehr erreicht, als sie zu träumen gewagt hätte. Vielleicht sollte sie Blue morgen mal komplett in Ruhe lassen, damit die Stute alles verarbeiten konnte. Auf der Basis ihres neu gewonnenen Vertrauens würde es kein großer Schritt mehr sein, ihr übermorgen das Halfter anzulegen.

Irgendwann am Nachmittag waren Jon und Luke wieder auf der Ranch aufgetaucht. Sam hatte keine Ahnung, wo sie gewesen waren.

Nach dem Abendessen machten sie es sich noch alle auf der Veranda des Farmhauses bequem und tranken selbst gemachte Zitronenlimonade.

„Wie läuft's mit der Blue Roan?", sprach Jon Sam an.

„Ich konnte sie heute am Hals berühren und sie hat sich dabei entspannt. Ich dachte, dass ich ihr morgen mal einen Tag Pause gebe und dann übermorgen mit dem Halfter weitermache."

Jon nickte. „Klingt gut."

Sam suchte Lukes Blick, doch er schien ihr auszuweichen. Warum zum Teufel erzählte er nicht, dass sie bei Sahkonteic gewesen und über die Ma'amin-Pferde gesprochen hatten? Irgendwie schien die Herde das bestgehütete Geheimnis in diesen Bergen zu sein, falls es sie wirklich gab.

Sam entschloss sich, einfach vorzupreschen. „Wir waren gestern bei Lukes Großvater", eröffnete sie das Gespräch. „Und er hat von den Ma'amin erzählt."

Zu ihrer Überraschung kam weder von Jon noch von Rosa eine Reaktion. Also hatte Luke es seinen Eltern schon gesagt. Oder waren er und Jon am Ende heute sogar noch mal bei Sahkonteic gewesen?

Sie durfte sich jetzt nicht abschütteln lassen. „Ist die Herde real? Gibt es sie wirklich da draußen? Oder nur im Traum?"

Jon und Rosa tauschten einen schnellen Blick. Schließlich antwortete Rosa: „Es gibt sie und es gibt sie nicht. Das kommt darauf an, wen du fragst."

„Ich frage euch. Jetzt", ließ Sam nicht locker. „Luke hat sicher erzählt, dass ich seit ein paar Jahren von dieser Herde träume. Und dass kurz vor meiner Abreise im Traum eine Stute mit silberner Mähne mit mir Blickkontakt aufgenommen hat, die Sahkonteic Sayquíca nennt. Ich muss einfach wissen, woran ich bin. Was davon real ist. Sonst werde ich noch wahnsinnig."

„Das kann ich gut verstehen, Sam." Rosa nickte. „Ich habe gleich gefühlt, dass es einen besonderen Grund gibt, dass du zu uns kommst."

Sie wandte sich an ihren Mann. „Jon. Wir müssen Sam von den Ma'amin erzählen."

Jon nickte langsam. „Die Ma'amin ... Keiner weiß genau, wo sie ursprünglich herkamen. In manchen Liedern unseres Stammes werden sie deshalb auch ‚Himmelspferde' genannt. Ihre Ahnen waren definitiv keine Mustangs, die ja mit den spanischen Eroberern nach Nordamerika kamen. Die Ma'amin dagegen mit ihren langen Rücken und hoch angesetzten Hälsen, dem hochbeinigen Fundament, dazu ihre Sensibilität und eiserne Ausdauer, ähneln am ehesten dem turkmenischen Achal-Tekkiner. Nur haben die meisten von ihnen zusätzlich eine Tigerscheckenzeichnung."

Sam nickte. „Genauso sieht die Herde aus meinen Träumen aus."

Jon fuhr fort. „Vor der Flucht unserer Leute aus dem Wallowa Valley 1877 hatte Chief Joseph einige seiner Ma'amin-Hengste und -Stuten in den Wallowa Mountains freigelassen. Und sie haben überlebt. Die Weißen, die das Gebiet auf der Suche nach Viehfutter entdeckten und besiedelten, hatten sich nur in den fruchtbaren Tälern niedergelassen. Und wenn einer bei der Jagd in den Bergen mal ein Wildpferd gesehen hat, so what?

Sie hatten keinen Blick für die Besonderheit dieser Pferde und hielten sie wahrscheinlich für irgendwelche Mustangs. Chief Joseph versuchte später, Gebiete in der Nähe des Wallowa Lake und Teile des Imnaha-Tals zurückzufordern, wurde aber von den weißen Siedlern und zum Teil auch von seinen eigenen Leuten für sentimental und irrsinnig erklärt. So starb Chief Joseph schließlich 1904 im Colville-Reservat in Washington, der alte Bestand der Ma'amin dagegen überlebte all die Jahre in versteckten Tälern der Wallowa Mountains."

„Und keiner hat sie je bemerkt?", staunte Sam.

Rosa zuckte mit den Schultern. „Du siehst nur, was du sehen willst und sehen kannst."

„Und was ist mit Inzucht?", konnte Sam sich nicht verkneifen zu fragen. „Ist das kein Problem?"

„Das ist ein Problem bei allen Rassen, die du auf der Basis eines kleinen Bestandes züchterisch rein halten willst", gab Jon zu. „Es gab zum Glück Menschen, die das Außergewöhnliche des Nez Perce Horses früh erkannten und immer wieder Hengste aus dem Bestand der Nez Perce in die Ma'main-Herde oben in den Bergen einkreuzten."

„Das ist ja der Hammer. Da oben lebt also wirklich eine Herde völlig reinrassiger, ursprünglicher Nez-Perce-Pferde? Aber warum holt ihr sie jetzt nicht zu euch auf die Farm? Das macht die Zucht mit ihnen doch viel einfacher."

Rosa schüttelte den Kopf. „Diese Pferde gehören uns nicht. Sie gehören keinem, außer sich selbst. So hat Chief Joseph es gewollt, als er sie in die Wildnis entließ."

„Aber ihr wisst schon, wo sie leben, oder?", hakte Sam nach.

Luke nickte. „Die Gegend, in der sie unterwegs sind, ist heute

Teil des Naturschutzgebietes der Eagle Cap Wilderness. Aber es ist nicht einfach, sie zu finden."

Rosa schaltete sich wieder ein: „Es ist, als hätten die Ma'amin in all den Jahrzehnten ihres Versteckseins einen untrüglichen Instinkt dafür entwickelt, sich unsichtbar zu machen. Sie benehmen sich nicht wie Mustangs, die tagsüber offen über die Hochsteppen ziehen. Eher wie Rehe, die das schützende Dickicht der Wälder nur nachts verlassen."

„Ich muss zu ihnen", stieß Sam hervor.

„Selbst wir können sie nicht immer finden", versuchte Luke, ihren Enthusiasmus zu dämpfen. „Sie müssen sich finden lassen wollen. Und seit einigen Wochen sind sie wie vom Erdboden verschluckt."

„Wir werden sie finden", beharrte Sam. „Ich spüre das!"

„Luke, warum fährst du morgen nicht mit Sam in die Eagle Cap?", meinte Rosa. „Wenn sich die Ma'amin in ihren Träumen gezeigt haben, tun sie es vielleicht auch in der Wirklichkeit."

Sams Herz klopfte so stark, dass sie meinte, auf keinen Fall einschlafen zu können. Sie textete Kati noch schnell die versprochene Nachricht:

„Es gibt die Herde wirklich! Jon und Rosa haben es heute Abend zugegeben. Es ist ein alter Bestand reinrassiger Nez-Perce-Pferde, die in abgelegenen Bergtälern leben, seit sie ein Häuptling der Nez Perce in den 1870ern dort freigelassen hat. Was der Ursprung der Rasse ist, weiß keiner, auf jeden Fall nicht Mustang. Sie ähneln vom Gebäude her eher Achalteken. Die Nez Perce nennen sie auch Himmelspferde. Und der Hammer ist, dass keiner davon weiß! Sie leben quasi unsichtbar in diesem riesigen Naturschutzgebiet namens Eagle Cap Wilderness. Morgen früh fahre ich mit Luke da hin, um sie zu suchen!"

Sam wartete einen Moment, ob von Kati eine Antwort kam. Dann wurde ihr bewusst, dass es in Deutschland jetzt erst sechs Uhr früh war. Okay, dann würde sie auch versuchen, sich hinzulegen. Luke wollte morgen schon bei Tagesanbruch losfahren.

Sie durchquerten Joseph und verließen das Örtchen in östlicher Richtung. Rosa hatte ihnen zwei Rucksäcke mit Proviant und Wasser gepackt, außerdem hatte Luke noch ein Fernglas sowie ein kleines Zelt mit zwei Schlafsäcken dabei, für alle Fälle.

Bei ihrer Abfahrt von der Ranch hatte er Sam erklärt, dass sie mit dem Auto eine gute Stunde unterwegs sein würden, um sich der Eagle Cap Wilderness aus östlicher Richtung zu nähern. Von da würden sie noch mal ein paar Stunden laufen, um in das Gebiet zu kommen, in dem die Ma'amin sich für gewöhnlich aufhielten.

„Warum sind wir eigentlich nicht geritten?", meinte Sam beiläufig.

„Zum einen fallen wir zu Fuß weniger auf", gab Luke zurück. „Und zum anderen muss man sich den Ma'amin auf Augenhöhe nähern. Fremde Pferde riechen sie aus großer Distanz und verschwinden. Sie sind sehr klug und vorsichtig."

„Erzähl mal etwas über diese Eagle Cap Wilderness", forderte Sam ihn auf.

„Willst du jetzt die Touristenführung?", antwortete Luke ironisch.

Sam grinste. „Warum nicht?“

„Die Eagle Cap ist ein Riesenflecken unberührter Wildnis mit über 60 alpinen Seen, offenen Bergwiesen, die im Sommer voller Wildblumen sind, mit blanken Granitgipfeln und bewaldeten Bergkämmen. Es gibt unzählige wilde Bäche und Flüsse mit Regenbogen- und Bachforellen. Wenn wir da oben übernachten, werde ich uns welche fangen – falls du so was isst.“

Sam ignorierte seinen Seitenhieb und gab zurück: „Du hast doch gar keine Angel dabei.“

Luke lachte auf. „Die fängt man mit den Händen!“

„Cool“, meinte sie beeindruckt. „Und die Pferde wandern in diesem gesamten Gebiet einfach so rum?“

„Es ist an vielen Stellen ziemlich rau dort oben. In den unteren Tälern ist die Wilderness noch dicht bewaldet, aber weiter oben wird sie steinig und alpin. Der höchste Gipfel ist Sacajawea-Peak mit fast 3 000 Metern und es gibt noch Dutzende weitere Gipfel über 2 400 Meter.“

„Wie können die Ma'amin denn da überleben?“, fragte Sam nach.

Luke zuckte mit den Schultern. „Im Sommer finden sie genug Nahrung auf den alpinen Hochwiesen. Das Problem sind da eher die Leute, die zum Hiken in die Eagle Cap kommen. Aber die Ma'amin kennen die Gegend wie ihre Westentasche und kommen vor allem nachts raus, um zu fressen. In den langen Wintern halten sie sich im Gebiet des Imnaha River Canyons auf. Das ist eine Zone mit hohem Grasland, Felsen und Bergtälern. Das Gebiet von Imnaha war für unsere Leute und ihre Pferdebestände seit jeher ein wichtiger Überwinterungsplatz, weil das Klima dort viel milder ist als im Rest der Wallowas.“

Sam konnte es kaum erwarten, die Herde endlich in der Realität zu sehen. Würden alle Pferde genauso aussehen wie in ihrem Traum? Würde Sayquíca wirklich dabei sein? Und würde die Stute mit der Silbermähne sie wiedererkennen? Das war alles so verrückt, viel zu verrückt, um es irgendwem zu erzählen! Plötzlich fiel ihr das Versprechen ein, das sie Kati gegeben hatte. „Gibt es da oben eigentlich Netz?"

„Die Wallowas bestehen hauptsächlich aus ziemlich hohen Hügeln und Gipfeln, die durch enge Flusstäler getrennt sind. Da kannst du dir ausrechnen, wie der Empfang ist. Ich denke, in nur etwa 10 % der Eagle Cap Wilderness kann man ein Signal empfangen und dann auch nur hoch oben." Luke schüttelte grinsend den Kopf. „Da oben bist du ziemlich auf dich allein gestellt."

Sam schluckte. Die Berichte für Kati konnte sie erst mal in ihr Notizbuch schreiben, aber ein bisschen unheimlich war ihr schon, dass man von der Außenwelt komplett abgeschnitten war.

„Was gibt es denn da so für Tiere?", fragte sie beiläufig.

Luke lachte auf. „Das ist immer die nächste Frage, wenn jemand hört, dass es keinen Handyempfang gibt. Aber was nützt dir schon dein Handy, wenn ein Grizzly auf dich zukommt?"

„Ein Grizzly? Das ist jetzt nicht dein Ernst! Gibt es da wirklich Grizzlybären?"

Luke schien einen Heidenspaß zu haben. „Na ja, also es gibt sicher Schwarzbären und Pumas. Daneben natürlich Dickhornschafe und Bergziegen. Im Sommer ziehen außerdem Weißwedelhirsche, Maultierhirsche und Rocky-Mountain-Elche durch die Wilderness. Zu den kleineren Säugetieren, die das ganze

Jahr über dort leben, gehören Kiefernmarder, Dachs, Eichhörnchen und Murmeltiere. Und dann natürlich Wanderfalken, Weißkopfseeadler und Steinadler. Die Forellen hatte ich ja schon erwähnt."

Sam hatte Luke noch nie so lebendig gesehen wie jetzt.

„Und die Grizzlys?", fragte sie vorsichtig nach.

Luke wiegte bedeutsam den Kopf. „Es gibt ernst zu nehmende Hinweise, dass der Grizzly und der Vielfraß in die Wilderness zurückgekehrt sind."

Sam blickte ihn an. Meinte er das jetzt wirklich ernst?

Er grinste ihr zu. „Keine Sorge. Du hast ja mich dabei."

Wie Luke gesagt hatte, kamen sie nach über einer Stunde Fahrt auf einem geschotterten Platz an und parkten den Pick-up. Sam entdeckte zu ihrer Überraschung ein großes Schild, das den Besucher begrüßte:

Herzlich willkommen! Die Eagle Cap Wilderness ist Oregons größte Wildnis und umfasst das Herz der Wallowa-Berge. Um das Jahr 1400 wurde die Eagle Cap Wilderness und das umliegende Land von den Vorfahren der Nez-Perce-Indianer in Besitz genommen, später auch von den Cayuse, den Shoshonen und den Bannocks. Die Wildnis wurde von ihnen als Jagdgebiet für Dickhornschafe und Hirsche sowie zum Sammeln von Heidelbeeren genutzt. Im Sommer war sie das Zuhause der Joseph-Gruppe des Nez-Perce-Stammes. 1870 zogen die ersten Siedler in das Wallowa-Tal, 1877 mussten die Nez Perce die Wallowas verlassen. Im Jahr 1930 wurde die Eagle Cap als „Primitive Area" geschützt und erhielt 1940 den Schutzstatus „Wilderness".

Luke trat neben sie. „Bereit?"

„Die Joseph-Gruppe des Nez-Perce-Stammes, sind das deine Leute?“, fragte Sam.

Luke nickte.

Sam schüttelte den Kopf. „Das ist einfach unfassbar. Dein Stamm hat fast 500 Jahre hier gelebt und die Weißen waren keine zehn Jahre da und schon haben sie euch vertrieben.“

Luke zuckte mit den Schultern.

„Tut das noch weh?“, hakte Sam nach.

„Ja“, gab Luke knapp zurück.

Sie liefen schweigend los. Ihr Weg begann im Tal des Imnaha Rivers. Die ersten Kilometer führten sie durch üppige grüne Wälder mit bunt blühenden Wildblumen und auf dem weichen Waldweg war das Gehen leicht. Jetzt, im Spätsommer, war der Imnaha hier ein ruhiger, kleiner Bach. Ein paar Mal mussten sie ihn überqueren, aber sie konnten jedes Mal auf den großen Steinen, die überall im Flussbett verstreut lagen, herüberhüpfen, ohne sich nasse Füße zu holen.

Irgendwann durchquerten sie einen Wald mit uralten Bäumen. Sie folgten einem Pfad, den von ihnen beiden nur Luke wirklich wahrnehmen konnte, und mitunter mussten sie sich unter umgestürzten, bemoosten Riesen hindurchhangeln, die ihnen immer wieder den Weg versperrten.

„Das ist ja ein richtiger Urwald!“, stieß Sam keuchend hervor. Von einem gemütlichen Spaziergang hatte sich ihre Tour plötzlich in eine anstrengende Wanderung verwandelt.

Luke antwortete nicht. Er lief zügig und konzentriert weiter, und Sam fragte sich, woran er sich wohl in dieser Wildnis orientierte. Sie kam langsam außer Atem.

Aus der Ferne hörte sie plötzlich ein rauschendes Getöse, das immer mehr anschwoll. Kurze Zeit später kamen sie wieder zum Imnaha River, der an dieser Stelle von einer etwa fünfzehn Meter breiten Felsenschlucht zusammengedrückt wurde und sich dadurch in einen reißenden Fluss verwandelt hatte.

Sam signalisierte Luke, dass sie sich das eindrucksvolle Naturschauspiel näher ansehen wollte, und kletterte auf einige Felsen. Sie spürte Gischttropfen auf ihrem Gesicht. Wahnsinn. Das hier verdiente wirklich den Namen Wilderness.

Luke drängte sie, weiterzugehen und sie folgten dem Imnaha stromaufwärts. Der Weg wurde felsiger und sie mussten bald über Geröll steigen und große Steinbrocken umrunden. Ihr Tempo verlangsamte sich erheblich.

„Sicher, dass wir richtig sind? Das hier fühlt sich eher wie ein ausgetrockneter Bachlauf an als ein Weg“, versuchte Sam zu scherzen.

Sie hatten seit einer Ewigkeit schon kein Wort mehr geredet, und auch jetzt machte Luke keine Anstalten, ihr irgendetwas zu antworten.

Sie verließen den Fluss und begannen zu klettern. Es dauerte nicht lange, bis sie den Imnaha weit unter ihnen wieder sehen konnten, doch sein Charakter war plötzlich ein ganz anderer. Der dichte Wald war verschwunden und sie befanden sich in einer felsigen Schlucht. Der Canyon fühlte sich rau und wild an. Kein Wunder, dass die Pferde hier von niemandem gefunden wurden.

Je tiefer sie in die Wilderness eindrangen, desto karger und beeindruckender wurde die Landschaft. Bald dominierte mehr und mehr schroffer Granit das Bild und auf einigen der umliegenden Gipfeln konnte Sam Schneereste erkennen. Auch war es deutlich kühler geworden als unten in Joseph.

„Ich kann mir echt nicht vorstellen, wie Pferde hier leben können. Wohin sind wir eigentlich unterwegs?“, konnte Sam sich nicht verkneifen zu fragen.

„Wirst du gleich sehen“, gab Luke zurück und erklomm weiter den felsigen Grat, der steil vor ihnen aufragte.

Als Sam schließlich vollkommen außer Atem oben angekommen war, lag plötzlich direkt vor ihren Augen eine grüne Senke voller Lilien, Rittersporn, Sternschnuppen- und Glockenblumen, in die ein paar verstreuten Granitfelsen getupft waren, dahinter glitzerte ein kleiner See mit türkisfarbenem Wasser. Die ganze Landschaft strahlte etwas ungeheurer Zartes aus und stand in krassem Gegensatz zu der rauen Felswüste, durch die sie die vergangenen Stunden geklettert waren.

Sam fehlten die Worte. „Das ist ja ... absolut zauberhaft“, flüsterte sie.

„Im Sommer kommt die Herde oft tagsüber hoch zum Trinken und Grasen, weil es so abgelegen ist. Hier habe ich sie auch vor zwei Wochen das letzte Mal gesehen.“

Luke lief hinüber zum See und betrachtete aufmerksam das Ufer. Sam fragte sich, was er in dem felsigen Grund wohl zu erkennen meinte, doch als Luke sich bückte und etwas am Boden betastete, sah auch sie die Hufspur.

Luke schüttelte den Kopf. „Die ist alt. Wir müssen hinter diesem Bergrücken drüben wieder runter ins Flusstal, vielleicht haben wir da mehr Glück.“

„Ähm, wie wäre es mit einer kleinen Pause, bevor wir den nächsten Gewaltmarsch einlegen?“, meinte Sam. Langsam war sie ein wenig genervt von Lukes kurz angebundener Art – sie zogen doch an einem Strang, oder? Sie konnte zwar deutlich spüren, dass Luke hier ganz in seinem Element war, aber auf der anderen Seite konnte er auf sie ruhig ein bisschen Rücksicht nehmen! Er lächelte spöttisch. „Ich dachte, du wolltest die Ma'amin unbedingt finden? Aber okay. Wir können hier jetzt erst mal kurz Rast machen und etwas essen."

„Danke", gab Sam erleichtert zurück.

Die Rast hatte sie erfrischt und der Abstieg in das schwer zugängliche Tal des Imnaha Rivers war nicht so anstrengend wie der vorherige Wegabschnitt. Als sie wieder unterhalb der Waldgrenze ankamen, genoss Sam den würzigen Kiefernduft. Der Imnaha lief hier im Talgrund sehr breit und seicht.

Sie folgten einer Kehre des Flusses und Sam blieb plötzlich wie angewurzelt stehen. Der Fluss. Die bewaldeten Hänge, die rechts und links des Ufers aufragten. Die Sandbank.

„Hier ist es", rief Sam aufgeregt aus. „Das ist die Stelle aus meinem Traum. Da auf der Sandbank habe ich gehockt und dort aus dem Wald sind sie immer gekommen, allen voran der große graue Hengst!"

Luke blickte sie zweifelnd an. „Bist du sicher?"

„Absolut", stieß Sam im Brustton der Überzeugung hervor.

„Hier habe ich sie noch nie angetroffen." Luke war anzusehen, dass er nicht wusste, ob er Sam Glauben schenken sollte.

Plötzlich fiel sein Blick auf den Boden. Sam konnte es auch sehen. Hufspuren. Und zwar eine ganz Menge.

Luke betastete sie.

„Die sind ganz frisch. Sieht aus, als ob du recht hast. Irgendwas muss sie oben am See gestört haben, deshalb haben sie ihre Wasserstelle kurzzeitig nach hier unten verlegt."

Sam wurde ein paar Zentimeter größer. Doch Luke zollte ihr nicht die erhoffte Bewunderung, sondern war schon damit beschäftigt, alles Weitere zu organisieren.

„Wir schlagen unser Camp drüben am anderen Flussufer auf, um die Herde nicht zu stören. Ich denke nicht, dass sie heute noch kommen. Aber mit etwas Glück morgen früh."

Das kleine Ein-Mann Zelt war schnell im Dickicht des gegenüberliegenden Ufers aufgestellt. Luke musste das Fragezeichen auf Sams Gesicht erkannt haben, denn er meinte: „Das ist für dich. Ich schlafe draußen."

Er verstaute die Rucksäcke mit ihrem Proviant im Zelt und schloss den Reißverschluss. „Der wird keinen Bären auf Nahrungssuche abhalten, aber du bist ja hier und machst ordentlich Lärm. Dann bleiben sie fern."

„Okay", gab Sam zögerlich zurück. „Und du?"

„Ich besorge uns erst mal was zu essen. Du sammelst inzwischen Reisig und trockenes Holz für ein Feuer."

Obwohl sie ein mulmiges Gefühl wegen der Bären nicht abschütteln konnte, war Sam eigentlich froh, dass sie allein sein konnte. Sie setzte sich an den ruhig dahinfließenden Imnaha und betrachtete das gegenüberliegende Ufer. Es gab keinen Zweifel: Das war die Stelle aus ihrem Traum! Selbst wenn die Pferde morgen nicht kommen würden, sie wusste nun, dass es echt war, was sie geträumt hatte. Wie krass war das denn?

Sie schoss ein paar Fotos, damit sie es sich selbst hinterher glauben würde.

Oje, das Holz hatte sie fast vergessen! Sie ging ein paar Meter in den Wald hinein und klaubte einen Arm voll trockener Ästchen zusammen. Ob das wohl reichte zum Anzünden?

Sam hatte sich als kleines Mädchen vor dem Einschlafen immer vorgestellt, dass sie draußen in der Natur eine selbst gebaute Holzhütte hätte und wie sie davor ein Feuer entzündete, um Stockbrot zu machen. In ihrer Vorstellung war neben der Hütte eine eingezäunte Wiese, auf der ihr Pferd lebte. Sie sammelte Beeren und Pilze und konnte so mit ihrem Pferd glücklich im Wald leben.

Sam hatte noch niemals jemandem von dieser Kinderfantasie erzählt, aber während sie jetzt durch den Wald streifte und nach Feuerholz Ausschau hielt, kam es ihr so vor, als ob ihre Vorstellung von damals Wirklichkeit würde. Die Behausung im Wald, das Feuer, vielleicht konnte sie sogar ein paar Beeren finden. Jetzt fehlten nur noch die Pferde.

Nach einer Stunde kam Luke tatsächlich mit zwei dicken Regenbogenforellen zurück, die er an den Kiemen trug. In einem kleinen Beutel hatte er sogar Wildheidelbeeren mitgebracht.

„Das isst du doch, oder?“, brummelte er Sam zu.

„Klar“, gab sie zurück. Was sollte sie auch sagen? Dass sie lieber einen Salat gehabt hätte?

Luke entzündete schnell ein Feuer und Sam hockte sich dankbar davor. Je mehr die Sonne hinter dem gegenüberliegenden Berg verschwand, desto kühler wurde die Luft, obwohl es noch August war.

Nachdem sie die Forellen über dem Feuer gegart und dazu von Rosas selbst gebackenem Maisbrot gegessen hatten, saßen sie schweigend um die Glut, jeder schien seinen Gedanken nachzuhängen. Der Himmel hatte ein dramatisches Orange angenommen.

Plötzlich fuhr ein aufkommender Wind durch das Tal und Sam zog ihre Jacke enger um sich. Luke legte schnell ein paar Äste nach und das Feuer flackerte auf. Dann zog er eine Tüte mit quietschrosa Mäusespeck aus dem Rucksack. Er grinste: „Rosa hat uns Marshmallows eingepackt."

Sam sah ihn fragend an.

„Du kennst keine roasted Marshmallows?" Luke blickte sie entgeistert an. „Dann wird es Zeit!"

Er spießte einen Marshmallow auf einen dünnen Ast und begann, ihn über dem Feuer zu drehen. „Er muss schmelzen und bräunen, aber darf nicht schwarz werden. Du musst genau den richtigen Abstand zum Feuer finden und musst rausfinden, wie langsam oder schnell du drehen kannst, ohne ihn zu verlieren."

Als wäre es eine Wissenschaft, vertiefte Luke sich in das Rösten seines Marshmallows. Sam schien es, als habe sich der etwas unterkühlte und abgeklärte Sechzehnjährige plötzlich in einen kleinen Jungen verwandelt, der fasziniert das Spiel der Flammenzungen auf seinem Mäusespeck beobachtete.

Sie hing ihren eigenen Gedanken nach. Was, wenn die Pferde morgen früh tatsächlich zum Fluss kämen? Wenn Sayquíca dabei wäre? Sie würden sich sehen. Vielleicht würde die Silbermähne sogar zeigen, dass sie Sam erkannte. Aber was dann? Dann wusste Sam sicher, dass ihr Traum wahr war. Und auch die Redhearts konnten sehen, dass sie eine echte Verbindung zu den Ma'amin hatte. Und dann? War das schon das Ende der ganzen Geschichte? Oder erst der Anfang von etwas? Doch von was?

„Denk nicht so viel nach." Luke reichte ihr sein perfekt geröstetes Marshmallow. „Was passiert, passiert."

Irgendetwas weckte Sam auf. Sie kroch aus ihrem Zelt, der Morgen graute gerade. Ihr Blick fiel auf die Stelle, wo Luke sich gestern Abend mit seinem Schlafsack eingerollt hatte. Sie war leer.

Plötzlich entdeckte sie Luke, wie er regungslos am anderen Ufer hockte. Nicht weit entfernt von „ihrer" Sandbank.

Sam watete durch den eiskalten Fluss und kauerte sich an dieselbe Stelle, auf der sie im Traum immer gehockt hatte. Wenn schon, denn schon.

Der Morgen zog hell und klar auf, der Wind vom vergangenen Abend hatte sich gelegt.

Sie hatte keine Ahnung, wie lange sie schon regungslos so verharrten, als sie plötzlich ein Geräusch hörte, ein leichtes Rascheln und Knacken von Ästen, das aus dem Wald zu ihrer Rechten kam.

Ihr Herz begann, wie verrückt zu klopfen. Sie kommen!

Zuerst trat der Hengst heraus und blickte mit großer Aufmerksamkeit über das Flusstal. In Wirklichkeit war er noch viel beeindruckender als in ihrem Traum. Der Schwarzgraue trat zum Flussufer, um ein paar Schlucke zu trinken.

Sam versuchte, sich darauf zu konzentrieren, ganz ruhig zu atmen. Schon konnte sie aus den Augenwinkeln die Stuten mit ihren Fohlen erkennen, die nun ebenfalls den Schutz des Waldes verließen und an den Fluss traten. Auch sie waren in Wirklichkeit noch viel, viel schöner als im Traum.

Plötzlich hielt Sam den Atem an. Eine kleine goldschimmernde Stute mit schmaler Blesse und langer silbergrauer Mähne trat aus dem Waldsaum. Sie sah anders aus als die anderen Pferde.

Einen Moment verharrte sie und blickte sich scheinbar suchend um.

„Sayquíca“, flüsterte Sam.

Als habe sie ihren Namen vernommen, wandte die Stute ihren Blick Sam direkt zu. Ihre Augen begegneten sich, und Sam hatte das Gefühl, dass ihr Herz gleich aus ihrer Brust springen müsse, so heftig begann es zu klopfen.

„Sayquíca“, flüsterte sie noch einmal.

Plötzlich kamen ihr die Worte Sahkonteics in den Sinn: *Du musst selbst zum Pferd werden, dann wird dir Sayquíca ihr Vertrauen schenken.*

Für einen Moment hatte Sam das Gefühl, als schaue die Silbermähne bis auf den Grund ihres Wesens. Dann schnaubte sie, löste sich von Sams Blick und wandte sich ebenfalls dem Fluss zu, um ihren Durst zu stillen. Ein paar Minuten später verschwand sie mit ihrer Herde wieder im Wald.

Es dauerte einige Zeit, bis Sam sich aus dem Zauber der Begegnung mit den Pferden lösen konnte. Als ihre Augen schließlich die von Luke trafen, nickte er Sam stumm zu. Die Ma'amin hatten sich Sam gezeigt und Sayquíca war dabei gewesen. Es war, wie Sahkonteic gesagt hatte: Das Mädchen aus Deutschland hatte ein echte Verbindung.

Sam war dankbar, dass sie auf dem Weg zurück kaum sprachen. Was sollte sie auch sagen? Zu ungeheuerlich, ja zu unfassbar war diese ganze Geschichte, je mehr sie darüber nachdachte. Sie hatte immer wieder von genau dieser Herde an dieser Biegung des Flusses geträumt, das ließ sich nicht leugnen. Und nun, drei Jahre nach dem ersten Traum, begegnete ihr exakt diese Herde in der Wirklichkeit, an einem Ort, der fast zehntausend Kilometer von ihrem Zuhause entfernt lag!

Gegen Mittag waren sie wieder auf der Ranch. Von den Redhearts war nichts zu sehen und auch Luke verzog sich gleich irgendwohin.

Um wieder ein bisschen auf den Boden zu kommen, beschloss Sam, ihre nächste Trainings-Einheit mit Blue zu machen. Heute wollte sie eigentlich versuchen, der wilden Stute das Halfter anzulegen.

Als sie den Roundpen betrat, schien Blue bei ihrem Anblick nicht so entspannt zu sein wie beim letzten Mal. Klar, es war jetzt ja auch zwei Tage her, seit sie das letzte Mal gearbeitet hatten. So gefestigt war die Stute in ihrem Vertrauen noch nicht.

Würde sie Sayquíca jemals überzeugen können, ihr Vertrauen zu schenken? Sam schob den Gedanken beiseite und konzentrierte sich wieder auf die Arbeit mit der Blue Roan.

Sie blickte scheinbar desinteressiert am Pferd auf den Boden des Roundpens, während sie gewohnheitsmäßig noch mal alle Spannung in ihrem Körper komplett losließ.

Aus den Augenwinkeln sah sie, wie Blue in ihrer Distanz von etwa sechs Metern nach einer Weile den Kopf etwas absenkte. Sofort Pause und Atmen!

Nach einiger Zeit wurde die Aufmerksamkeit der Stute durch irgendetwas abgelenkt und Sam machte beiläufig einen Schritt in ihre Richtung. Blue entfernte sich schnell einen Schritt von Sam. Das angeborene Misstrauen des Wildpferdes war wieder in ihr aufgeflackert. Also musste Sam sich gegenüber der Stute erneut als ein kompetentes und faires Leittier beweisen.

Sam fixierte aus der Distanz Blues Flanke und Blue wich mit der Hinterhand aus. Diese Kommunikation funktionierte also noch. Nachdem sie das Weichenlassen und Entspannen noch ein paarmal wiederholt hatte, drehte Sam ihre Schulter ein und ging von Blue weg. Blue folgte ihr ein paar Schritte. Gut. Die Stute erinnerte sich offenbar, dass ihre Erfahrung in Sams Nähe angenehm gewesen war. Sam streckte beiläufig ihre Hand aus, während sie weiter scheinbar desinteressiert auf den Boden schaute. Schon ihren direkten Blick würde das sensible Wildpferd als Druck wahrnehmen und sich von Sam fernhalten.

Blue näherte sich. Jetzt nur Geduld. Irgendwann beschnupperte sie vorsichtig Sams Hand. Durfte Sam es schon wagen, Blue wieder am Hals zu berühren? Ein Bauchgefühl sagte ihr, dass das in diesem Moment für die Stute zu viel wäre.

Als Blue ihre Nase wieder zurückgezogen hatte, ging Sam einfach ein paar Schritte von ihr weg. Fast schien die Stute überrascht, dass Sam sich von ihr entfernte – jetzt, wo es gerade so entspannt war –, und sie kam hinterher. Wieder ließ Sam sie an ihrer Hand schnuppern und wieder entfernte sie sich kurz darauf. Das wiederholte sie noch ein paarmal, bis Blue ihr, ohne zu zögern, überallhin folgte. Gut. Jetzt der nächste Schritt.

Sam ließ noch mal bewusst alle kleinste Spannung in ihrem Körper los und legte dann ihre Hand behutsam auf Blues Hals. Die Stute blieb stehen. Sie war noch nicht vollkommen entspannt, aber machte auch keine Anstalten, Sams Berührung auszuweichen. Jetzt einfach warten. Schließlich senkte sich Blues Kopf etwas ab, und Sam konnte spüren, wie sie den Rest Anspannung in ihrem Körper losließ.

Sam begann behutsam, ihren Mähnenkamm zu kraulen, ganz wie ein höherrangiges Pferd, das einem anderen Pferd Fellpflege anbietet. Blue senkte ihren Kopf ein Stückchen weiter und kaute ab.

Sam begann nun, Blue nach und nach auch an Kopf und Widerrist mit den Händen zu berühren und abzustreichen. Die Stute blieb mit abgesenktem Kopf entspannt stehen und schien Sams Berührung sogar zu genießen. Das war mehr als genug für den Moment. Die Hinterhand würde sie sich für später aufheben, denn das war die gefährlichste Waffe bei einem Wildpferd.

Zufrieden verließ Sam den Roundpen.

Als sie auf ihr Zimmer kam, duschte sie erst mal ausgiebig. Die Arbeit mit Blue hatte ihr geholfen, wieder ganz bei sich anzukommen, und das heiße Wasser tat sein Übriges, um ihre Gedanken zu klären. Sayquíca war echt und hatte sich von ihr finden lassen. Das war nun Fakt.

Sam konnte deutlich spüren, dass mit der Ma'amin-Stute irgendetwas auf sie wartete. Und wer konnte ihr besser dabei helfen, das rauszufinden, als Sahkonteic? Genau. Sie würde Luke einfach bitten, noch mal mit ihr zu seinem Großvater zu fahren.

Als Sam nach der Dusche ihr Handy zur Hand nahm, erwartete sie eine Nachricht von Kati: „Ruf mich sofort an, wenn du kommst, egal wie spät es ist. Ich hab was Superspannendes rausgefunden!!!"

Die Nachricht war schon von gestern.

Sam blickte auf die Uhr. In Deutschland war es jetzt kurz nach Mitternacht. Egal. Wenn es so dringend war, durfte sie Kati dafür auch wecken!

Als habe die Freundin auf ihren Anruf gewartet, ging sie gleich dran.

„Sam???? Mann, bin ich froh, von dir zu hören. Wie war's? Erzähl!"

Sam berichtete Kati so ausführlich wie möglich von ihrem Abenteuer in den Bergen und der Begegnung mit Sayquíca.

„Ich glaub es nicht, ich glaub es nicht", murmelte Kati immer wieder zwischendurch.

Als Sam geendet hatte, flüsterte sie: „Das ist groß. Und jetzt?"

„Ich will noch mal zu diesem Stammesältesten fahren. Vielleicht hat der irgendeine Idee, wie es jetzt weitergeht. Schließlich hat er die Silbermähne ja mit Namen gekannt."

„Hammer", murmelte Kati. „Schreib bloß alles auf. Und mach Fotos!"

Sam lächelte. Das war Kati, wie sie leibte und lebte. „Und bei dir?", fragte sie die Freundin. „Wie geht es meiner Alli?"

„Alli geht es prima. Sie genießt den Sommer entspannt auf der Weide mit ihrer Herde. Und falls das deine nächste Frage sein sollte, dann werde ich nicht beantworten, ob es mit der Ataxie schon besser geht. Es geht Alli gut. Punkt."

Sam seufzte. Kati konnte echt streng sein. Aber sie hatte recht. Sie musste die Gedanken und Sorgen um Alli komplett loslassen, das war das Beste.

„Was hast du denn so Superspannendes rausgefunden?", wechselte sie das Thema.

„Also", setzte Kati an. „Ich habe mal ein bisschen zu deinen Himmelspferden recherchiert. Zu den Begriffen *Osten* und *großer Häuptling, der mit Pferden ein Riesenreich erobert hat,* ist mir nämlich spontan Dschingis Khan eingefallen."

„Dschingis Kahn?!", gab Sam entgeistert zurück.

„Klar!", meinte Kati. „In Erdkunde und Geschichte wohl nicht aufgepasst? Zentralasien ist das Land der Steppenvölker und der Eroberer zu Pferde."

„Okay, aber was heißt das jetzt? Das Nez Perce Horse kann unmöglich ein Nachfahre der Mongolenponys sein. Das sind kurzhalsige, zottelige Pferde, während die Ma'amin großrahmige, elegante Erscheinungen sind, fast im Vollblut-Typ", widersprach Sam.

„Könnte doch passen." Es war Kati anzumerken, wie viel Spaß es ihr machte, sich die Ergebnisse ihrer Recherche Stück für Stück entlocken zu lassen. „Es gibt ein Tal in Zentralasien, da laufen alle Fäden zusammen. Ist eine superspannende Geschichte. Im fruchtbaren Ferghana-Tal wurden schon in der Antike Pferde gezüchtet. Felsenzeichnungen im Ferghana-Tal zeigen Pferde mit einem leichten Kopf, hochgestelltem Hals, langen Gliedmaßen und einem deutlich längeren Körper, als bei den bisherigen Pferden bekannt war. Und jetzt halte dich fest: Bei den Ferghana-Pferden trat auch erstmalig die Farbe von Schecken und besonders Tigerschecken auf."

„Echt? Dann haben die ja ausgesehen wie die Ma'amin!"

„Es kommt noch besser", fuhr Kati fort. „Im Altertum wurden diese Pferde von den Chinesen *Himmelspferde* genannt, weil sie angeblich Blut schwitzten und eine übernatürliche Ausdauer hatten. Es wurde gesagt, dass sie 1 000 Meilen pro Tag zurücklegen konnten. Heute glaubt man, dass bei starker Hitze und großer Anstrengung kleine Blutgefäße platzten und sich das Blut durch ihre dünne Haut drückte. Wurde dieses Blut mit schaumigem Schweiß vermischt, entstand der Eindruck eines Blut schwitzenden Pferdes."

Sam verfolgte Katis Erzählung mit wachsender Spannung. „Und wo kommt jetzt Dschingis Khan ins Spiel?"

„Sei doch nicht so ungeduldig! Die Mongolen kamen erst im

13. Jahrhundert", ermahnte Kati Sam. „Also weiter: Ab dem 5. Jahrhundert wurde das Ferghana-Tal von mongolisch-türkischen Völkern besiedelt. Die bekanntesten waren vom turkmenischen Stamm der Tekke, die die Oase Achal bewohnten und von denen auch der Name des Achal-Tekkiners stammt."

„Ahhh, das heißt, die hochblütigen Ferghana-Pferde sind die Ahnen des Achal-Tekkiners. Und Dschingis Khan?"

„Na ja, der eroberte zwischen 1218 und 1223 das ganze Gebiet und damit auch die schnellen Rösser. Die Achal-Tekkiner und deine Ma'amin haben in den Himmelspferden des Ferghana-Tals wahrscheinlich dieselben eurasischen Vorfahren", fuhr Kati fort. „Der Achal-Tekkiner, wie wir ihn heute kennen, wurde in der Oase Achal systematisch ab Ende des 18. Jh. gezüchtet. Die Oase war sehr abgelegen und unzugänglich, sodass die dortigen Pferde sich unbeeinflusst von anderen Rassen entwickeln konnten."

Sam versuchte, ihre Gedanken weiter zu sortieren: „Dann hat sich also die uralte Vollblut-Rasse des Ferghana-Tals an zwei entgegengesetzten Enden der Welt rein erhalten: in der turkmenischen Oase Achal und in den westamerikanischen Wallowa Mountains. Hammer! Jetzt verstehe ich auch, warum die Nez Perce Achal-Tekkiner in ihre Zucht eingekreuzt haben. Sie haben denselben Ursprung!"

„Das ergibt jetzt alles Sinn", gab Kati zurück. „Deshalb hat sich auch das Rassebild des Appaloosas so verändert, als die Gründer des Appaloosa Horse Clubs Quarter Horses und Araber einkreuzten. Dieses Blut ist nie im Nez Perce Horse gewesen!"

„Ich bin vollkommen sprachlos", gab Sam erschlagen zurück. „Aber jetzt verrate mir doch bitte noch eins: Wie kamen zentralasiatische Pferde vor 300 Jahren in den pazifischen Nordwesten?“

„Keine Ahnung“, lachte Kati. „Vielleicht kannst du das ja von deinem Stammesältesten rausfinden.“

Eigentlich hätte sie mit Blue weitermachen wollen, aber Sam hatte das Gefühl, dass sie erst mal etwas laufen musste, um den Kopf wieder freizubekommen. Das waren ja unglaubliche Neuigkeiten von Kati! Als sie hinter der Ranch über die Talebene einfach gerade auf die Berge zulief, folgte ihr zu ihrer Überraschung Anoki. Auch gut. Dann lief sie wenigstens nicht allein.

Als sie schon gut zwanzig Minuten unterwegs waren, blieb der Hund plötzlich stehen und blickte sich um. In der Ferne konnte Sam eine Staubwolke ausmachen, die schnell näher kam. Irgendwann erkannte sie den Pick-up-Truck der Halo Ranch und Anoki begann zu winseln. Das Auto hielt neben ihnen und die Tür wurde von innen aufgestoßen.

Luke saß hinter dem Steuer. Anoki hüpfte sofort in den Wagen und begann, Luke hingebungsvoll das Gesicht abzulecken.

„Steig ein“, meinte Luke knapp.

Sam schwang sich ebenfalls in die Fahrerkabine und sagte: „Mir war nicht bewusst, dass ich den Abholservice gebucht hatte.“

Luke ignorierte ihren ironischen Ton und gab zurück: „Ich habe Anoki gesagt, dass er auf dich aufpassen soll. Das heißt aber nicht, dass du ihn entführen darfst.“

Sam war ein bisschen sauer, dass Luke so eigenmächtig ihren Spaziergang unterbrochen hatte. „Hattest du Angst, dass ich den Rückweg nicht mehr finde?“, brummte sie.

Luke antwortete nicht und fuhr auf die Berge zu.

„Wir fahren nicht zurück zur Ranch? Wohin dann?“, fragte Sam erstaunt.

„Dahin, wo du hinwillst, oder?“, gab Luke zurück.

Sam war verblüfft. „Zu deinem Großvater?“

Luke nickte.

Es verschlug Sam ein bisschen den Atem. Konnte Luke Gedanken lesen? Oder hatte er ihr Gespräch mit Kati belauscht?

Sie entschloss sich, die Probe aufs Exempel zu machen. „Wusstest du, dass die Ma'amin von einer uralten Vollblut-Rasse aus Zentralasien abstammen? Dieselbe, von der auch der Achalteke abstammt. Und dass sie schon von den Chinesen Himmelspferde genannt wurden, nicht erst von deinem Stamm?“

Luke atmete tief durch und nickte dann nur knapp.

„Okay, aber wie kamen diese Pferde aus Zentralasien in den pazifischen Nordwesten?“, bohrte Sam nach.

„Ist das so wichtig, wie etwas heißt oder wo es herkommt? Ist es nicht von viel größerer Bedeutung, was da ist? Und was ich hier und jetzt damit machen kann?“, gab Luke zurück.

„Mir ist das schon wichtig“, erwiderte Sam.

„Dann frag Sahkonteic“, antwortete Luke. „Vielleicht wird er dir antworten. Vielleicht auch nicht.“

Wie schon bei ihrem letzten Besuch saß der Stammesälteste vor seiner Hütte. Luke und Sam setzten sich schweigend dazu.

Irgendwann wandte sich Sahkonteic direkt an Sam: „Die Ma'amin haben sich von dir finden lassen.“

Sam nickte. Sie war unsicher, ob sie jetzt etwas sagen durfte, aber nachdem er sie erwartungsvoll anblickte, gab sie zurück:

„Die Stelle am Fluss, wo sie aufgetaucht sind, war genau dieselbe wie in meinen Träumen.“ Sam zögerte einen Moment, dann fügte sie schnell hinzu: „Und Sayquíca war auch da, genau wie ich sie im Traum gesehen habe.“

Sahkonteic nickte. „Das ist gut.“ Nach einem kurzen Moment des Schweigens fuhr er fort: „Ich habe in einer Vision gesehen, dass du Sayquíca zähmen und mit zurück in dein Land nehmen wirst.“

Sam fiel es im ersten Moment schwer, die Tragweite seiner Worte zu erfassen. Das Vertrauen von Sayquíca zu gewinnen war eine Sache. Aber sie zähmen? Was sollte das denn heißen? Und sie mit nach Deutschland nehmen??

„Unmöglich“, stieß Sam hervor und wusste selbst nicht genau, ob sie damit die Zähmung der Stute oder den Transport nach Europa meinte. Sicherheitshalber setzte sie noch mal nach: „Das ist absolut unmöglich!“

Sahkonteic lächelte fein und wiegte seinen Kopf leicht hin und her. Dann verfiel er wieder in ein tiefes Schweigen.

Schließlich sagte er, als habe es Sams Einwand niemals gegeben: „Du musst alles vergessen, was du über Pferde zu wissen glaubst. Die Ma'amin sind anders. Du musst lernen, wie sie zu denken, zu fühlen, zu sehen.“

Sam schluckte. Sahkonteics Worte trafen sie mitten ins Herz. War das nicht immer schon ihr tiefster Wunsch gewesen? Im Fühlen, Denken und Handeln mit dem Pferd komplett eins zu sein? Ja, selbst zum Pferd zu werden?

Sie wurde plötzlich von einer tiefen Ruhe erfüllt. Alles ergab auf einmal einen Sinn, als fügten sich lauter verstreute Puzzlesteine aneinander: ihre wiederkehrenden Träume von der

Herde, Alegrías Zwangspause, der von den Eltern geschenkte Aufenthalt in Oregon, die Stelle am Fluss, wo sie die Herde tatsächlich getroffen hatte.

Sams Herz begann zu klopfen. Und wenn das wirklich die Aufgabe war, die das Leben, das Schicksal oder wer sonst immer dafür verantwortlich war, ihr jetzt zugedacht hatte?

Sahkonteic begann wieder zu sprechen: „Was du mit Sayquíca erreichst, wird von vielen Menschen im ganzen Land und auf der ganzen Welt geschätzt werden. Mögen Mutter Erde und die ganze Schöpfung dich in Verbundenheit dabei unterstützen. Mögen unsere Ältesten, deren Gebeine in diesem schönen Land ruhen, stolz darauf sein, dass du das Wissen über die Pferdekultur der Nimiipuu mit Respekt in die Welt tragen wirst."

Kraftlos kramte Sam in ihrem Kopf, ob sie noch irgendeinen Einwand finden konnte.

„Luke wird dich zu den Ma'amin begleiten", fügte Sahkonteic hinzu, als wären damit alle Probleme gelöst.

Sam nickte stumm. Plötzlich fiel ihr ein, was sie unbedingt noch wissen musste. Wenn Sahkonteic sie schon zur Pferdebotschafterin der Nimiipuu ernannte, musste er ihre Frage beantworten.

„Wie sind die Nimiipuu ursprünglich in den Besitz der Ma'amin gekommen?"

„Wir haben sie getauscht", antwortete Sahkonteic schlicht.

„Getauscht?", gab Sam überrascht zurück. „Von wem?"

Der Stammesälteste antwortete: „In den Geschichten der Alten heißt es, dass eines Tages weiße Männer in unsere Berge kamen. Sie wollten Biberpelze und haben uns dafür Messer, Äxte, Beile und Kessel angeboten. Das war ein guter Tausch, denn Biber gab es viele, aber solches Werkzeug besaßen wir noch nicht. Teilweise lebten und jagten diese Männer eine Zeit lang mit uns, einige nahmen sich sogar welche von unseren Frauen. Irgendwann kam eine Gruppe von Männern auf Pferden und die Nimiipuu erwarben sie im Tausch gegen sehr viele Biberpelze. Wir gaben den Männern Kanus, mit denen sie ihre Pelze abtransportieren konnten, und die Ma'amin blieben bei uns."

„Das ist die Antwort? Pelzhändler?", fragte Sam fassungslos. Es dämmerte schon, als sie auf dem Rückweg zur Ranch waren.

„Ab 1600 begannen die europäischen Kolonialmächte, den nordamerikanischen Kontinent für sich zu erschließen", gab Luke zurück. „Die Felle von Biber und Seeotter waren für England, Frankreich und Spanien das ideale Gut, um ihre Kolonien jenseits des Atlantiks wirtschaftlich auszubeuten. Pelzjäger und -händler waren oft die Ersten, die Kontakt zu den indianischen Ureinwohnern aufnahmen. Diese sogenannten „Trapper" gingen in die Wildnis, lebten oft mit den lokalen Stämmen und passten ihren Lebensstil weitgehend deren Kultur an. Und doch war es anfangs ein indianischer Handel. Das Fluss- und Wegenetz, auf dem die Stämme untereinander Handel betrieben, existierte schon sehr lange, und die weißen Händler wurden in dieses Handelsnetz einfach integriert."

„Aber die Ma'amin sind nicht mit den Europäern hierhergekommen?", hakte Sam nach.

„Nein. Wohl mit den Russen." Luke war plötzlich ungewöhnlich gesprächig. Hatte er mit ihrem Besuch erst auf eine Erlaubnis von Sahkonteic gewartet, um sein Wissen zu teilen? „Um 1650 hat der erste russische Pelztierjäger und Händler mit seinen Leuten die Beringstraße durchquert, um die „unberührten“ Jagdgründe auf dem amerikanischen Kontinent auszubeuten. Bald war ganz Alaska bis runter zum nordamerikanischen Festland in Russlands Besitz, bevor es im 19. Jahrhundert für viel Geld vom russischen Kaiser an die USA verkauft wurde.“

Sam schüttelte ungläubig den Kopf. „Und du hast das alles die ganze Zeit gewusst und mir nichts erzählt?“ Sie zögerte, ob sie sauer auf Luke sein sollte, entschied sich aber dagegen.

„Ist jetzt nicht was anderes viel wichtiger als der Ursprung der Ma'amin? Nämlich wie es mit ihnen weitergeht?“, sagte er leise.

„Du meinst, was da ist und was ich hier und jetzt damit machen kann?“, griff Sam Lukes Worte von der Hinfahrt auf. „Wie zum Beispiel ‚einfach mal‘ Sayquíca zu zähmen und mit zurück nach Deutschland zu nehmen?“

Sams angestaute Zweifel brachen sich plötzlich Bahn: „Luke, das ist totaler Irrsinn. Wie soll ich das Vertrauen eines Wildpferdes draußen in seiner Herde gewinnen? Das ist ja schon in einem Roundpen, wo das Pferd nicht weglaufen kann, schwierig genug. Und dann soll ich es noch über den Atlantik bringen? Weißt du, was das alles kostet? Und will Sayquíca das überhaupt? Von ihrer Herde und ihrem Lebensraum getrennt und in ein völlig fremdes Land gekarrt zu werden?“

„Du hast kalte Füße“, lächelte Luke.

„Arschkalt!“, schnappte Sam.

„Ich dachte, das ist, was du wolltest? Weshalb du hierhergekommen bist?“, beharrte er.

Sam entfuhr ein tiefer Seufzer. „Vielleicht. Aber ich habe nicht die geringste Ahnung, wie das alles funktionieren soll.“

Als sie zur Ranch zurückgekehrt waren, musste sie sofort Kati anrufen, egal wie spät es jetzt in Deutschland war.

„Ich war bei Sahkonteic."

Die Freundin war sofort hellwach. „Und? Was hat er gesagt?"

„Sitzt du?", antwortete Sam. „Ich soll Sayquíca zähmen und mit zurück nach Deutschland nehmen. Hat er in einer Vision gesehen."

Einen Moment war es still am anderen Ende. Dann sagte Kati langsam: „Ist nicht unlösbar ..."

„Kati! Bist du jetzt auch verrückt geworden?", rief Sam aus.

„Wieso? Machst du nicht gerade ein Wildpferd halfterführig? Und das mit dem Transport lass meine Sorge sein. Ich habe da schon eine Idee. "

„Ich habe gedacht, wenigstens du bist die Stimme der Vernunft", erwiderte Sam schwach.

„Vernunft?", gab Kati zurück. „Du fliegst ans andere Ende der Welt wegen eines Traumes von einem Pferd und dann begegnest du da auch noch genau diesem Pferd in echt ... Ich würde sagen, wir haben den Boden der Vernunft längst verlassen!"

Sam war nach Heulen zumute. „Was soll ich jetzt bloß machen?"

Katis Stimme wurde weich. „Mensch, Sam. Wovor hast du denn solche Angst? Du bist die beste Pferdefrau, die ich kenne. Wenn du das nicht hinkriegst, dass dieses Wildpferd dir vertraut, dann weiß ich nicht, wer. Und außerdem scheint das mit euch beiden ja eh irgendwie in den Sternen zu stehen. Mach doch einen Schritt nach dem anderen. Du hast jetzt noch vier Wochen in Oregon. Dann geh eben in diese Berge und versuch dein Glück. Was kann denn schon passieren?"

„Ich kann von einem Grizzly gefressen werden? Oder … scheitern?“

Sam atmete tief aus. Ja, das war ihre tiefste Angst. Dass sie es nicht schaffen würde, Sayquícas Vertrauen zu gewinnen.

„Hey, du weißt doch: was wir bei Alli immer gesagt haben“, erinnerte sie Kati. „Vertrauen ist kein Ereignis. Sondern ein Prozess.“

Sam musste lächeln. „Du bist die Beste.“

„Du auch“, gab Kati zurück. „Vergiss das nicht.“

In ihrem Traum fand sich Sam mit Sayquíca in einer riesengroßen Arena wieder. Ihre lange Silbermähne war kunstvoll eingeflochten und da war auch Musik. Doch alle Stühle der Arena waren leer.

Sam machte mit der Stute Freiarbeit, ohne sich irgendwelcher Hilfsmittel wie Seil oder Gerte zu bedienen. Reine Körpersprache.

Und Sayquíca folgte Sam und kreiste um sie, ging rückwärts und verneigte sich ins Kompliment. Ein Tanz, in vollkommener Harmonie zwischen Pferd und Mensch. Dann sprang Sam auf den Rücken der Stute und galoppierte an. Nach einer Runde durch die riesengroße Arena brachte Sam Sayquíca aus dem Galopp zum Halt und richtete sie ein paar Schritte rückwärts, ohne jede sichtbare Einwirkung. Sam sprang ab und verneigte sich vor der leeren Arena.

Als sie am nächsten Morgen zu Blue in den Roundpen trat, spitzte die Stute aufmerksam die Ohren. Jon, Rosa und Luke standen an der Einzäunung und sahen zu, doch Sam fühlte sich nicht die Spur nervös. Als sie entspannt zu Boden blickte, kam Blue vertrauensvoll auf sie zu und blieb etwa einen Meter neben ihr stehen. Sam hielt ihr die Hand hin, und Blue kam noch einen Schritt näher, um sie zu beschnuppern. Sam berührte ruhig ihren Hals und begann damit, Blue mit den Handflächen abzustreichen. Die Stute ließ sie entspannt gewähren, ohne sich zu rühren. Super!

Dann ging Sam zu ihrem Kopf. Sie konnte spüren, wie Blue sich kurz anspannte, doch dann ließ sie zu, dass Sam sie zwischen den Ohren berührte und kraulte und sie durch das Massieren des Genicks dazu brachte, dort weich zu werden und den Kopf etwas abzusenken.

Sofort ließ Sam wieder los und entspannte. Und Blue entspannte mit ihr, senkte den Kopf noch mehr ab und begann zu dösen. Sie vertraute Sam offenbar so sehr, dass sie die sonderbaren Spiele des zweibeinigen Wesens ohne Argwohn mitmachte.

Ob Blue sie schon an ihre Nase lassen würde? Sam stellte sich seitlich neben die Stute und umfasste mit der Hand ihren Nasenrücken. Zuerst schien Blue das unangenehm und sie zog die Nase weg. Sam ließ sofort los und umfasste die Nase dann nach kurzer Zeit erneut. Nun hielt Blue still. Wieder versuchte Sam, durch ihre eigene tiefe Entspannung der Stute zu vermitteln, dass sie bei ihr Sicherheit und Frieden finden konnte. Sam übte leichten Zug auf die Nase aus und zu ihrer Freude bog die Stute daraufhin den Hals. Sie atmete aus. Blue war bereit.

Als sie den Roundpen kurz verließ, reichte Luke ihr ein Knotenhalfter und ein Seil.

„Du hast ein sehr gutes Gefühl für das Pferd“, nickte Jon.

„Danke“, gab Sam zurück und ging wieder in den Roundpen.

Sie hielt Blue das Knotenhalfter hin und ließ sie daran schnuppern. Dann begann sie, ihr mit dem Halfter in der Hand den Kopf abzustreichen. Blue sollte wissen, dass sie ihr auch vertrauen konnte, wenn sie etwas in der Hand hatte. Das Pferd sollte immer wissen, dass es bei ihr in Sicherheit war.

Schließlich erlaubte Blue, dass Sam ihr behutsam das lange Ende des Knotenhalfters wie eine Schlinge um den Hals legte. Sam ging einen halben Schritt zur Seite und versuchte, Blues Hals mitzunehmen. Sie gab nicht nur dem Druck des Halfters um ihren Hals nach, indem sie ihn bog, sondern machte sogar einen Schritt zur Seite. Sam ließ gleich wieder los und entspannte sich. Dann versuchte sie, die Stute mit dem Halfter um den Hals ein Stück zu führen. Blue folgte ihr.

Es war wie ein feiner Tanz, in dem einer den anderen ganz genau spüren konnte, und die stille Verabredung bestand, die Grenzen des anderen nicht zu überschreiten.

Blue hatte so viel Vertrauen, dass sie zuließ, dass Sam ihr langsam das Knotenhalfter zuerst über den Nacken und dann über die Nase legte und befestigte.

Sam blickte auf und traf Rosas Blick. Sie strahlte.

Dann befestigte sie den Strick am Halfter und ließ mit einem Blick auf Blues Flanke ihre Hinterhand weichen. Kein Problem. Pause.

Sam ging einen Schritt nach vorne und noch einen. Blue folgte ihr entspannt an Halfter und Strick. Sam kraulte die Stute an Hals und Mähne und Blue schnaubte zufrieden ab. Damit war Sams Arbeit beendet.

Jon war anzusehen, dass er mehr als zufrieden war. Nachdem sie Blue das Halfter wieder abgenommen und sie mit frischem

Heu versorgt hatte, meinte er zu Sam: „Weißt du, ein Nez Perce Horse leistet seinen Gehorsam ausschließlich dem Menschen, der sein Vertrauen gewinnen kann. Es ist definitiv ein Ein-Personen-Pferd. Du kannst es zu nichts zwingen, kannst dieses Pferd nicht brechen. Er wird sich immer gegen Druck und Brutalität wehren, und wenn es sein Leben kostet. Wenn es aber dich als seine Bezugsperson akzeptiert hat, geht es mit dir durch dick und dünn. Herzlichen Glückwunsch. Das schaffen nicht viele – vor allem nicht beim ersten Versuch. Du hast in den letzten Tagen ganz viel Feel und Timing bewiesen."

Auch Luke ergriff ihre Hand und drückte sie kurz. In seinen Augen konnte Sam echten Respekt erkennen.

„Auf jetzt, alle zum Frühstück", rief Rosa fröhlich. „Wir haben viel zu besprechen."

III. Wild Soul

Sam war im Traum wieder unten beim Fluss, an ihrem alten Platz auf der Sandbank. Doch etwas war anders. Als hätte das Wissen, dass es Sayquíca und die Herde wirklich gab, irgendwie Eingang in ihren Traum gefunden. Alles wirkte näher, war ihr vertrauter. Und als die kleine Stute mit der langen Silbermähne aus dem Waldsaum trat und sie direkt anblickte, hatte Sam das Gefühl, dass da schon eine Verbindung zwischen ihnen war.

„Weißt du, dass ich deine Freundin werden soll und du meine? Dass ich dich mitnehmen soll in ein Land, das sehr weit entfernt ist und in dem dich ein Leben erwartet, das so ganz anders ist, als du es dir jetzt auch nur vorstellen kannst?"

Nachdem Sayquíca keine Anstalten machte, mit den anderen Pferden zum Fluss zu gehen, um zu trinken, sprach Sam in ihrem Traum einfach weiter zu ihr.

„Ich frage mich schon, wie das alles gehen soll. Sahkonteic, auch Jon, Rosa und Luke scheinen nicht den geringsten Zweifel zu haben, dass wir zwei zusammengehören. Aber wie ist das eigentlich mit dir? Willst du überhaupt mit mir arbeiten? Mich eines Tages vielleicht sogar auf deinem Rücken tragen? Du hast die Wahl. Ich kann dich zu nichts zwingen, werde dich nicht in einen Roundpen sperren oder mit einem langen Seil oder einer Gerte

deine Aufmerksamkeit erzwingen. Ich werde dich auch nicht mit süßen Äpfeln oder Karotten locken. Du und ich, wir müssen in Freiheit zusammenfinden. Oder gar nicht. Das sind die Regeln.“

Sam atmete tief aus. Es fühlte sich gut an, das alles auszusprechen. Sayquíca senkte ihren Kopf etwas ab und leckte sich die Lippen. Sam nahm das als ein Zeichen ihres Einverständnisses und fuhr fort.

„Wir beide müssen lernen, eine gemeinsame Sprache zu finden. Auf Augenhöhe. Anders geht es nicht. Genau genommen muss ich deine Sprache lernen. Du musst mir beibringen, in deiner Sprache mit dir zu reden. Und das ist nicht die Sprache von Druck und Dominanz, wie bewusst man das auch immer handhaben mag. Das ist die Sprache der Freiheit. Klar werde ich dich irgendwann auch um Dinge bitten müssen. Aber bis dahin sind wir uns hoffentlich so nah, dass du das dann auch willst. Meinst du, dass du dich darauf einlassen kannst? Auf diese Reise mit mir zusammen?“

Sayquíca schloss die Augen halb, als beginne sie zu dösen.

Sam erhob sich langsam. Sie war etwa fünf Meter von Sayquíca entfernt, die anderen Pferde waren plötzlich irgendwie verschwunden. Die Stute blieb unvermindert in ihrem Entspannungszustand, und plötzlich schien es Sam, als fordere Sayquíca sie auf, es ihr nachzutun. Sie stellte sich parallel zu ihr, entließ alle Anspannung aus ihrem Körper und entlastete ihr rechtes Bein, wie auch Sayquíca das rechte Hinterbein zum Dösen angewinkelt und auf der Hufspitze aufgesetzt hatte.

Daraufhin entließ Sayquíca einen tiefen Atemzug und schloss ihre Augen komplett. Ihre Nüstern waren ganz weich und die Unterlippe hing herab. Sie hatte komplett losgelassen.

Auch Sam blieb entspannt in ihrer Position stehen, blickte aber aufmerksam über den Fluss, so wie der Hengst es immer für seine Stuten getan hatte.

„Schlaf ruhig, kleine Sayquíca. Ich passe auf dich auf", flüsterte sie.

Mit diesen Worten wachte Sam auf.

Wild horses on tour: 1. Post

„Hallo an alle. Ich bin Sam Gerst und viele kennen mich und meine siebenjährige Andalusierstute Alegría aus dem Finale des diesjährigen *Cavallo Cups* und von den Videos, die ich auf unserem YouTube-Kanal zusammen mit meiner Freundin Kati poste.

Ihr habt vielleicht auch gehört, dass es Alli im Moment nicht so gut geht und sie mit einer spinalen Ataxie auf der Sommerweide steht. Das stimmt. Aber wir alle hoffen, dass nur minimale Bewegungsstörungen zurückbleiben, die man durch gezieltes Training ausgleichen kann. Noch vier Wochen, dann wissen wir mehr.

Damit ich Alli nicht ständig auf die Nerven gehe, hat mich meine Mutter nach Oregon verfrachtet, auf eine Ranch, die Nez Perce Horses züchtet (das sind die „ursprünglichen" Appaloosas, aber das ist eine ganz eigene Geschichte, über die ich irgendwann noch mal einen extra Post machen werde).

Ich habe hier die unglaubliche Gelegenheit bekommen, die nächsten Wochen mit einer Herde Wildpferde zu leben und mir eine Stute aus der Herde vertraut zu machen, um sie mit nach Deutschland zu bringen. Ich weiß, das ist ein Riesen-Projekt, aber es ist auch eine Wahnsinns-Chance, und ich habe verschiedenen Leuten versprochen, den Prozess der Zähmung von Sayquíca (gesprochen: *Sai-kiets-ah*) zu dokumentieren und hier auf unserem neuen *Wild horses on tour*-Kanal zu veröffentlichen. Kati kümmert sich mit Unterstützung meiner Mutter um einen Sponsor, der den Transport der Stute nach Deutschland finanziert. Danke, Kati, du bist die Beste! ☺☺☺

Ich habe keine Ahnung, ob ich es schaffen werde, Sayquícas Vertrauen zu gewinnen, aber durch Alegría habe ich gelernt, wie wichtig es ist, an seine Träume zu glauben. Seit ich denken kann, will ich der Welt zeigen, was man mit Vertrauen und Geduld bei einem Pferd erreichen kann. Ich werde mit Sayquíca mein Bestes geben und euch an unseren Fortschritten hier oben, in dem Riesennaturschutzgebiet der Eagle Cap Wilderness, teilhaben lassen. Auf dem Foto seht ihr übrigens das unglaubliche Bergpanorama, auf das ich gerade schaue. Halte euch auf dem Laufenden! Sam."

Wild horses on tour: 2. Post

„Ich bin jetzt seit zwei Tagen hier oben und habe mit meinem Kumpel Luke (der sich total gut auskennt und als Nimiipuu auch irre viel von Pferden versteht) das Basislager am Rande eines magischen Hochtals aufgeschlagen. Es ist ziemlich versteckt, und die Herde hält sich hier tagsüber im Moment oft auf, weil es superleckeres Bergkräuter-Gras gibt und einen türkisfarbenen See (echt türkis!!). Das Tal könnt ihr auf dem Foto sehen. Die Pferde tauchen am späten Morgen auf - erst der Hengst, Luke nennt ihn Náqc, was in der Sprache der Nimiipuu einfach ‚Eins' heißt, dann seine Stuten mit ihren Fohlen. Es sind insgesamt sechs – drei haben schon gefohlt, zwei sind noch trächtig und die sechste ist Sayquíca. Wie soll ich sie beschreiben? Sie sieht irgendwie anders aus als die anderen Stuten, ist nicht sehr groß, ihr Fell schimmert golden. Über ihren ganzen Kopf zieht sich eine lange, schmale Blesse. Der Hammer ist ihre Mähne: Sie ist irre lang und silbergrau (und müsste dringend mal entfilzt werden!).

Ich schätze sie so auf neun und ihre Ausstrahlung passt genau zu ihrem Namen: Sayquíca heißt nämlich in der Sprache der Nimiipuu „die in Ehren Gehaltene". Irgendwie hat sie was total Erfahrenes und Weises, aber gleichzeitig auch etwas sehr Freies – sie ist eine wilde Seele.

Bis jetzt haben die Pferde es zugelassen, dass wir sie vom Rand der Talsenke aus still beobachten, aber sie haben auch uns immer im Auge. Sind also noch nicht wirklich entspannt in unserer Gegenwart, obwohl sie Luke kennen. Wenn ich versuche, mich etwas zu nähern, gehen alle Köpfe hoch, und ich spüre, dass sie sofort abhauen würden, wenn ich ihnen jetzt zu nahe käme.

Jemand, der sich ziemlich gut auskennt, hat mir gesagt, ich müsste selbst zum Pferd werden, damit Sayqíca mir vertraut. Im Moment habe ich noch nicht die geringste Ahnung, wie ich das anstellen soll. Außer, dass ich die Herde jeden Tag stundenlang beobachte (was anderes kann ich im Moment eh nicht tun): wer mit wem welches Verhältnis hat und wie sie miteinander umgehen und kommunizieren. Ich glaube, Sayquíca ist die Leitstute, aber ich kann mich täuschen. Die anderen Stuten machen ihr jedenfalls Platz, wenn sie kommt. Eine Stute mit einem älteren Fohlen scheint ihr das aber streitig machen zu wollen. Sie geht immer wieder auf Sayquíca los, doch die ist bis jetzt ganz cool und lässt sie abblitzen. Halte euch auf dem Laufenden! Sam."

Wild horses on tour: 3. Post

„Ich habe immer gesagt, wenn man Ausdauer, Geduld und ein Ziel hat, geht ganz viel. Das besitze ich alles, wie ich hier sitze, aber ich muss mein Ziel, Sayquíca zu zähmen und mit runter zur Ranch zu nehmen, in viele kleine Teilschritte runterbrechen. Klar hängt auch viel von ihr ab, wie sie auf mich reagiert und wie die ganze Herde reagiert, aber ich habe trotzdem das Gefühl, ich müsste so was wie einen roten Faden haben. Auf dem Foto seht ihr übrigens mal die ganze Herde beim Trinken am See, Sayquíca ist ganz rechts außen. Doch zurück zu meinem roten Faden. Es ist ein Riesenunterschied, ob ich ein wildes Pferd in einem begrenzten Raum wie einem Roundpen zähmen will oder in vollkommener Freiheit. Im Roundpen kann ich das Pferd zwingen, sich mit mir zu beschäftigen, einfach weil es mir nicht ausweichen kann. Das ist zwar erst mal Megastress für das Pferd, darüber kann ich ihm aber relativ schnell vermitteln, dass es bei mir sicher ist und sich entspannen kann. Aber hier in der Freiheit kann Sayquíca einfach weggehen, wenn sie keinen Kontakt mit mir will. Ich kann keins der üblichen Hilfsmittel anwenden, um mit ihr in Kommunikation zu kommen. Sie braucht mich nicht. Selbst ihr Futter sucht sie sich selbst.

Es muss mir als Mensch also irgendwie gelingen, für sie interessant zu werden. Doch wie? Ich denke im Moment viel darüber nach, was es heißt, eine Beziehung zu einem Pferd aufzubauen, von der beide was haben: Pferd und Mensch. Der berühmte amerikanische Pferdeflüsterer Tom Dorrance (der Urvater aller Pferdeflüsterer) hat gesagt: *„First you go with the horse. Then the horse goes with you. Then you go together."* Also: *Zuerst gehst du mit dem Pferd mit. Dann geht das Pferd mit dir mit. Dann geht ihr zusammen.* Und das ist mein Ziel: dass Sayquíca und ich in ein paar Wochen zusammen runter zur Ranch gehen.

Was heißt also hier draußen, dass ich zuerst mit ihr mitgehen muss? Vielleicht erst mal rausfinden, was sie will, was ihr guttut, was ihr Spaß macht. Oder wortwörtlich mit ihr *mitgehen,* wohin sie geht. Aber so weit bin ich ja noch lange nicht! Erst mal muss sie mich überhaupt in ihre Nähe lassen! Mal sehen, was der morgige Tag bringt. Halte euch auf dem Laufenden! Sam."

Wild horses on tour: 4. Post

„Hurra. Heute ist der erste Tag, wo die Pferde mich nicht mehr registrieren. Ich kann mich am Rand der Senke bewegen, ohne dass gleich mit gespitzten Ohren die Köpfe hochgehen. Nach wie vor kommen sie jeden Morgen in dieses versteckte Bergtal zum Grasen und ich und Luke gehören jetzt irgendwie zu ihrer natürlichen Umgebung. Wie der kleine Dachs, der neulich Nachmittag quer durch die Herde gerannt ist, und kein Pferd hat auch nur gezuckt. Oder die Eichhörnchen, die direkt neben ihnen die Stämme hoch- und runterrasen.

Jetzt kann ich anfangen, mich langsam der Herde, und vor allem Sayquíca, zu nähern. Auf dem Foto könnt ihr erkennen, dass ich schon ein ganzes Stück näher an sie rangekommen bin. Als groben Plan habe ich mir Folgendes zurechtgelegt: Als Erstes muss ich herausfinden, wo Sayquícas Wohlfühlzone in Bezug auf mich verläuft. Das heißt, an welchen Stellen und in welchem Abstand sie es entspannt zulassen kann, dass ich mich um sie herum bewege. Und wie ich diese Wohlfühlzone Stück für Stück ausweiten kann, dass sie mich schließlich ganz in ihrer Nähe duldet. Das wäre mal der erste große Schritt.

Ich bin in dieser Situation so sehr gezwungen, Sayquícas Grenzen zu achten, dass mir erst jetzt bewusst wird, wie oft ich in der Vergangenheit auf Allis Grenzen nicht geachtet habe. Nicht im Großen, da habe ich immer versucht, das Pferd nie zu überfordern und seine Grenzen zu akzeptieren. Aber unabsichtlich in tausend kleinen Dingen. Sie zu streicheln, wenn sie eigentlich lieber fressen will, ihr einen Sattel aufzulegen, wenn sie sich lieber wälzen will, oder sie zu putzen, wenn sie sich im Sommer einen Schlammpelz zugelegt hat, um sich vor den Insekten zu schützen.

Klar, irgendwie scheint das zur Ausbildung von Pferden in menschlicher Gefangenschaft dazuzugehören, dass sie „erzogen“ werden und lernen, das Unangenehme als angenehm oder zumindest gleichgültig zu betrachten. Aber wollen Pferde überhaupt mit uns zusammenleben? Haben wir sie jemals gefragt?

All solche Fragen tauchen in mir auf, während ich mich Sayquíca langsam nähere und ihr durch meine Körpersprache anbiete, Freundschaft zu schließen. Nur die Zeit kann es zeigen. Halte euch auf dem Laufenden! Sam.“

Wild horses on tour: 5. Post

„Heute hatte ich meine erste Begegnung mit Náqc, dem Leithengst. Mann, hat mir das Herz geklopft. Luke hat das Foto geschossen, als Náqc mich gerade abgeschnobert hat.

Wie es dazu gekommen ist: Ich hatte weiter damit experimentiert, wie sehr ich mich total beiläufig der Herde nähern kann. Die Pferde standen beim Grasen ziemlich weit auseinander, und irgendwann habe ich wohl eine magische Grenze überschritten und stand plötzlich, ohne es zu merken, im Raum der Herde. Náqc kam sofort auf mich zu. Nicht angespannt, nicht entspannt, aber irgendwie sehr eindrucksvoll in seiner selbstsicheren Neugier.

Ich bin einfach stehen geblieben, habe auf den Boden geschaut, geatmet und versucht, so sehr bei mir zu bleiben, wie es irgend geht. Er hat zuerst an meinem Gesicht gerochen, an meinen Haaren, dann an meinen nackten Armen und Händen und an meinen Beinen. Mir war dabei total bewusst, dass ein wilder Hengst dieses Kalibers mich einfach töten könnte.

Doch irgendwann hat er sich umgedreht und ist weggegangen. Ab da durfte ich mich in der Herde bewegen, ohne dass die Stuten beunruhigt waren. Wahnsinn. Selbst die drei Fohlen kamen plötzlich neugierig auf mich zu und wollten an mir schnuppern und mich beknabbern, wenn ich irgendwo auf dem Boden hockte. Doch wehe, wenn ich mich bewegt habe und eins von ihnen berühren wollte: Im Nu waren sie auseinandergestoben.

Sayquíca kann ich mich nun bis auf etwa zwei Meter nähern, ohne dass es sie zu stören scheint. Aber nur seitlich von vorne. Komme ich zu sehr von hinten, geht sie gleich weg.

Das ist dann offenbar nicht mehr in ihrer Wohlfühlzone. Ich will versuchen, dass sie mir auch an diesen Stellen mehr und mehr vertraut. Außerdem möchte ich ihr beibringen, dass sie mir zeigen kann, wenn ihr etwas zu viel ist, indem sie mir ihre Nase zuwendet. Das gibt ihr ein Mitspracherecht in unserer Beziehung, und sie muss nicht mehr weggehen, wenn ich sie stresse. Sie muss sich mir einfach nur zuwenden und mit ihrer Nase meine Hand berühren, und ich höre sofort mit allem auf, was ich gerade tue, atme tief durch und wende mich ab. Dann, wenn Sayquíca sich nicht mehr sorgt, beginne ich wieder.

Ich verbringe mit Unterbrechungen etwa sechs bis acht Stunden pro Tag in der Herde. Die meiste Zeit stehe ich so nah an Sayquíca dran, wie sie es mir erlaubt, entspanne mich und bin einfach nur mit ihr. Dadurch versuche ich, eine Beziehung aufzubauen und ihr ein gutes Gefühl von unserem Zusammensein zu geben. Sie lässt das zu, doch bis jetzt scheint sie nicht sonderlich an mir interessiert. Ich muss Geduld haben!

Luke ist ein Engel, er macht das Essen (wir haben ein paar Vorräte mitgebracht, aber essen auch ganz viel das, was diese wahnsinnig tolle Natur hier uns schenkt), und er klettert für mich abends sogar auf einen nahe gelegenen Gipfel, um meine Posts abzuschicken (die allereinzige Stelle, wo es etwas Internetempfang gibt!). Ich bin abends einfach zu fertig - ihr glaubt gar nicht, wie anstrengend es ist, den ganzen Tag nichts zu „tun“, außer zu atmen und wahrzunehmen.

Danke, Luke. Und danke auch an euch alle für euer Interesse an diesem Projekt und all eure Kommentare. Hammer, wir haben ja schon 20000 Abonnenten, und das erst nach einer guten Woche. In knapp drei Wochen muss ich mit Sayquíca unten auf der Ranch sein. Und mit ihrem Transport nach Deutschland ist bis dahin hoffentlich auch alles in trockenen Tüchern. Jeder von euch hilft dabei, denn je mehr Leute diesen Kanal abonnieren, desto einfacher ist es für Kati, einen Sponsor zu finden. Halte euch auf dem Laufenden! Sam."

Wild horses on tour: 6. Post

„Ich arbeite weiter daran, Sayquícas Wohlfühlzone auszuweiten. Auf dem Bild könnt ihr sehen, dass ich mich ihr schon bis auf einen knappen Meter nähern kann und sie entspannt weitergrast. Auch kann ich mich ihr jetzt mehr von hinten nähern, ohne dass sie weggeht. Obwohl sie mich immer noch kaum beachtet, scheint sie meine Nähe angenehm zu finden. Morgen will ich versuchen, sie zu berühren.

Viele von euch haben gefragt, was das eigentlich für Wildpferde sind, weil die so anders aussehen als Mustangs, und ich wollte eh noch mal was zu ihrer Geschichte posten. Nein, es sind keine Mustangs! Die Ahnen dieser Herde stammen von einer sehr alten, zentralasiatischen(!) Vollblutrasse ab und kamen im frühen 18. Jahrhundert mit russischen Pelzhändlern in den Nordwesten der USA. Der Stamm der Nimiipuu (oder Nez Perce) konnte sie erwerben und hat mit einem hochselektiven Zuchtprogramm daraus seinerzeit eine der größten und berühmtesten Pferdeherden des amerikanischen Kontinents aufgebaut. Aufgrund seiner Abstammung hatte das Nez-Perce-Pferd ein Vollblut-Gebäude mit Appaloosa-Zeichnung, war zäh, ausdauernd, schnell und mutig und für seine Intelligenz und Liebe zum Menschen berühmt. Bevor die Nimiipuu 1877 vom US-Militär von ihrem angestammten Land in den Wallowa Mountains vertrieben wurden, ließ der Häuptling Chief Joseph in einem abgelegenen Bergtal einige Hengste und Stuten frei. Und die haben hier oben bis heute überlebt. Die Nimiipuu wollen, dass das Wissen über ihre Pferdekultur jetzt in die Welt getragen wird. Und dass diese Herde reinrassiger, ursprünglicher Nez-Perce-Pferde in den Wallowa Mountains unter ein besonderes Schutzprogramm gestellt wird, damit sie weiter ungestört hier oben leben können. Dazu wollen Kati und ich mit diesem Projekt, Sayquíca zu zähmen und nach Europa zu bringen, beitragen. Bitte erzählt allen davon, die ihr kennt. Halte euch auf dem Laufenden! Sam."

Wild horses on tour: 7. Post

„Ich muss diesen Post mit einem riesengroßen Dankeschön an euch beginnen: Schon 50 000 Abonnenten, ihr seid der Wahnsinn! Luke freut sich total über all das Interesse an den Pferden seines Stammes, und bei Kati haben sich auch schon einige Leute gemeldet, die an einem Sponsoring von Sayquícas Transport interessiert sind. All das kickt den Ball in mein Spielfeld, denn ich muss sie in den nächsten Wochen dazu bringen, dass sie mir vertraut und folgt. Ich lerne durch die unzähligen Stunden, die ich jeden Tag mit der Herde und mit ihr verbringe, mehr und mehr, wie diese Pferde denken, fühlen und wahrnehmen. Und in wie vielen kleinen (und auch großen) Dingen ich in meiner bisherigen Pferdearbeit total neben der Spur lag. Sie sind einfach so unglaublich fein in ihrer Kommunikation!

Heute hat Sayquíca zum ersten Mal physisch Kontakt mit mir aufgenommen. Eigentlich war es einfacher, als ich dachte. Nachdem ich mich ihr bis auf etwa einen Meter genähert hatte und wir eine gefühlte Ewigkeit zusammenstanden, hatte ich auf einmal den Eindruck, dass mehr geht. Ich hockte mich also auf den Boden und wartete. Sayquíca graste immer näher an mich heran und beobachtete mich dabei aus den Augenwinkeln. Ich habe mich nicht gerührt. Irgendwann hörte sie auf zu grasen und streckte mir vorsichtig ihre Nase entgegen. Ganz sachte schnoberte sie mein Gesicht und meinen Hals ab, genauso macht Alli das auch immer. Ich atmete einfach nur still ein und aus und versuchte, so viel Ruhe wie möglich auszustrahlen. Ich hielt ihr meinen Handrücken hin und sie berührte ihn mit der Nase. Dann bin ich mit meiner Hand ganz langsam nach oben gewandert und habe sie sachte an den Nüstern und Ganaschen berührt. Sie blieb ganz still stehen, als würde sie die Berührung genießen. Ich hätte ewig weitermachen können, aber ich wollte, dass wir auf jeden Fall in ihrer Wohlfühlzone enden, denn sie soll mit mir nur angenehme Gefühle verbinden. Ich habe mich also zurückgezogen und sie begann seelenruhig, wieder zu grasen.

Mein Herz singt! Ich durfte sie berühren und es hat ihr anscheinend gefallen. Jetzt muss ich mich zügeln, dass ich nicht zu schnell zu viel will ... Halte euch auf dem Laufenden! Sam."

Wild horses on tour: 8. Post

„Sorry, dass ich ein paar Tage nichts gepostet habe. Irgendwie war das bisschen Internet, das man auf dem einen Berg bekommt, auch noch verschwunden. Hier hat sich inzwischen alles super entwickelt: Ich arbeite weiter daran, dass ich Sayquíca berühren darf, erst mal an Hals und Rücken und dann auch an den Vorderbeinen. Sie signalisiert mir durch ihre Körpersprache, wann ich mich ihr nähern kann, und sie zeigt auch ganz deutlich, wann es genug ist (idealerweise höre ich schon vorher auf). Manchmal möchte sie, dass ich einfach nur auf Armeslänge neben ihr stehe, sie aber nicht anfasse. Das muss ich akzeptieren. Denn hier draußen in der Freiheit kann ich nur so arbeiten, dass ich mit dem gehe, was Sayquíca mag. Erst mal jedenfalls – denkt an Tom Dorrance. Irgendwann kommen wir auch an den Punkt, wo sie (hoffentlich) mit dem mitgeht, was ich tun möchte, wie ihr eine Bewegung oder eine Richtung zu geben.

Ansonsten versuche ich jetzt, konsequent ein Muster einzuführen, wo ich jedes Mal, wenn Sayquíca sich an mir interessiert zeigt, mich abwende oder weggehe. Und wenn sie mich einfach nur desinteressiert um sich herum duldet, dranzubleiben und ihr körperlich näherzukommen. Sie ist einfach eine coole Socke und lässt mich zappeln. Doch ich habe schon eine Idee, was der nächste Schritt sein wird: Sobald ich sie am ganzen Körper mit der flachen Hand abstreichen kann, will ich anfangen, auch mal mit dem Impuls von einem oder mehreren Fingern zu arbeiten. Einfach, um sie etwas mehr auf mich aufmerksam zu machen, ihr ein anderes Empfinden zu vermitteln.

Vielleicht erweckt das ja ihre Neugier und sie ist dadurch auch mehr an mir interessiert. Einen Versuch ist es wert! Halte euch auf dem Laufenden! Sam."

Wild horses on tour: 9. Post

„Also erst mal ein großes WOW! Wir haben jetzt über 100 000 Follower. Ich bin sprachlos. Da hocke ich hier in der abgelegensten Ecke der Welt und stehe die meiste Zeit des Tages schweigend in einer Pferdeherde rum und 100 000 Leute am anderen Ende der Welt finden das total spannend. Auch von Kati gibt es super Neuigkeiten: Ein Journalist, den wir kennen, wird in der *Alternative Horsemanship* einen großen Bericht über Sayquíca und meine Arbeit mit ihr in der Wildnis bringen! Noch mal WOW!!

Doch ihr wollt sicher wissen, wie es hier weitergeht: Mein Experiment, Sayquíca mit spielerischem Druck auf mich aufmerksam zu machen, scheint zu funktionieren! Ich stehe zum Beispiel neben ihr und streiche über ihren Rücken. Das geht einwandfrei, und ich spüre, dass sie das mag. Dann beginne ich, mit meinen Fingerspitzen ihren Widerrist zu betasten und zu massieren, erst schwächer, dann etwas stärker. Sie hebt ihren Kopf vom Gras, und sofort höre ich mit allem auf, was ich tue, und entspanne. Dann entspannt sie etwas mit mir zusammen, bevor sie sich wieder dem Gras zuwendet. Das ist mega! Zum ersten Mal ist zwischen uns so etwas wie eine Kommunikation entstanden – sie ‚antwortet' auf einen Impuls von mir und kommt immer mehr aus ihrem gleichgültigen Desinteresse heraus.

Ich wiederhole das, mit Pausen dazwischen, zigmal am Tag, solange ich das Gefühl habe, dass es ihr angenehm ist – ich muss ja mit allem in ihrer Wohlfühlzone bleiben, auch wenn die sich jetzt schon deutlich ausgeweitet hat. Und Sayquíca reagiert immer schneller auf meinen Fingerdruck, indem sie mir ihre Aufmerksamkeit schenkt. Ich glaube, ich kann langsam ihre Neugier wecken auf mich und auf das, was wir so gemeinsam alles anstellen können. Heute hatte ich auch zum ersten Mal das Gefühl, dass sie darüber nachdenkt, mir frei zu folgen, wenn ich mitten aus unserem gemeinsamen Entspannen heraus einfach weggehe. Sie hat ihren Kopf umgewandt und mir nachgeschaut. Die Füße werden sicher bald folgen! Halte euch auf dem Laufenden! Sam."

Wild horses on tour: 10. Post

„Wieder sind ein paar Tage vergangen, seit ich mich das letzte Mal gemeldet habe. Sorry! Ich weiß, dass viele von euch das hier mit großer Spannung verfolgen, und glaubt mir, für mich ist es nicht weniger spannend!

Wo stehen wir jetzt? Sayquíca reagiert auf den spielerischen Druck meiner Finger am Widerrist, an der Kruppe oder an den Beinen meistens mit Aufmerksamkeit und Interesse. Gleichzeitig wendet sie immer noch relativ oft ihre Nase zu mir herum, um mir zu signalisieren, dass sie eine Pause von mir braucht. Ich bin so froh, dass ich ihr dieses Signal beigebracht habe, so kann sie sich mit mir immer sicher fühlen, und ich muss keine Angst haben, dass ich sie stresse und überfordere. Wenn sie mir signalisiert, dass es jetzt gerade reicht, lasse ich sofort, was ich tue, entferne mich einen Schritt, und wir sind eine Weile still zusammen. Wenn sie mir irgendein Zeichen von Entspannung gibt, wie ein tiefes Ausatmen, mache ich weiter. Nachdem das mit dem spielerischen Fingerdruck gut lief, habe ich begonnen, mich auf die Stellen zu konzentrieren, die eine Bewegung hervorrufen sollen:

also etwa einen leichten Impuls mit den Fingerspitzen auf die entgegengesetzte Seite des Widerrists, um eine Biegung von Hals und Kopf zu mir zu erreichen; oder einen Impuls auf die Brust, um von ihr einen winzigen Schritt rückwärts zu bekommen; Impuls auf die Schulter, um die Vorhand etwas zu verschieben, also einen Schritt zur Seite; Impuls auf die Flanke, um die Hinterhand leicht zu verschieben.

Auch hier gebe ich mich mit den kleinsten Gewichtsverlagerungen zufrieden, höre dann sofort auf und wir machen gemeinsam Pause, das heißt sind einfach in Stille zusammen. Denn nun sind wir ja in das Stadium übergegangen, wo ich Sayquíca bitte, auch *meinen* Vorschlägen zu folgen und nicht mehr nur zu tun, was sie mag (Tom Dorrance lässt grüßen). Da ist es besonders wichtig, dass ich sie nicht überfordere und es für sie interessant und angenehm bleibt.

Gleichzeitig kann ich jetzt deutlich spüren, dass wir eine Beziehung aufgebaut haben. Bilde ich es mir ein, oder nehme ich da wirklich so etwas wie Neugier und Freude wahr, wenn ich auf sie zugehe und ihr etwas anbiete? Für mich persönlich ist das Ganze hier eine ziemliche Herausforderung: Ich muss schauen, dass ich immer eine Grundentspannung beibehalte, denn Sayquíca nimmt meine innere Verfassung sehr genau wahr, und Stress ist äußerst unattraktiv für ein Pferd. Weiterhin muss ich die ganze Zeit im Spüren bleiben, ihre feinsten Reaktionen wahrnehmen und zur richtigen Zeit aufhören. Mein Timing muss also echt gut sein! Und ich muss auch genau spüren, wie weit ich ihre Wohlfühlzone ausweiten kann, ohne dass der Faden reißt und sie einfach geht. Und das Ganze bis zu acht Stunden am Tag!

Ich habe mir neulich Abend mal die ganzen Fotos der letzten Posts von unserer gemeinsamen Arbeit angeschaut (danke, Luke, fürs Fotografieren!) und meine, dass man auch da in ihrem Ausdruck eine wachsende Verbundenheit mit mir erkennen kann. Trotzdem frage ich mich manchmal schon, wie wir die Brücke von dieser sehr freien, losgelösten Arbeit dahin finden, dass ich sie in weniger als zwei Wochen von ihrer Herde entfernen kann. Aber der Weg ist das Ziel und ich mache einfach weiter. Halte euch auf dem Laufenden! Sam."

Wild horses on tour: 11. Post

„Jetzt, wo Sayquíca angefangen hat, mit Interesse meinen Impulsen zu folgen, kommen wir zügig voran. Will heißen: Sie bewegt sich jetzt ohne irgendeinen Widerstand ein paar Schritte rückwärts und seitwärts, wenn ich sie darum bitte. Als Nächstes möchte ich am Vorwärts arbeiten. Sie kennt es, dass ich neben ihr herlaufe, wenn sie grast oder zum Wasser geht. Ich lasse sie einfach tun, was sie tut, habe dabei nur eine Hand leicht auf ihrem Widerrist und gehe mit. Nun möchte ich beginnen, dieses vollkommen freiwillige Vorwärtsgehen mit einem leichten Druck auf die Schenkellage (also da, wo ich beim Reiten später treiben werde) zu verknüpfen.

Auch habe ich damit angefangen, sie daran zu gewöhnen, mich ihre Füße hochnehmen zu lassen. Am Anfang hatte sie keine Ahnung, was ich von ihr will, aber ich habe konsequent jede winzigste Bewegung in die richtige Richtung mit einer gemeinsamen Entspannungspause belohnt (das liebt sie mittlerweile!), und nun gibt sie vorne schon problemlos Fuß. An den Hinterbeinen arbeiten wir noch.

Ich bin wirklich zufrieden, wie alles läuft, und in gewisser Weise ist es sogar einfacher, als in einem Roundpen zu arbeiten. Weil das Pferd hier draußen in der Herde immer eine Wahl hat, ist es so viel entspannter - wir können ja nur arbeiten, wenn sie wirklich interessiert ist mitzumachen. Dadurch ist sie auch viel mehr bereit, mir zu vertrauen. Ich weiß natürlich nicht, ob das bei einem anderen Pferd auch so wäre oder ob es Sayquíca ist, die so ein offenes Wesen hat (nachdem sie ihre anfängliche Reserviertheit irgendwann aufgegeben hatte).

Andererseits sind wir ja immer noch im Gefüge der Herde; das kann noch mal ganz anders werden, wenn diese Sicherheit wegfällt. Und Sayquíca musste bis jetzt noch nichts machen, was sie richtig blöd findet (und das wird zwangsläufig kommen, denn welches Pferd geht zu Anfang schon gerne in einen Hänger oder gar in ein Flugzeug?). Dann könnte sie aus ihrem entspannten Kooperationsmodus, in dem sie jetzt ist, auch in den Kampf- oder Flucht-Modus übergehen. Ich hoffe nicht. Ich hoffe, allen Stress für sie zu vermeiden, soweit es eben geht. Das, was sich zwischen uns entwickelt hat, ist einfach zu kostbar, als dass ich es kaputt machen lassen will. Also einfach weitermachen und mich über jeden kleinsten Fortschritt freuen. Halte euch auf dem Laufenden! Sam."

Wild horses on tour: 12. Post

„Erst mal kann ich euch heute berichten, dass es super Nachrichten von Kati und meiner Mutter gibt. Die ganzen Abonnenten dieses Kanals (wir sind jetzt bei 130 000) plus der Artikel in der *Alternative Horsemanship* (danke, Joe Gärtner!)

haben mega dabei geholfen, dass wir nun wohl einen Sponsor für Sayquícas Flug über den Atlantik haben. Ich will noch keine Namen nennen, aber es ist jemand, der Pferdeshows organisiert und Sayquíca gerne sechs Monate nach unserer Ankunft im Rahmen einer großen Pferdegala vorstellen würde. Sogar Luke wird eingeflogen und soll etwas zur Geschichte seines Stammes und zu den Nez-Perce-Pferden präsentieren. Ich werde Sayquíca bis dahin hoffentlich so weit ausgebildet haben, dass ich mit ihr eine kleine Show am Boden und „unterm Sattel" (wobei ich sie natürlich ohne Sattel reiten werde) präsentieren kann.

Puh, nachdem das in trockenen Tüchern ist, kann ich hier entspannt weitermachen. Alles Unentspannte würde mir Sayquíca eh nicht abnehmen! ☺

Nun zu unserem Vorwärts. Heute Morgen habe ich zum ersten Mal den Impuls auf die Schenkellage ausprobiert. Sie kennt das ja jetzt, dass ich irgendwo an ihr rumdrücke, und zuerst schenkte sie mir daraufhin wie immer ihre Aufmerksamkeit. Als ich nicht nachgelassen habe, hat sie kapiert, dass ich irgendetwas anderes von ihr will, und dann hat sie einfach einen Schritt nach vorne gemacht. Bingo!

Ich glaube nicht, dass sie den Impuls auf die Schenkellage schon beim ersten Mal mit dem Vorwärts verknüpft hat, aber sie reagiert jetzt allgemein auf meinen „Druck" (und wir reden immer noch von einem leichten Impuls mit den Fingern oder der flachen Hand) so, dass sie es interessant und spannend findet, was da passiert. Das ist ein Riesenschritt!

Heute Mittag habe ich es dann einfach mal umgekehrt probiert. Ich bin neben ihr hergegangen, und jedes Mal, wenn sie im Begriff war, beim Grasen einen Schritt nach vorne zu machen, habe ich diesen leichten Impuls auf die Schenkellage dazugegeben. Am Abend habe ich es noch mal wieder andersherum probiert und da hatte sie es dann tatsächlich raus: Ich habe sie leicht hinter der Schulter berührt und sie hat einen Schritt nach vorne gemacht. Super. Das gab dann zur Belohnung erst mal ein schönes, langes Miteinander-still-Sein. In den nächsten Tagen können wir das hoffentlich in ein zügigeres Vorwärts ausweiten. Halte euch auf dem Laufenden! Sam."

Wild horses on tour: 13. Post

„Einige von euch haben gefragt, woher ich weiß, wann ich es für Sayquíca ein wenig unangenehmer machen kann (ich sage dazu: ihre Wohlfühlzone ausweiten) und wann ich alles loslassen und in den völligen Entspannungsmodus gehen muss. Oder wie ich das Gleichgewicht finde zwischen ‚Tun, was Sayquíca mag' und ‚Tun, was Sam mag' (und allem dazwischen). Darauf kann ich keine allgemeine Antwort geben. Es ist ein Gefühl und Timing, was sich im Zusammensein mit Sayquíca einfach entwickelt hat. Sie lehrt mich das. An ihren Reaktionen kann ich ablesen, wie präzise ich war. Oder nicht. Und versuche dann, das nächste Mal mit meinem Timing exakter zu sein.

Ich kann euch gar nicht sagen, wie viel ich in den letzten Wochen, in all den Stunden, die ich jeden Tag mit ihr und in der Herde verbringe, gelernt habe. Das Allerwichtigste ist sicher: in einer tiefen, gefühlten Verbindung zum Pferd zu bleiben. Genau zu spüren, ob ich jetzt gerade die Rolle eines guten Freundes einnehmen muss, der einfach nur mitgeht, oder die Rolle eines Anführers, der es übernimmt auszuspähen, ob die Umgebung sicher ist, während sie döst, sie auf besonders leckere Kräuter aufmerksam macht oder ihr einfach mal vorschlägt, zum Wasser zu gehen, um zu trinken. Meine Wahrnehmung und Intuition haben sich dadurch so unglaublich geschärft, dass vieles sich am Pferd ganz von selbst ergibt. Es ist der totale Flow und Stunden vergehen wie Minuten. Man kann es schlecht erklären, aber es ist irgendwann so, als würdet du und das Pferd einen gemeinsamen inneren Raum teilen. Und je tiefer wir beide darin verbunden sind, desto mehr vertraut das Pferd mir und ich ihm. Ich weiß irgendwie, was es jetzt gleich tun wird, was es fühlt und was es denkt. Und wahrscheinlich ist es umgekehrt genauso. Das ist das Tiefste und Schönste, was ich jemals erfahren habe, und nur darüber zu schreiben, gibt mir schon eine Gänsehaut. Am Ende geht es gar nicht darum, was wir zusammen „erreichen". Es geht darum, wie wir beide uns zusammen fuhlen. Halte euch auf dem Laufenden! Sam."

Wild horses on tour: 14. Post

„Gestern bin ich aus einem schönen Miteinander-Entspannen ein paar Schritte von Sayquíca weggegangen und sie hat Gras Gras sein lassen und kam mir tatsächlich hinterher. Es ist das erste Mal, dass ich das Gefühl hatte, dass sie sich mir wirklich angeschlossen hat. Nicht aus Druck oder Zwang, sondern weil sie es angenehm und interessant findet, bei mir zu sein. Die endlosen Stunden, wo ich einfach nur „mitgegangen" bin mit dem, was sie mochte, was sie tun wollte, was ihr angenehm war, haben sich ausgezahlt. *First you go with the horse, then the horse goes with you.* Danke, Tom Dorrance. Ich weiß nicht, ob du das so wörtlich gemeint hast, aber es hat funktioniert. Auch scheint das Fundament, was man auf diese Weise für die gemeinsame Beziehung legt, viel stärker zu sein, als wenn man seine Dominanz gegenüber dem Pferd ausspielt. Aber wie tragfähig unsere Beziehung ist, muss sich im Ernstfall erweisen, wenn sich Sayquíca von ihrer Herde trennen soll.

Heute Mittag hatte ich das Gefühl, dass ich damit beginnen kann, sie an das Knotenhalfter zu gewöhnen. Ich habe ihren Kopf mit dem Halfter in der Hand abgestrichen, und sie fand es kein bisschen komisch, dass da jetzt etwas rumbaumelt. Dann habe ich es ihr angelegt und auch das war erstaunlicherweise kein Thema. Ist das erstaunlich? Vielleicht auch nicht. Sayquíca scheint durch unser tiefes zusammen ‚Sein' der letzten Wochen darauf zu vertrauen, dass von mir nichts Schlechtes kommen kann. ‚Komische Sachen' vielleicht, wie ihr irgendwelche Schnüre um den Kopf zu binden. ☺ Aber nichts, was ihr Angst machen müsste oder wehtut.

Ich fühle mich so unglaublich geehrt durch ihr Vertrauen. Und hoffe, dass ich es nie, nie enttäuschen muss. Dass ich für sie ein verlässlicher Partner sein kann, dem sie auch in Situationen folgt, in denen sie allein flüchten oder kämpfen würde. Dass wir zusammen mehr sind als jede von uns allein.

Noch vor drei Wochen, als ich mein kleines Zelt am Rand dieses Tals aufgestellt habe, um die Herde erst mal nur zu beobachten, hätte ich nie gedacht, dass wir so schnell an diesen Ort intensiven Vertrauens kommen. Aber im Rückblick glaube ich, dass der entscheidende Punkt war, jeden Tag stundenlang gemeinsam das zu tun, was Pferde mehr als alles andere auf der Welt lieben: einfach in Gesellschaft zu SEIN. Ich bin fest davon überzeugt, dass es die natürlichste und stärkste Belohnung für ein Pferd ist, mit seiner Herde (wenn die auch nur aus einem Menschen besteht) einfach ruhig und entspannt da zu sein, gemeinsam zu atmen und sich gegenseitig zu spüren. Danke, Sayquíca, dass du mich das gelehrt hast. Halte euch auf dem Laufenden! Sam.“

Wild horses on tour: 15. Post

„Die Zeit läuft jetzt, auch in meinem Kopf. In ein paar Tagen müssen wir unten auf der Ranch sein. Nachdem Sayquíca mir mittlerweile folgt, wohin ich auch gehe, ist es egal, ob sie dabei ein Halfter trägt, an dem auch noch ein langes Seil hängt, oder nicht. Ich habe das Gefühl, ich könnte dasselbe auch ohne Halfter und Strick machen, aber das ist ja leider nicht möglich. Spätestens wenn sie in den Flieger verladen wird, muss sie an Halfter und Strick gewöhnt sein. Ich habe begonnen, mit ihr zu üben, dass sie dem Gefühl des Seils mit ihrer Nase und ihrem Hals folgt. Die Füße werden sicher auch bald folgen, wenn ich das Seil in die entsprechende Richtung schwinge.

Im Moment machen wir erst mal viele Spaziergänge um die Herde herum. Ich versuche, mich jedes Mal ein bisschen weiter zu entfernen. Erstaunlicherweise reagiert die Herde gar nicht, wenn Sayquíca außer Sichtweite ist. Das hat vielleicht auch damit zu tun, dass die junge Stute mit dem Fohlen ihren Platz übernimmt, je mehr sie sich mir anschließt. Und

Sayquíca scheint zufrieden, mit mir die Gegend zu erkunden, anstatt bei ihrer Herde zu sein. Das ist Wahnsinn. Ich hätte nie gedacht, dass es so ‚einfach' sein würde.

Luke sagt, für ein Ma'amin (so heißen die Nez-Perce-Pferde in seiner Sprache) ist das normal. Wenn es sein Vertrauen jemandem geschenkt hat, kann das durch nichts erschüttert werden.

Ich bin allerdings immer noch etwas skeptisch, wie es wird, wenn wir mit Sayquíca das Tal hier oben und die Berge, in denen sie geboren ist und ihr ganzes Leben verbracht hat, wirklich verlassen. Auf der anderen Seite muss ich zugeben, dass zwischen uns eine so tiefe Übereinstimmung herrscht, wie ich sie noch niemals mit einem Pferd gespürt habe. Noch nicht mal mit Alli, obwohl ich zu der natürlich auch eine total tiefe Verbindung habe. Aber mit Sayquíca ist es irgendwie anders. Hat das vielleicht damit zu tun, dass sie mir ihr Vertrauen in totaler Freiheit geschenkt hat? Dass sie mir ihr ‚Ja' gegeben hat, während sie auch die echte Möglichkeit hatte, ‚Nein' zu sagen?

Drückt uns in diesen letzten Tagen hier oben bitte alle ganz doll die Daumen. Jon Redheart, Lukes Vater, wird am Fuß der Eagle Cap Wilderness mit dem Hänger auf uns warten. Ich will die verbleibende Zeit dazu nutzen, alles, was wir erarbeitet haben, zusammenzusetzen: das Vorwärts, Rückwärts, Seitwärts auf Impuls, nur eben an Halfter und (durchhängendem) Strick. Und natürlich mit viiiiiiel gemeinsamen Stillepausen dazwischen, dass es für sie angenehm und schön bleibt. Halte euch auf dem Laufenden! Sam."

Wild horses on tour: 16. Post

„Da habe ich mir so viele Gedanken gemacht, wie es sein würde, Sayquíca von der Herde wegzuführen, und dann kam alles ganz anders als geplant. Ich schreibe diese Zeilen in der Rückschau aus meinem Zimmer auf der Halo Ranch. So viel ist passiert in den letzten zwei Tagen, doch das Schönste sei schon mal vorweggenommen: Sayquíca hat mir bewiesen, dass sie mich als einen Partner akzeptiert, dem sie vertrauensvoll folgt, wo sie für sich allein geflüchtet wäre. Es ist uns wirklich gelungen, eine Verbindung aufzubauen, wie ich es mir in meinen schönsten Träumen gewünscht habe.

Es war unser letzter Abend im Tal, und wir wollten am nächsten Morgen, wenn die Herde kommt, schon alles zusammengepackt haben und dann versuchen, Sayquíca einfach wegzuführen. Luke meinte, dass sie mir jetzt genug vertraut, dass das klappen könnte.

Den ganzen Nachmittag über hatten sich schon Quellwolken über dem Talkessel gesammelt und die Herde war unruhiger als sonst. Ich bin einfach neben Sayquíca hergegangen, die rastlos immer wieder den Ort wechselte, und habe versucht, ihr durch meine Präsenz Ruhe zu vermitteln. Plötzlich flackerten die ersten Blitze am Himmel, mit Zeitverzögerung kam dann auch ein Grollen an. Das Gewitter schien noch weit entfernt, doch es begann plötzlich, wie aus Eimern zu schütten. Die Herde folgte Nacq schnell hinüber zu einer kleinen Baumgruppe und stellte sich unter. Ich ging mit etwas Abstand hinter ihnen her, denn ich wollte Sayquíca jetzt nicht alleinlassen und ihr vermitteln, dass ich auch in bedrohlichen Situationen an ihrer Seite bin. Irgendwie hatte ich gar keine

Angst bzw. habe gar nicht daran gedacht, dass ich ja auch vom Blitz getroffen werden könnte oder der Blitz in den Baum einschlagen könnte, unter dem die Pferde stehen.

Die Herde stand dicht gedrängt. Sayquíca war außen und so konnte ich neben ihr stehen. Sie ließ mich ganz nah an sich heran, ich hatte sogar das Gefühl, dass sie sich an mich drückte. Plötzlich gab es einen Riesenrums und direkt über uns entlud sich ein gigantischer Blitz und Donnerschlag. Nacq stürmte vorwärts, gefolgt von seinen Stuten. Doch Sayquíca blieb stehen!!! Sie blieb ganz nah mit ihrem Kopf vor meiner Brust stehen. Das ist so unglaublich, dass mir fast die Tränen kommen, während ich das schreibe. Sie hat mich offenbar vollkommen als ihre Herde angenommen, weil sie mir zu hundert Prozent vertraut und sich bei mir sicher fühlt. Ich bin einfach mit ihr unter diesem Baum stehen geblieben, obwohl wir beide bis auf die Haut durchnässt waren, und habe versucht, mich ganz auf unsere Verbindung zu konzentrieren und ruhig zu atmen. Mach das mal, wenn ein Gewitter um dich herum tobt!

Sie stand mit abgesenktem Kopf vor meiner Brust, und so haben wir gewartet, bis das Gewitter weitergezogen ist. Dann bin ich langsam hinüber auf die andere Seite des Tals zu unserem Zelt gegangen, um nach Luke zu schauen, und Sayquíca kam mir hinterher. Ich brauchte kein Halfter, keinen Strick, sie blieb einfach an meiner Seite.

Luke war okay, das Zelt hatte es natürlich gerissen, und wir haben uns dann mit Sayquíca zusammengekauert, bis es hell wurde und wir losgehen konnten. Ich habe mich entschlossen, ihr kein Halfter und Strick anzulegen, sondern darauf zu vertrauen, dass sie mir weiter folgen würde. Es wäre ihrer einfach nicht würdig gewesen, sie ‚gefesselt' aus den Bergen herauszuführen. Luke hatte Jon von unterwegs angerufen, dass wir schon früher am verabredeten Punkt sein würden, und der staunte nicht schlecht, als er uns zwei durchnässte Gestalten, frei gefolgt von Sayquíca, entdeckte.

Was soll ich sagen? Sie folgte mir problemlos in den Hänger (in Amerika werden die Pferde im Hänger nicht angebunden, sondern können sich frei darin bewegen) und hier unten auf der Ranch haben wir sie auf den großen Paddock gestellt und erst mal mit reichlich Heu und Wasser versorgt. Gott sei Dank stehen die Jungstuten gleich nebenan, sodass sie nicht allein ist. Ich will und kann sie gar nicht alleinlassen, will ihr sagen, dass ich weiter bei ihr bin, auch wenn sie mich mal kurz nicht sieht. Es ist so ein unglaubliches Gefühl, dass *sie mich* als ihre Herde ausgewählt hat, und ich will alles tun, um mich ihrer Freundschaft würdig zu erweisen.

Ja, ihr Lieben, damit endet mein Bericht aus Oregon erst mal. Heute Nachmittag kommt der Tierarzt und gibt ihr die nötigen Impfungen (ich werde natürlich an ihrer Seite sein) und in ein paar Tagen fliegen wir dann nach Deutschland. Ich halte euch auf dem Laufenden, wie alles weitergeht!

Eure Sam mit Sayquíca."

IV. We are one

Sam konnte sich einfach nicht auf die Unterhaltung zwischen Kati und ihrem Vater konzentrieren, weil sie immer wieder nach hinten zum Hänger lauschen musste. Blieb es ruhig? War Sayquíca okay? Sie hatten die Stute gerade am Frachtterminal des Frankfurter Flughafens abgeholt und brachten sie nun zu dem Reitstall, in dem Alli stand.

Sam war selbst erst gestern Abend aus den USA zurückgekommen und eigentlich durch den Jetlag total überdreht, aber ihre Sorge darum, wie Sayquíca den Flug überstanden hatte, ließ sie ihre eigene Erschöpfung vergessen. Nach einer kurzen Nachricht von Luke, dass beim Verladen in Portland alles glattgelaufen war, musste die arme Sayquíca einen mehr als zehn Stunden langen Flug im Frachtraum eines Jumbos überstehen, und Sam hatte sich immer wieder in düsteren Farben ausgemalt, wie die Stute sich dabei wohl gefühlt haben mochte.

Die Spannung war kaum auszuhalten gewesen. Nachdem der Flieger aus Portland gelandet war, hatte es noch endlos gedauert, bis die „Lebendfracht“ durch die deutschen Tierärzte und den Zoll abgefertigt worden war und sie Sayquíca endlich an der „Animal Lounge“ des Frankfurter Flughafens entgegennehmen konnten. Eine Flughafenmitarbeiterin hatte die Ma'amin-Stute aus der Tierstation zu der offenen Laderampe ihres Hängers geführt.

Als Sayquíca Sam erblickte, war sie in ein ohrenbetäubendes Wiehern ausgebrochen, das gleichzeitig entrüstet und erleichtert klang, als wolle sie sagen: Wo bist du nur gewesen? Dann hatte sie Sam von Kopf bis Fuß abgeschnobert, wie um sicherzustellen, dass es wirklich und wahrhaftig ihre Sam war.

Sam ließ es still geschehen, bis Sayquíca durch ein Schnauben anzeigte, dass sie sich jetzt entspannen konnte. Kati und ihr Vater hatten sich derweil taktvoll im Hintergrund gehalten.

Und nun rumpelte dieses wundersame Wildpferd aus der ursprünglichen Natur der Wallowa Mountains Sams kleiner, heimeliger Welt von Reitstall, Kati und Familie entgegen. Wahnsinn!

„Sag einfach, wenn du meinst, dass sie eine Pause braucht", unterbrach der Vater Sams Gedanken.

Sam schüttelte den Kopf. „Lass uns bitte durchfahren. Die zwei Stunden schafft sie jetzt auch noch und je schneller sie aus dem Hänger kommt, umso besser."

Als Sam Sayquíca auf dem Hof des Reitstalls rückwärts aus dem Anhänger treten ließ, blieb die Ma'amin-Stute am Fuß der Rampe erst mal still wie eine Statue stehen und nahm ihre Umgebung mit aufmerksam gespitzten Ohren wahr. Es war ein sonniger Septembertag, und vor dem Stalltor hatten sich ein paar Einstellerinnen und Reitbeteiligungen versammelt, um die Ankunft von Sams „Wildpferd" zu beobachten.

Sayquíca schien nicht im Geringsten nervös, nun in einer vollkommen neuen Umgebung zu sein, die anders aussah, anders roch und überhaupt ganz anders war als ihr ursprüngliches Zuhause. Immer wieder berührte sie mit ihrer Nase sanft Sams Gesicht, als wolle sie sich versichern, dass diese nun bei ihr bliebe, und nahm alles offen und interessiert in sich auf.

„Die hat ja Nerven aus Stahl“, meinte Sams Vater bewundernd. „Nach der Tortur, die sie hinter sich hat ...“

Kati nickte zustimmend. Die Freundin hatte sich bis jetzt zurückgehalten, um Sam und Sayquíca erst mal die Zeit und den Raum zu geben, wieder zusammenzufinden.

„Das stimmt“, bemerkte sie nun. „Sie sieht wirklich erstaunlich entspannt aus.“

Sam war die Erleichterung, dass alles so gut gelaufen war, ins Gesicht geschrieben. „Komm, Kati, lass sie uns gleich auf die Koppel bringen“, gab sie zurück.

Sie hatten entschieden, beide Stuten bis Oktober draußen zu lassen, damit Sayquíca sich erst mal in einer natürlichen Umgebung akklimatisieren konnte, bevor es über den Winter mit Alegría in zwei nebeneinanderliegende Paddockboxen im Stallgebäude gehen sollte.

„Was meinst du, wie Alli auf sie reagiert?“, meinte Kati.

Sam ging nicht darauf ein. Sie konnte irgendwie gar nicht richtig denken. Jetzt, wo Sayquíca sicher angekommen war, fiel die ganze Anspannung der letzten Tage von ihr ab, und sie war einfach nur überwältigt von dem Gefühl, dass plötzlich zwei Welten, in denen sie auf eigentümliche Art jeweils verwurzelt war, sich hier und jetzt begegneten.

Nachdem sie Sayquíca auf das Weidestück neben Alli entlassen hatten, ging die Ma'amin fast augenblicklich in die Knie und wollte gar nicht mehr aufhören, sich in dem hohen Gras zu wälzen. Dann stand sie auf, schüttelte sich ein paarmal und begann sofort zu grasen.

„Ist die froh, endlich anzukommen“, entfuhr es Kati.

„Ich auch.“ Sam seufzte tief auf und ließ sich ebenfalls ins Gras fallen.

„Mir kommt alles immer noch wie ein Traum vor“, murmelte sie. „Ich weiß genau, wie ich vor acht Wochen heulend hier auf der Wiese gehockt habe und dachte, alles ist zu Ende. Und jetzt sitze ich auf derselben Wiese mit einem Wildpferd, das ich selbst gezähmt habe.“

Sie und Kati beobachteten die beiden Stuten, die auf ihrer jeweiligen Seite des Zauns friedlich grasten, nur ab und zu unterbrochen von einem zufriedenen Schnauben.

„Was sagst du überhaupt zu Alli?“, meinte Kati.

„Sie sieht echt aus, als hätte sie nie was gehabt“, antwortete Sam. Sie drückte die Hand der Freundin ganz fest. „Danke, Kati, dass du dich so toll um sie gekümmert hast. Ich hätte sie echt keinem anderen überlassen können.“

„Wenn Alli so auf der Weide grast, sieht man von ihrer Bewegungsstörung wirklich kaum noch was“, gab Kati zurück. In ihrer Stimme schwang etwas Stolz mit. Plötzlich fiel sie Sam um den Hals. „Ach, ich bin total froh, dass du wieder da bist. Ich hab dich voll vermisst!“

Sam grinste. „In Oregon ist so viel passiert, dass ich ehrlich gestanden kaum an zu Hause gedacht habe.“

„Und mit diesem Luke? War da was?“, hakte Kati nach. „Ihr habt schließlich wochenlang in einem Zelt gewohnt.“

Sam errötete leicht. „Nee, der hat draußen geschlafen.“

Kati blickte die Freundin an, als erwarte sie noch weitere Erklärungen, doch Sam erhob sich schnell. „Komm, wir gehen zurück. Wir lassen Sayquíca jetzt erst mal in Ruhe ankommen. Und ich habe das Gefühl, gleich umzufallen.“

„Ich finde, sie braucht einen Kosenamen!“, meinte Kati. „Ich kann Sayquíca kaum aussprechen und irgendwie klingt es auch so streng. Wie wäre es mit Say? Alli und Say, das passt doch!“

Die beiden saßen in der Sattelkammer und arbeiteten an einem Trainingsplan für die Stuten. Die Schule hatte wieder begonnen, und so musste sorgfältig ausgearbeitet werden, wer wann was mit welchem Pferd machte.

„Also, ich habe mich total an den Namen Sayquíca gewöhnt“, warf Sam ein. „Aber Say ist auch voll süß“, schob sie schnell hinterher, als sie Katis Blick sah. „Und passt echt gut zu ihr.“

Kati lächelte dankbar.

„Wenn Say sich von der Reise erholt hat, möchte ich erst mal viel mit ihr spazieren gehen“, fuhr Sam fort.

Kati nickte zustimmend. „Ich habe für Alli auch schon ein paar Übungen rausgesucht. Erst mal an der Hand etwas übertreten und Seitengänge. Auch stellen und biegen. Und später dann longieren in Dehnungshaltung.“

„Say kommt um die ganze Gymnastizierung ja irgendwann auch nicht drumrum, damit sie den Reiter gut tragen kann“, meinte Sam. „Wie wäre es, wenn du das jetzt mit Alli anfängst, während ich erst mal weiter an Sayquícas Grundausbildung arbeite? Und wenn wir dann so weit sind, kannst du mir mit Say bei der Gymnastizierung helfen. Zwischendurch kann ich Alli auch mit ins Gelände nehmen. Das tut ihrer Koordinationsfähigkeit bestimmt total gut.“

„Cool!“, lachte Kati. „Ich fühle mich gerade, als wären wir professionelle Pferdetrainerinnen mit zwei Pferden in Beritt.“

„Was heißt, du fühlst dich so? Wir sind das!“, gab Sam zurück. „Die jüngsten Pferdetrainerinnen ever.“

Wild horses on tour

„Das ist unser erster Post aus Deutschland. Sayquíca, der Kati den Kosenamen Say verpasst hat, hat den Flug über den Atlantik überraschend gut überstanden. Sie steht jetzt neben Alli auf der Weide (noch durch einen Zaun getrennt).

Viele von euch haben gefragt, was nun bei Allis Ataxie rausgekommen ist. Unser Tierarzt war nach Ablauf der acht Wochen noch mal da und ist ganz zufrieden mit ihrem Zustand. Die kleine Verschiebung von zwei Wirbelkörpern in ihrer Halswirbelsäule, die wahrscheinlich durch einen Sturz auf der Weide (von dem wir keine Ahnung hatten) hervorgerufen wurde, ist natürlich noch da, aber die damit verbundene Entzündung und Schwellung sind komplett zurückgegangen. Entsprechend ist nur noch eine minimale Bewegungsstörung zurückgeblieben. Der Tierarzt sagt, Allis Muskulatur muss jetzt mit gymnastizierendem Longieren und Bodenarbeit gezielt aufgebaut werden, um ihr Körpergefühl und ihre Koordination zu verbessern und so die verbliebene Instabilität in ihrer Halswirbelsäule auszugleichen. Dann gibt es eine gute Chance, dass sie wieder normal geritten werden kann.

Es wird noch mal einen extra Post von uns geben zur Gymnastizierung des Pferdes (was das ist und wie man das macht), weil wir das total wichtig finden und dieses Thema bei Freizeitreitern irgendwie eher unterbelichtet ist. ☺

Und Sayquíca? Hier in unserer Welt gibt es so viele Sachen, die sie noch nie im Leben gesehen hat! Spielplätze, Tunnel, Radfahrer… Das soll sie jetzt alles erst mal auf langen Spaziergängen mit mir kennenlernen. Und auf dem Platz will ich mit Raschelplanen, Fahnen etc. arbeiten, also mit allem, was ein Pferd so gruselt. Klar wird das für sie als Wildpferd eine besondere Herausforderung werden, denn sie musste mit ihrer Herde ja wirklich bei jedem Verdacht auf Gefahr fliehen, um in der Natur zu überleben. Also werde ich Say nach und nach mit allen möglichen ungewohnten Dingen konfrontieren, um ihre Reizschwelle zu erhöhen, aber sie soll dabei komplett frei sein. Das heißt, ohne Halfter und Strick. Ich will, dass sie alles sieht und vor nichts Angst haben muss, weil sie sich bei mir sicher fühlt. Das Ganze nennt man übrigens Desensibilisierung. Dabei wird der angeborene Impuls des Pferdes, auf alles Unbekannte mit Flucht zu reagieren, allmählich dadurch ersetzt, dass das Pferd lernt, in deiner Gegenwart Neuem entspannt zu begegnen. Es soll darauf vertrauen, dass du die auftretenden Probleme für euch beide souverän regeln kannst (wie es normalerweise der Hengst einer Herde tun würde).

Wir können es kaum erwarten, mit dem Training der beiden Mädels loszulegen. Halten Euch auf dem Laufenden! Sam & Kati mit Alli & Say."

Auch in den folgenden Tagen hatte Sayquíca über den Weidezaun hinweg an Alli erstaunlich wenig Interesse gezeigt. Sam und Kati beschlossen, mit beiden Stuten zusammen spazieren zu gehen, damit sie sich auf diese Weise etwas näherkamen.

Der Stall lag weit außerhalb, inmitten der freien Natur und ohne irgendwelche großen Straßen in der Nähe, sodass es für die Mädchen und ihre Pferde eine riesengroße Auswahl an möglichen Wegen und Orten gab.

„Lass uns doch zum Fluss", meinte Sam, als sie die Reitanlage hinter sich gelassen hatten.

Es gab eine Stelle, wo er ganz breit und seicht war, und da Sam wusste, dass Alli Wasser liebte, war sie gespannt, wie Say auf das gemeinsame Erlebnis reagieren würde. In Oregon war das Wasser für Say nur ein Ort gewesen, an dem sie ihren Durst löschte, aber sie hatten sich dem Fluss nie spielerisch genähert.

„Gerne", stimmte Kati zu. Das warme Septemberwetter hielt an und versprach einen wunderschönen Ausflug.

Alli war mit Kati vorgegangen. Als sie nach einem halbstündigen Spaziergang durch den Wald am Flussufer ankamen, marschierte Alli schnurstracks auf das Wasser zu und fing an, mit den Vorderhufen darin zu planschen.

„Hey, du machst mich ja ganz nass", rief Kati lachend aus.

Say war beim Anblick des Flusses für einen Moment erstarrt. Sam führte sie ein paar Meter von Alli entfernt zum Ufer und ließ sie an der Wasseroberfläche schnuppern. Plötzlich tauchte Say ihre Nase ins Wasser und begann zu trinken. In tiefen Zügen sog sie das kühle Nass ein, als wolle sie gar nicht mehr aufhören. Ihr war anzumerken, wie glücklich sie war, den Tränkebottich gegen diese natürliche Wasserquelle eintauschen zu können, an die sie aus ihrem ursprünglichen Leben gewöhnt war.

Als sie sich satt getrunken hatte, ging Sam ein paar Schritte in den Fluss hinein, und Say folgte ihr ohne Zögern. Kaum war sie in der Mitte des Flusses angelangt, begann sie ebenfalls, mit den Vorderhufen spielerisch das Wasser zu zerpflügen. Fast hatte man den Eindruck, dass sie und Alli um die Wette planschten.

Das Gurgeln des Wassers, das Funkeln der Sonnenstrahlen auf der Wasseroberfläche, der würzige Geruch des Waldes – für einen Moment fühlte Sam sich an die Stelle des Imnaha Rivers zurückversetzt, wo sie Sayquíca mit ihrer Herde zum ersten Mal begegnet war.

„Weißt du, was?“, meinte sie plötzlich. „Wir machen beide jetzt einfach los!“

„Meinst du wirklich?“, gab Kati zweifelnd zurück. „Auch wenn hier nicht wirklich irgendwelche Straßen in der Nähe sind, finde ich das etwas riskant. Jedenfalls was Say angeht.“

„Du brauchst dir keine Sorgen zu machen, Kati“, gab Sam zurück. „Ich habe in Oregon mit Sayquíca wochenlang jeden Tag bis zu acht Stunden an unserer Verbundenheit gearbeitet. Wenn sie sich mir nicht total angeschlossen hätte, wäre sie bei dem Gewitter ihrer Herde gefolgt und nicht bei mir geblieben. Ich kann es schlecht erklären, aber ich weiß einfach, dass sie bei mir bleiben wird, weil ich ja ihre Herde bin. Es ist für sie total natürlich, so frei mit mir unterwegs zu sein.“

Sam löste den Knoten von Says Halfter und streifte es ihr ab. Say ging in die Knie und legte sich wohlig grunzend ins Wasser. Kurz darauf tat Alli es ihr gleich.

„Krass!“, lachte Kati, holte ihr Handy raus und filmte, wie die Stuten sich genussvoll im Wasser wälzten. Dann standen beide wieder auf und schüttelten sich gleichzeitig, sodass die Wassertropfen wie tausend kleine Edelsteine in alle Richtungen flogen.

„Das ist ja echt magisch“, rief Sam aus.

Say ging im Fluss einen Schritt auf Alli zu, machte ihren Hals ganz lang und berührte die Spanierstute zur Kontaktaufnahme behutsam mit ihrer Nase. Dann berochen beide Stuten sich ausführlich.

Sam und Kati beobachteten die Szene aus etwas Entfernung gespannt und erwarteten jeden Moment, dass das bei einem Erstkontakt unter Pferden übliche Gequietsche und Gezicke losging.

Doch nachdem sie sich ausgiebig beschnuppert hatten, machte Say stattdessen einen weiteren Schritt nach vorne und begann, mit den Zähnen Allis nasse Mähne zu kraulen. Alli tat es ihr sofort gleich.

„Das ist typisch Sayquíca“, lachte Sam. „Erst tut sie so, als würde sie sich überhaupt nicht für ihr Gegenüber interessieren, und checkt dich dabei total cool aus – das war bei mir in Oregon genauso. Und irgendwann gehen plötzlich die Türen auf und sie schenkt dir hundert Prozent.“

„Ich würde mal sagen, das ist der Beginn einer wundervollen Freundschaft“, murmelte Kati und betrachtete die beiden Stuten, die in ihrer hingebungsvollen Fellpflege ein Bild inniger Verbundenheit abgaben. Dann fügte sie hinzu: „Wenigstens wissen wir jetzt, dass wir sie auf der Weide zusammenstellen können.“

„Ja, und weißt du, was noch?“, gab Sam zurück. „Wir arbeiten ab jetzt einfach immer mit beiden zusammen. So kann eine von der anderen lernen! Ich bin mir sicher, dass das super funktioniert!“

Wild horses on tour

„Alli und Say haben ihre große Liebe zueinander entdeckt. Sie fressen grundsätzlich nur noch Kopf an Kopf oder stehen auf der Weide dicht zusammen, um sich gegenseitig mit dem Schweif die Fliegen zu vertreiben. Sie scheinen sich wirklich perfekt zu ergänzen: Während Alegría definitiv die Lebhaftere von beiden ist, kann Sayquíca nichts aus der Ruhe bringen. Gleichzeitig besitzt Say die um ein Vielfaches geschärfte Aufmerksamkeit eines Wildpferdes und nimmt oft schon wahr, dass sich irgendwo etwas bewegt, bevor Alli auch nur daran denkt. Das scheint Alli wiederum ein Gefühl von Sicherheit zu vermitteln. Auf der anderen Seite ist Alli tief mit uns Menschen verbunden, und manchmal scheint es, als beobachte Say mit großem Erstaunen, wie sorglos Alli sich von mir und Kati überall anfassen und mit Ausrüstungsgegenständen bekleiden lässt. Unsere Idee ist, dass wir beide Stuten zusammen arbeiten, in der Hoffnung, dass die eine sich von der anderen etwas abguckt. (Hoffentlich nur das Gute ...)

Ich mache mit Say erst mal vor allem Desensibilisierung und Freiarbeit, mit dem Ziel, unsere Beziehung weiter zu vertiefen. Währenddessen konzentriert Kati sich mit Alli auf die gymnastizierende Arbeit an der Hand.

Jetzt mal ein paar Worte dazu, warum es so wichtig ist, ein Pferd vernünftig zu gymnastizieren, wenn wir es zum Reiten nutzen wollen. Die wenigsten Freizeitreiter denken darüber nach, dass kein Pferd von Natur aus in der Lage ist,

1. geradeaus zu laufen (das nennt man die „natürliche Schiefe“ des Pferdes) und
2. einen Reiter auf seinem Rücken zu tragen.

Zum ersten Punkt: Warum ist es so wichtig, das Pferd gerade zu richten? In der Wildnis muss kein Pferd an der Bande entlang und auf Kreisbahnen gehen, da stört es nicht, wenn sie vollkommen schief laufen. Wir aber wollen unsere Pferde auf viereckigen Plätzen geradeaus reiten und sie sollen sich auf gebogenen Linien in Hals und Rücken *biegen*. Wir schulden es darum unseren Pferden, sie so zu trainieren, dass sie dem gewachsen sind, was wir von ihnen verlangen, ohne gesundheitlich Schaden zu nehmen.

Das bringt mich zum zweiten Punkt: Wir wollen unsere Pferde auch reiten und dafür sind sie eigentlich nicht gemacht. Warum? Kurz gesagt ist das Pferd kein ‚Tisch', sondern eine ‚Hängebrücke'. Deswegen müssen wir ihm erst mal beibringen, wie es sich biomechanisch so bewegen kann, dass es einen Reiter auf seinem Rücken tragen und dabei gesund bleiben kann.

Das geht so: Mit zunehmender Fähigkeit zur Biegung wird das Pferd zunehmend gerade gerichtet (siehe Punkt 1). Einmal im Gleichgewicht, kann es vermehrt mit seiner Hinterhand aktiv werden (man nennt das: unter den Schwerpunkt treten) und seine Bauchmuskeln nutzen. Das unterstützt den Rücken des Pferdes dabei, sich aufzuwölben und so den Reiter biomechanisch gesund, also rückenschonend, zu tragen.

Ich kann jetzt schon sehen, wie viele von euch die Augen verdrehen und sagen: viel zu kompliziert! Da habe ich keine Lust drauf. Ich bin doch ‚nur' Freizeitreiter!

Bitte lies weiter, die Basics der Gymnastizierung kann jeder verstehen und anwenden. Es gibt ein paar einfache, effektive Übungen. Dazu gehören:

- das Laufen in Biegung und Stellung (am Kappzaum) sowie die Seitengänge, um Pferderücken und Schulter beweglich zu machen und das Pferd gerade zu richten
- das Longieren im Vorwärts-Abwärts mit aktiver Hinterhand zum Aufwölben des Rückens

Gib deinem Pferd bitte Zeit und fange mit kleinen Einheiten an. Wir machen das genauso, denn all das ist für ein ungeübtes Pferd sehr anstrengend!

Halten euch auf dem Laufenden! Sam & Kati mit Alli & Say."

Beide Freundinnen machten mit den Pferden eine Trainingspause am Rande des Reitplatzes und tauschten sich über ihre Erfahrungen aus. Immer noch arbeitete Sam vollkommen frei mit Say, also ohne Halfter und Seil, weil sich das im Moment einfach richtiger anfühlte. Doch die kleine Stute stellte sie immer wieder auf die Probe.

„Weißt du noch, wie wir immer gesagt haben *Vertrauen ist kein Ereignis, sondern ein Prozess?*", seufzte Sam. „Ich versuche, mir jeden Tag zu sagen, dass es mit dem Vertrauen immer tiefer geht und es auf diesem Weg darum auch immer neue Herausforderungen geben muss. Aber manchmal ist es schwer, mir das selbst zu glauben."

„Was ist denn los?", fragte Kati. „Sieht doch gut aus, wie ihr zusammen arbeitet."

„Es ist ja nicht, dass Say mir nicht vertraut", fuhr Sam fort, „aber ich muss ihr jeden Tag neu beweisen, dass ich die Klarheit und Sicherheit habe, ihr Leittier zu sein. Das ist verdammt anstrengend."

Kati zuckte mit den Schultern. „Wildpferd eben."

„Ich weiß", gab Sam zurück. „Einen Unterschied macht sicher auch, dass ich ihr von Anfang an ein viel größeres Mitspracherecht in unserer Beziehung eingeräumt habe als Alli. Ging ja gar nicht anders, als dass sie sich in Freiheit dafür entscheiden musste, sich mir anzuschließen. Davon macht sie jetzt reichlich Gebrauch. Wenn sie irgendetwas doof findet, zeigt sie mir das sehr deutlich. Und natürlich muss ich sie darin ernst nehmen beziehungsweise so arbeiten, dass ich es erst gar nicht so weit kommen lasse, dass sie mir ein ‚Nein' gibt." Sam rollte dramatisch die Augen. „Ich bin quasi *verdammt zur Freiheit!*"

„Jetzt jammere nicht rum", lachte Kati. „Hast du nicht immer gesagt, dass du Pferde zu Menschenfreunden machen willst? Freunde muss man ernst nehmen. Und wer viel fragt, bekommt viele Antworten!"

„Du hast recht", gab Sam zurück. „Wenn man anfängt, diesen Weg zu gehen, darf sich das Pferd eben jeden Moment neu entscheiden. Und ich muss total viel an mir selbst und meiner Art der Kommunikation mit Say arbeiten. Ich will das ja auch. Aber manchmal würde ich trotzdem einfach voll gerne mit dir tauschen. Die Gymnastizierung von Alli scheint dagegen echt easy zu sein. Ich habe manchmal das Gefühl, dass ich mit Say gar nicht vorankomme."

„Du kommst nicht in deinem Tempo voran, aber in ihrem", gab Kati lakonisch zurück.

„Mann, jetzt sei doch nicht so ein verdammter Klugscheißer", schnappte Sam.

„Bin ich nicht, ich nehme dich nur beim Wort. So, wie ich das sehe, ist Say eine Art Lehrerin für dich. Es geht um absolute Ehrlichkeit zu dir selbst und zu deinem Pferd. Von Alli hast du gelernt, was du lernen konntest, mit ihr ist es für dich jetzt easy. Aber du hast nach einer weiteren Herausforderung gefragt und es kam Say. Da musst du jetzt durch."

Sam knurrte irgendetwas Unverständliches. Warum hatte Kati nur diese Gabe, den Finger immer in die Wunde zu legen?

„Und mal ganz nebenbei bemerkt, ist die Arbeit mit Alli auch nicht easy", fügte Kati hinzu. „Die gymnastizierenden Übungen sind für sie voll anstrengend, ist ja 'ne Art Krankengymnastik, was ich mit ihr mache. Sie kann das im Moment aufgrund ihres körperlichen Zustandes nur in kleinen Dosen nehmen. Und sie da motiviert zu halten ist echt eine Kunst, abgesehen davon, dass kein Pferd es erst mal toll findet, so durch Kappzaum, Longe und Gerte eingeschränkt zu werden. Das wirst du mit Say auch noch zu spüren bekommen."

„Ich weiß", seufzte Sam. „Irgendwann werden wir in den sauren Apfel beißen müssen. Mir ist es ja schon wichtiger, dass Say irgendwann gesund unter dem Reiter läuft, als an irgendwelchen Prinzipien einer völlig freien Arbeit festzuhalten. Aber solange es geht, will ich sie noch ganz frei arbeiten, weil das unsere Beziehung einfach total vertieft."

Beide Stuten wandten plötzlich die Köpfe und spitzten die Ohren. Das Auto von Bea Gerst fuhr neben dem Reitplatz vor.

„Hier seid ihr, ich habe euch überall gesucht!", rief Sams Mutter beim Aussteigen aus. „Ich habe Neuigkeiten von dem Veranstalter eurer Show, wo Sayquíca gezeigt werden soll."

Sam konnte spüren, wie ihr Herz zu klopfen begann. „Echt? Was denn?"

„Der Termin steht fest: Es ist der 1. März und stattfinden wird es in der Pegasus Arena in Dortmund", gab ihre Mutter zurück.

„Pegasus Arena? Hammer!“, rief Kati aus. „Da finden doch sonst die großen Dressurwettbewerbe statt. Die fasst mindestens 4 000 Leute!“

„Hat er sonst noch was gesagt?“ Sam konnte nicht verhindern, dass ihre Stimme etwas zitterte.

„Die PR läuft schon und sie brauchen noch Fotos von dir und Sayquíca. Ich habe ihm mal deine Handynummer gegeben, Sam, damit dich ein Fotograf kontaktieren kann. Freust du dich?“ Sam blickte ihre Mutter abwesend an.

Kati stieß die Freundin in die Seite. „Hey. Ob du dich freust?“

Sam nickte mechanisch.

Als ihre Mutter wieder abgefahren war, wandte Kati sich ihr zu. „Was war denn eben mit dir los?“

Sam schüttelte den Kopf. „Weiß auch nicht. Hatte plötzlich ein saublödes Gefühl.“

Wild horses on tour

„Ich wollte mal was zum Thema ‚Verdammt zur Freiheit‘ schreiben. Dieser Satz ist mir neulich im Gespräch mit Kati einfach rausgerutscht. Aber er ist so wahr!

Ich arbeite Say zurzeit immer noch so wie in Oregon in ihrer Herde: Sie ist frei wegzugehen, wenn ihr etwas nicht passt. Dadurch bin ich bei all meinen Impulsen und Korrekturen auf ihre Mitarbeit angewiesen. Und Sayquíca ist ein Pferd, das immer wieder nachfragt, ob ich ihr *wirklich* eine sichere Führung geben kann. Eigentlich nicht verwunderlich. Sie war in ihrer Herde Leitstute und stellt darum hohe Anforderungen an ihren Menschenpartner. Ich muss extrem aufmerksam und wach sein, die feinsten Änderungen in ihrer Mimik und ihrem

Ausdruck wahrnehmen und entsprechend darauf reagieren. Ihre Anfragen kommen erst mal ganz unspektakulär daher, etwa indem sie den Kopf etwas in meinen Bereich hineinlehnt oder mit ihrer Schulter immer näher an mich herankommt, wenn sie frei neben mir läuft. Das sind alles feine Botschaften, die sagen: Kann ich etwas von deinem Raum einnehmen, ohne dass du es bemerkst und mir entgegentrittst? Wenn ja, kannst du mich dann überhaupt sicher führen? Und wenn ich einmal unachtsam bin und so eine feine Anfrage nicht bemerke, kommt die nächste Anfrage massiver, denn schon bezweifelt sie, dass sie sich mir zu 100 % anvertrauen kann.

Sayquíca ist eben ein Wildpferd und bei ihr geht es immer ums Überleben. Ein Leittier, das nicht in jedem Moment vollkommen wach und klar ist, kann draußen in der Wildnis die ganze Herde gefährden. Und diese Qualität verlangt sie nun mir ab. Dadurch zwingt sie mich, in meiner Wahrnehmung und in meinem Timing total präzise zu werden. Ich muss absolut sicher sein in dem, was ich tue, und bereit, es mit hundertprozentiger Klarheit zu kommunizieren. Nur dann bekomme ich von ihr ein lösendes Schnauben oder Kauen, was mir zeigt, dass Say gerade Stress loslässt. Bis zur nächsten Anfrage.

Sie ist echt die strengste Lehrerin, die ich mir vorstellen kann. Aber auch die, von der ich am meisten lernen kann. Und es ist voll schön, dass so viele von euch unseren gemeinsamen Weg verfolgen, von dem ich selber manchmal nicht weiß, wo er hinführt! Aber wir halten euch gerne auf dem Laufenden. Sam & Kati mit Alli & Say."

Bald zeigte sich eine Schattenseite von Allis und Says enger Freundschaft: Es wurde zunehmend schwieriger, eine von beiden von der Weide zu holen, ohne dass die andere unbedingt mitwollte. Dadurch, dass sie die beiden Stuten immer zusammen arbeiteten, hatten Sam und Kati es zunächst gar nicht bemerkt. Doch als Sam eines Nachmittags mal allein mit Say einen Spaziergang unternehmen wollte, gebärdete Alli sich auf der Weide wie toll, je weiter sie sich entfernten. Und auch Say begann nach hundert Metern, zu wiehern und unruhig zu werden. Wenn Sam ihr nicht zufällig ausnahmsweise Halfter und Strick angelegt hätte, hätte Say sicher längst auf der Hinterhand kehrtgemacht und wäre zu Alli zurückgaloppiert.

Mit jedem Meter, den sie die Weide mit Alli hinter sich ließen, wurde es schlimmer. Say war komplett außer sich – buckelte, stieg und wieherte in einer Tour, während Alli ihr aus der Ferne verzweifelt antwortete. Sams Gedanken überschlugen sich. Was sollte sie tun?

Ihr erster Impuls war gewesen, dieses Kleben an Alli nicht durchgehen zu lassen und mit Say einfach weiterzugehen. Doch die Stute war mittlerweile überhaupt nicht mehr ansprechbar, und Sam musste aufpassen, dass sie ihrer Hinterhand nicht zu nahe kam, um bei ihrer wilden Buckelei keinen Tritt abzubekommen. Sie hatte Sayquíca noch nie so erlebt. Vor ihr tobte ein entfesseltes Wildpferd.

Sam war einen Moment versucht, die Stute mit dem Seil energisch in die Schranken zu weisen. Aber nur für einen Moment. Mit solchen dominanten Gesten konnte und wollte sie Say nicht arbeiten.

Doch irgendetwas musste sie tun, und mit ihrer feinen und

ruhigen Kommunikation, die sie normalerweise hatten, kam Sam überhaupt nicht mehr zu Say durch. Die Stute steigerte sich immer mehr in ihre Panik hinein.

Plötzlich wurde Sam klar, dass die Ma'amin nicht einfach aufsässig oder widersetzlich war, sondern aus irgendeinem Grund total verzweifelt und überfordert mit der Situation. Sie in diesem Zustand zu belassen und irgendetwas durchdrücken zu wollen, konnte das Vertrauen, das sie aufgebaut hatten, ernsthaft beschädigen.

„Okay, wir gehen zurück zu Alli." Schon als Sam diese Worte aussprach und sich umwendete, ließ Say ein erleichtertes Schnauben los. Sam nutzte den Moment, um ihrerseits tief auszuatmen. Nun konnten sie bis auf ein gelegentliches Wiehern wieder normal nebeneinander herlaufen.

Als die Koppel in Sicht kam, schnaubte Say noch mal tief ab. Was immer diese plötzliche Riesenangst, sich von Alli zu trennen, verursacht hatte, Sam wusste tief in ihrem Inneren, dass es richtig gewesen war umzukehren. Auch wenn die meisten Pferdetrainer sie dafür wahrscheinlich als inkonsequent verurteilen würden. Aber sie hatte mit Sayquíca aus innerer Notwendigkeit sowieso schon einen Weg beschritten, der anders war als alles, was es an Trainingsansätzen gab. Diesen Weg mussten sie nun konsequent weitergehen.

Alli wartete schon am Gatter, und sobald Say in Reichweite war, steckten die Stuten ihre Nasen zusammen und schnoberten sich erst mal tief ab. Sam konnte fast körperlich spüren, wie die Spannung von beiden abfiel. Sie nahm Say das Halfter ab und entließ sie auf die Weide.

Alli und Say stellten sich still nebeneinander. Einem plötzlichen Impuls folgend, trat Sam zwischen sie und ließ alle innere Anspannung, alle aufwühlenden Gedanken und Bilder der letzten Minuten los. Sie spürte intensiv die Gegenwart der beiden Pferdeleiber und tauchte mit ihnen ein in einen Raum, in dem plötzlich alles ganz leicht war. Auch ihr Körper fühlte sich vollkommen leicht an. Da war Ruhe. Da war Frieden und Harmonie. Da war einfach nur Da-Sein.

Sie hatte keine Ahnung, wie lange sie miteinander so gestanden hatten, als eine Fahrradklingel sie in die äußere Welt zurückholte. Auch die beiden Pferde beobachteten nun aufmerksam, wie Kati sich der Weide näherte. „Was macht ihr denn hier?", rief sie erstaunt aus. „Ich dachte, du wolltest mit Say raus?"

Sam schüttelte den Kopf. Ein Rest der unglaublichen Leichtigkeit und Ruhe, die sie gerade gespürt hatte, war immer noch in ihr. „Die beiden haben mich grade fühlen lassen, wie es ist, wenn sie zusammen sind. Als wäre ich Teil ihrer Herde. Das war so unglaublich schön. Als wären wir drei eins."

Kati blickte sie aufmerksam an. „Du siehst auch irgendwie verändert aus. Deine Augen und dein Gesicht sind total weich."

„Ich hätte ewig da bleiben können. Weißt du, was? Ich glaube, wir müssen noch ganz anders mit den beiden arbeiten. Es reicht nicht, nur zusammen auf demselben Platz zu sein. Wir müssen am Anfang wirklich in dieses Gemeinsame mit ihnen eintauchen. Erst mal eine Einheit sein. In Stille. Und dann tun, was immer wir tun wollten."

Kati sah sie verwirrt an. „Wie meinst du das?"

„Weiß auch nicht", gab Sam zurück. „Müssen wir ausprobieren. Aber eins weiß ich genau: Dieses Gefühl vergesse ich nie!"

Schon am nächsten Tag standen Sam und Kati mit beiden Pferden auf dem hinteren der beiden Außenplätze ihrer Reitanlage.

„Mach Alli das Halfter ab", sagte Sam zu Kati. „Beide müssen ganz frei sein."

Kati tat, wie Sam ihr geheißen hatte. „Und jetzt?"

„Jetzt versuchen wir, einen Ort zu finden, wo es den Stuten angenehm ist, uns in ihrem Umfeld zu haben."

Kati ging einen Schritt auf die beiden zu und Say legte leicht die Ohren an.

„Das ist ihr zu nah", dirigierte sie Sam. „Such dir einen anderen Ort."

Sie selbst stellte sich etwa einen Meter vor Allis und Says Köpfe. Die beiden behielten ihren entspannten Ausdruck bei, also war der Platz okay.

Auch Kati hatte nun einen Platz gefunden, der etwas weiter weg war und mit dem die Stuten einverstanden zu sein schienen.

„Und jetzt wendest du einfach deinen Blick von allem ab, machst ihn ganz weich. Ich schaue irgendwie mit offenen Augen nach innen. Dann fühlst du in die Verbindung zwischen dir und den Pferden rein. Und da bleibst du."

Beide Stuten hatten ihre Köpfe abgesenkt und standen zusammen mit Sam wirklich wie eine entspannt dösende Herde da.

Kati versuchte, es ihnen gleichzutun, doch sie tat sich schwer. „Sam, wir werden gerade von Lisa und Desiree, den zwei Oberstallzicken, beobachtet", zischelte sie.

„Lass los, Kati", murmelte Sam und spürte weiter tief in ihren Körper und zugleich in den Raum zwischen sich und den Stuten hinein. Plötzlich war es, als öffne sich eine unsichtbare

Tür, Sams ganzer Körper begann, auf sanfte Weise zu kribbeln, und wurde unglaublich leicht. Da war es wieder, dieses unbeschreibliche Gefühl von Frieden, Liebe und Harmonie. Als Alli irgendwann eine Art Katzenbuckel machte und sich ordentlich dehnte, während Say ein großes Gähnen losließ, hätte Sam nicht sagen können, wie lange sie mit den Pferden so still zusammen gewesen war.

Sie hob ihren Blick. Kati stand am Eingang des Reitplatzes, während ein Grüppchen Stallzicken sich ein Stück hinter ihr tuschelnd zusammengerottet hatte. Sie blickte Sam Hilfe suchend an.

Sam ging auf die Gruppe zu und sagte ruhig: „Habt ihr irgendwelche Fragen zu unserer Arbeit?"

Den Mädchen schien es einen Moment peinlich, dass sie von Sam direkt angesprochen wurden, doch dann meinte Desiree: „Ihr zwei seid echt voll strange. Was soll das denn bringen, mit den Pferden so unmotiviert rumzustehen? Versucht ihr, sie zu hypnotisieren, oder was?"

Die anderen Mädchen lachten auf.

Sam ignorierte den höhnischen Ton und antwortete sachlich: „Ich lege Say heute zum ersten Mal das Reitpad auf. Und Kati wird heute mit Alli Biegung und Stellung im Trab üben. Beides keine leichten Übungen. Durch das gemeinsame Entspannen am Anfang bauen wir zu den Pferden eine tiefe Verbundenheit und gegenseitiges Vertrauen auf. Das unterstützt uns bei allem, was wir danach tun."

Sam ging selbstbewusst zur Umzäunung, um ihr Reitpad zu holen, und blickte die Mädchengruppe dabei unverwandt an. „Weitere Fragen?"

Einige murmelten so was wie: *Das hat ja wohl mit Horsemanship nichts mehr zu tun,* oder: *Möchte mal wissen, wieso die so viele Follower haben.* Doch die Gruppe zerstreute sich langsam.

„Die denken echt, wir wären total irre", meinte Kati verunsichert.

Sam zuckte mit den Schultern. „Ich habe doch versucht, es ihnen zu erklären. Aber sie müssen es schon verstehen wollen, sonst hat es keinen Sinn. Komm, Kati, vergiss die und lass uns anfangen zu arbeiten."

Sam versuchte, die tiefe Verbundenheit, die sie eben gefühlt hatte, mit hineinzunehmen in das, was nun kam. Sie hatte Say schon mit allen möglich Planen, Tüchern und Decken desensibilisiert. Die Stute stand mittlerweile total gechillt da, während Sam das jeweilige Objekt über ihren Rücken und Hals warf und sogar über ihren Kopf zog. Gleichzeitig war das eine super Vorbereitung dafür gewesen, dass Say nun zum ersten Mal etwas nicht nur aufgelegt, sondern auch umgeschnallt bekam.

Als Sam ihr das leichte Reitpad auf den Rücken legte, schien es für Say nur eine andere Decke zu sein. Sam warf ihr das Pad von rechts und von links auf, zog es auf dem Rücken hin und her und ruckelte damit rum. Say zeigte keine Regung. Getreu Sams Philosophie hatte die Stute kein Halfter an und war frei, ein paar Schritte nach vorne zu gehen oder mit der von ihnen schon in Oregon eingeübten Drehung der Nase zu Sam und der Berührung ihrer Hand zu zeigen, dass ihr etwas zu viel war. Doch die kleine Stute blieb total entspannt. Kein Nachfragen. Kein Ausweichen. War das der vorhergehenden gemeinsamen Erfahrung tiefer Verbundenheit zu verdanken?

Nun kam etwas Neues: der Gurt. Say hatte noch nie etwas um

ihren Bauch gespürt. Sam nahm den Gurt erst mal unter dem Bauch durch und zog ihn mit der Hand so weit hoch, dass er Says Bauch berührte. Ein Ohr der Stute bewegte sich einmal vor und zurück, aber ansonsten blieb sie weiter total ruhig.

Sam ließ den Gurt wieder locker und wiederholte das Ganze noch ein paarmal, bis die Berührung des Gurtes an ihrem Bauch für Say nichts Ungewöhnliches mehr war. Dann machte Sam eine kurze Entspannungspause.

„Bereit?“, murmelte sie. Die Frage hätte sie sich auch sparen können, denn sie konnte spüren, dass das Anziehen des Gurtes die kleine Ma'amin-Stute nicht in Angst oder Stress versetzen würde. Sie war innerlich ganz bei ihr, wie angedockt, und in diesem Zustand schien sie einfach tief zu vertrauen, dass von Sam nichts Schlechtes kommen konnte.

Sam zog den Gurt nun so fest, dass das Pad nicht verrutschen konnte, aber gleichzeitig locker genug, um Say nicht zu beengen.

Dann ging sie ein paar Schritte und Say folgte ihr. Das Ding auf ihrem Rücken und um ihren Bauch schien vergessen. Sam lief los und Say trabte hinter ihr her. Kein Problem.

Auf dem anderen Zirkel führte Kati Alli am Kappzaum in einer leichten Stellung und Innenbiegung. Es sah sehr gut aus, Alli verwarf sich nicht im Genick und blieb trotz der Biegung ihres Halses in einem ruhigen, aber flüssigen Vorwärts.

Sam wandte sich wieder Say zu und probierte noch ein paar Freiarbeits-Übungen, wie das Wenden und Weichen. Für Say schien es keinen Unterschied zu machen, ob da jetzt ein Reitpad auf ihrem Rücken war oder nicht. Perfekt. Mehr konnte Sam nicht verlangen.

Sie nahm ihr das Pad ab und gab Say das Zeichen, sich abzulegen, wie sie es geübt hatten. Die Stute knickte zuerst in den Vorderbeinen, dann in den Hinterbeinen ein und legte sich genussvoll stöhnend in den Sand. Sam setzte sich zu ihr und lehnte sich an ihren Rücken, während sie Alli zusahen, die mit Kati auf dem Zirkel das Antraben in Biegung und Stellung übte.

Sie ließ ihre Erfahrungen der letzten Tage Revue passieren. Sie hatte das Gefühl, ihren ganz persönlichen Schlüssel zu der großen Frage der Freiarbeit gefunden zu haben: Wie komme ich dahin, dass mein Pferd mir mit echter Freude freiwillig folgt? Sams Antwort war: in die tiefe gemeinsame Erfahrung von Verbundenheit zu gehen – das Pferd zu fühlen und selbst vom Pferd gefühlt zu werden. Mit zwei Pferden war das Gefühl von Verbundenheit noch viel stärker, weil sie untereinander ja auch auf diese Weise verbunden waren.

Ob man das auch mit einer ganzen Herde machen konnte? Und welchen Effekt würde das auf die weitere Ausbildung von Sayquíca haben? Und auf den Heilungsprozess von Alli?

Kati und Alegría hatten ihre Einheit beendet und kamen zu ihnen herüber.

„Lief gut bei euch, oder?“, rief Sam ihr zu.

Kati nickte. „Sie war heute total entspannt und voll motiviert, ihre ‚Krankengymnastik‘ zu machen.“

Sam zeigte ihr ein Daumen-Hoch und rief überschwänglich aus: „Kati, ich glaube, wir haben unseren Stein der Weisen der Pferdekommunikation entdeckt!“

Kati schüttelte zweifelnd den Kopf. „Was nützt ein Stein der Weisen, wenn keiner sich dafür interessiert und die Leute sogar denken, du bist strange?“

„Hey. Jetzt lass dir das mit Desiree und den anderen nicht so nahe gehen“, gab Sam zurück. „Die kommen schon noch dahinter, wirst du sehen. Ich denke schon eine Weile drüber nach, wie man vor allem jungen Mädchen die Basics vermitteln kann. Am liebsten würde ich so ’ne Art Camp veranstalten, vielleicht sogar irgendwo draußen in der Natur, um mit dem, was wir machen, die Kids zu bewegen und zu inspirieren. Das kann ja auch total nachhaltig sein! Wir könnten zum Beispiel eine Gruppe in den sozialen Medien gründen, wo die Leute sich dann gegenseitig motivieren und unterstützen können.“

Kati nickte erleichtert. „Das kann ich mir auch total gut vorstellen. Wer weiß? Vielleicht machen wir das ja irgendwann mal?“

Wild horses on tour

„Sorry, dass wir uns ’ne ganze Weile nicht gemeldet hatten. Dafür haben wir euch heute von einer ganz tollen Entdeckung zu berichten. Ihr habt doch sicher schon mal gesehen, wie Pferde, wenn sie nicht grade fressen, lange tiefenentspannt beieinanderstehen. Wir sagen dann ja, dass die Pferde dösen. Alli und Say haben uns das große Geschenk gemacht (und machen es uns jeden Tag wieder), dass wir fühlen dürfen, wie das ist, wenn Pferde so zusammenstehen. Sie haben uns quasi in ihr Herdengefühl mit reingenommen: Und es ist der absolute Hammer! Gar nicht „dösig“ ... ☺

Die tiefe Verbundenheit, in die man da eintaucht, ist einfach unbeschreiblich. Kati und ich haben jetzt damit begonnen, am Anfang jeder Trainingseinheit in diese Verbundenheit mit Alli und Say zu gehen. Uns erst mal einfach in Stille mit ihnen als Einheit zu fühlen. Es ist gar nicht schwer: Du stellst dich in einen Abstand und eine Position zu deinem Pferd, die ihm angenehm ist. Das siehst du oft an seinen Ohren, ob es in deiner Nähe entspannt bleibt.

Dann fühlst du dich selbst von innen, also deinen Körper, und versuchst, dich dabei ganz zu entspannen. Und dann fühlst du zu deinem Pferd hin, genau genommen in die Verbindung zu deinem Pferd. Und dann bist du drin. (Kati und ich sagen spaßeshalber immer, dass wir uns „ins Pferde-WLAN einloggen".)

Es ist etwas kompliziert zu erklären, aber ganz einfach zu tun. Im Prinzip fühlst du das Pferd und lässt das Pferd dich fühlen - dann steht die Verbindung. Probiert's einfach aus! Und berichtet uns, welche Erfahrungen ihr damit macht. Kati und ich finden jedenfalls, dass die Pferde nach so einer gemeinsamen Einstimmung viel entspannter und motivierter mitarbeiten. Weil das Fundament einfach stimmt. Wir halten euch natürlich auf dem Laufenden! Sam & Kati mit Alli & Say."

„Auch mal wieder zu Hause?", meinte Bea Gerst ironisch.

Sam schmierte sich in der Küche noch schnell ein Käsebrot.

Ihre Mutter setzte nach: „Seit Sayquíca in Deutschland ist, bist du nur noch im Stall. Wäre schön, dich gelegentlich auch mal beim gemeinsamen Abendessen zu sehen. Deine Schwester weiß schon gar nicht mehr, wie du aussiehst."

„Mensch, Bea, das ist jetzt echt übertrieben", versuchte Sam, ihre Mutter zu beschwichtigen, und war schon wieder auf dem Weg zu den Pferden.

„Wie läuft es eigentlich in der Schule?", rief die Mutter ihr hinterher.

Sam drehte sich noch mal kurz um und zuckte mit den Schultern. „Okay. Wieso?"

„Sam, ich bekomme aus dir in den letzten Wochen nicht mehr als zwei Worte am Stück raus. Ich fände es wirklich schön, wenn du wieder etwas mehr am Familienleben teilnehmen könntest."

„Jaaa", gab Sam genervt zurück. „Kann ich jetzt gehen?"

Bea Gerst blickte Sam nachdenklich an. Dann sagte sie: „Heute Morgen ist ein Brief gekommen. Von eurem Veranstalter."

Sam spürte, wie aus irgendeinem unerklärlichen Grund ihr Mund ganz trocken wurde. Sie trat einen Schritt auf die Mutter zu. „Hast du schon aufgemacht?"

Bea Gerst schüttelte den Kopf und deutete zu dem kleinen Tischchen, auf dem die Post lag.

Sam ärgerte sich über sich selbst. Warum wurde sie nur immer so verdammt nervös, wenn irgendeine Nachricht von diesem Veranstalter kam. Das war doch sonst gar nicht ihre Art. Sie riss den Brief auf und überflog schnell die Zeilen.

„Und?", fragte ihre Mutter.

„Wegen der großen Nachfrage wollen sie die Show noch in ein paar anderen deutschen Städten wiederholen und Sayquíca soll überall mit dabei sein. Die wollen sie fest ins Programm einbauen."

Einen Moment war es ganz still in der Küche.

„Und du findest das … nicht gut?", hakte die Mutter verwundert nach.

„Weiß noch nicht", gab Sam abwesend zurück. „Muss ich noch mal drüber nachdenken."

Unter dem Kopfschütteln ihrer Mutter verließ Sam die Küche.

Im Stall angelangt, zeigte sie Kati als Erstes wortlos den Brief.

Auch die Freundin war über Sams Reaktion erstaunt. „Wo ist das Problem, Sam?“, fragte sie. „Hast du Angst, mit so vielen Pferdeprofis zusammen in einer Show zu sein?“

Sam schüttelte den Kopf. „Ich habe auf dem ganzen Weg zum Stall darüber nachgedacht, warum das mit der Show in mir immer solche blöden Gefühle auslöst. Und ich glaube, ich weiß jetzt, warum.“

Kati blickte sie aufmerksam an und Sam fuhr fort. „Bei so einer großen Show, die jetzt auch noch in verschiedenen Städten touren soll, muss ich die einzelnen Elemente vom Pferd hundert Prozent abrufen können, und das Pferd muss auf den Punkt liefern. Ich bin einfach nicht sicher, wie das mit dem Ansatz, der sich bei Sayquíca und mir im Moment entwickelt, zusammen funktioniert.“

„Wie meinst du das?“, fragte Kati nach.

„Das ist der Teil, den ich selber nicht genau erklären kann.

Ich bin mit Sayquíca irgendwie auf einem total neuen Weg, für den es noch keine Landkarten gibt. Ich weiß nur so viel, dass es ein Prozess ist, bei dem sie genauso viel Input gibt wie ich. Und das ist das Gegenteil davon, unter Druck irgendwelche perfekten Showelemente einzuüben und zu präsentieren. Vielleicht kommen wir da ja mal irgendwann hin, aber wenn, dann in unserer eigenen Zeit. Alles andere fühlt sich an wie Verrat. An Say und an unserem Weg.“

Kati nickte langsam. „Ich verstehe. Und jetzt?“

„Weiß auch nicht“, gab Sam zurück. „Mal auf uns zukommen lassen.“

Wild horses on tour

„Zeit und Ort für die Show, bei der Sam zeigen wird, was sie mit Say erreicht hat, stehen fest: Am 1. März in der Pegasus Arena in Dortmund! Und nicht nur das: Es wird wahrscheinlich weitere Shows in verschiedenen deutschen Städten geben. Das ist groß. Und bis dahin gibt es für Sam und Say noch eine Menge zu tun. Wir würden uns freuen, wenn viele von euch nach Dortmund kommen würden, um Sam und Say vor Ort zu unterstützen! Also schreibt es euch schon mal in den Kalender... Liebe Grüße, Kati." ☺

„Hi an alle, hier ist Sam. Mir ist total wichtig, euch ein paar Worte dazu zu sagen, was ich durch Say verstehe und wie ich mit ihr arbeite. Viele Pferdemenschen haben den Wunsch oder Traum, mit ihrem Pferd eins zu sein. Aber was heißt das genau? Die meisten meinen damit (bewusst oder unbewusst), dass das Pferd total eins wird mit meinen Wünschen. Dass es wie von Zauberhand alles macht, was ich fühle und denke.

Mir ist klar geworden, dass das ein großes Missverständnis ist. Denn eine Beziehung ist immer zweiseitig, Kommunikation immer zweigleisig - sonst ist sie nicht echt! Ich muss mich erst mal total auf mein Pferd einstimmen, dann habe ich die Chance, dass es sich auch auf mich einstimmt. Genau das versuche ich im Moment mit Say und anders kann man mit ihr sowieso nicht arbeiten.

Ihr seht schon, damit ist mir die Zeitplanung ein bisschen aus der Hand genommen, denn letztlich ist das Pferd der Taktgeber. Aber ich bin sicher, dass Say in den nächsten fünf Monaten eine ganz tolle Entwicklung machen wird - wo auch immer sie uns hinführen wird. Wir halten euch weiter auf dem Laufenden. Sam & Kati mit Alli & Say."

Es war November geworden. Die Stuten standen jetzt in ihren Paddockboxen. Die Mädchen hatten die Stallbesitzerin überzeugen können, eine Abtrennung in der Mitte herauszunehmen, sodass Alli und Say sich zusammen in beiden Boxen frei bewegen konnten. Viele im Stall kritisierten die beiden Freundinnen dafür: Es wäre gefährlich oder sie würden die Pferde nur zum Kleben verleiten. Doch Sam und Kati machten ganz andere Erfahrungen. Je tiefer das Band zwischen den beiden Pferden und den Mädchen wurde, desto sicherer und unabhängiger wurden die beiden Stuten. Wenn Sam mit Sayquíca arbeiten wollte, öffnete sie einfach die Boxentür und die Stute folgte ihr quer durch die ganze Anlage frei zu dem abgelegenen der beiden Außenplätze, zum Roundpen oder ins Gelände, während Alli entspannt zurückblieb. Und umgekehrt genauso. Auch wenn viele im Stall das riskant fanden, wusste Sam tief drinnen, dass sie sich diese Art von Vertrauen der beiden Stuten mit unendlich viel Zeit und Geduld erarbeitet hatte. Und sich deswegen auch darauf verlassen konnte, dass es funktionierte. Eines Tages hatte Sam sogar angefangen, in der Halle frei mit Say zu arbeiten, während andere Reiter dort ihre Pferde bewegten.

„Das mit der Halle solltest du besser lassen", warnte Kati sie, als sie gerade Alli und Say putzten. „Das gibt Stunk!"

Sam ließ ihr Putzzeug sinken. „Wieso das denn?"

Kati blickte zum Stalleingang hinüber, von wo eine Frau mittleren Alters energisch auf sie zukam. „Das kannst du jetzt unsere Stallbesi selbst fragen ..."

Marita Franzen kam direkt zur Sache: „Sam. Hast du dir mal die Hallenordnung durchgelesen?"

„Wieso?" Sam tat, als verstehe sie nicht, was Frau Franzen meinte.

„Sind mehr als zwei Reiter in der Halle, ist das Longieren nicht gestattet", zitierte die Stallbesitzerin.

Sam machte weiter auf begriffsstutzig. „Wir longieren Alli doch immer nur draußen auf dem Platz?"

Sie fing einen warnenden Blick von Kati auf, denn die Franzen sah aus, als würde sie gleich explodieren.

„Du lässt das andere Pferd frei in der Halle laufen, während dort geritten wird. Das ist lebensgefährlich!", schnaufte die Stallbesitzerin.

„Ich arbeite mit Sayquíca manchmal frei in der Halle", gab Sam zu. „Aber wenn andere Pferde drin sind, halte ich sie immer ganz dicht bei mir. Ihr Kopf ist dann nie mehr als 30 cm von mir entfernt."

„Ja, bist du denn wahnsinnig? Du setzt das Leben der anderen Reiter aufs Spiel. Dein ‚Wildpferd' muss nur mal ausbrechen und die anderen Pferde zum Durchgehen bringen oder in eine Keilerei verwickeln!", entgegnete Frau Franzen.

Sam blickte sie verständnislos an. „Hat irgendeiner mal auf Say geschaut, wenn ich mit ihr frei in der Halle arbeite? Sie ist so megaentspannt, dass ich ein Kleinkind auf sie setzen könnte! Wenn die anderen Reiter Angst haben, dass sie ihre eigenen Pferde nicht mehr im Griff haben, müssen sie sich vielleicht mal fragen, warum das so ist", gab Sam zurück.

Das regte Frau Franzen noch mehr auf. „Ich diskutiere das nicht! Noch einmal, und du bekommst Stallverbot. Punkt."

Sam ließ sich nicht beirren und setzte nach: „Wenn die mit viel Druck arbeiten und null darauf achten, wie das Pferd sich gerade fühlt, müssen sie sich nicht wundern, wenn sie auf einem Pulverfass sitzen. Das ist doch nicht meine Schuld!!“

Doch Frau Franzen hatte schon auf dem Absatz kehrtgemacht und war wütend davongestapft. Für einen Moment herrschte ein betretenes Schweigen. Dann meinte Kati: „Sam, sie hat recht.“

Sam blickte die Freundin entgeistert an: „Jetzt fällst du mir auch noch in den Rücken? Alli und Say haben sich in den vergangenen Wochen mega entwickelt. Und arbeiten voller Freude, weil wir sie ernst nehmen und ihnen auch die Freiheit geben, Nein zu sagen. Davon können die, die glauben, immer alles ‚richtig‘ zu machen, nur träumen!“

„Darum geht es doch gar nicht. Und das weißt du auch. Du musst dich einfach ein bisschen mehr an die Regeln halten.“

Sam blickte auf den Boden wie ein bockiges Kind. „Ich weiß genau, was ich tue. Und ich würde nie jemanden gefährden.“

„Auf diese Weise bekommst du deine Botschaft jedenfalls nicht unter die Leute“, entgegnete Kati.

Durch ihre Diskussion hatten Sam und Kati gar nicht den Mann bemerkt, der die Stallgasse entlang auf sie zugekommen war.

„Sam Gerst?“, fragte er vorsichtig.

„Das bin ich“, gab Sam scharf zurück. Sie war immer noch geladen von dem vorherigen Gespräch.

„Hallo, ich bin Fritz Vesterling. Ich komme von der Sportmarketing-Agentur, die die Gala am 1. März in der Pegasus Arena betreut“, stellte er sich vor. „Ich soll hier von einem Pferd ein paar Fotos schießen.“

Sam blickte ihn misstrauisch an. „Was für Fotos denn?"

„Na ja, ich dachte irgendwas in Action, das kommt beim Publikum immer gut an", gab der Mann breit grinsend zurück.

„Und an was für Action haben Sie so gedacht?", fragte Sam gefährlich ruhig.

Kati trat nervös von einem Fuß auf den anderen. Sie spürte, dass ihre Freundin immer noch in einer Stimmung war, mit der nicht zu spaßen war.

„Vielleicht zeigst du einfach mal was von euer Freiarbeit", versuchte sie zu vermitteln.

Sams Augen blitzten. „Gute Idee." Ihre Stimme war plötzlich auffällig freundlich geworden. Zu freundlich.

„Wir nehmen Alli mit", rief sie und zwinkerte Kati zu, als wolle sie sagen: Spiel jetzt bitte mit.

„Aber eigentlich sollte ich nur von dem einen Pferd Fotos machen, von dem Wildpferd", meinte der Fotograf.

„Sie werden gleich sehr schöne Fotos von dem Wildpferd bekommen, das verspreche ich Ihnen", gab Sam zuckersüß zurück.

Frei gefolgt von Say und Alli ging Sam hinüber zur Halle.

Der Fotograf zeigte sich beeindruckt. „Und die hauen gar nicht ab?"

Sam zuckte mit den Schultern. „Sehn Sie doch."

„Äh, und welche von den beiden ist jetzt das Wildpferd?", fragte er etwas verunsichert.

„Was meinen Sie denn?", gab Sam spitz zurück.

„Keine Ahnung. Die Gäule sind ja beide lammfromm. Also ein Wildpferd stelle ich mir jedenfalls anders vor", gab er schulterzuckend zurück.

In der leeren Halle stellte Sam sich, gefolgt von den Stuten, in die Mitte, spürte tief in ihren Körper hinein und wandte sich innerlich der Verbindung mit den beiden Pferden zu. In den letzten Wochen hatten sie jede Trainingseinheit so begonnen und oft standen Sam und Kati sogar in der Paddockbox noch mit den beiden in dieser tiefen Verbundenheit einfach nur da.

Die Ruhe und Harmonie, die nun die kleine Dreierherde in der Mitte der Halle ausstrahlte, schien den ganzen Raum auszufüllen.

Kati blieb neben Fritz Vesterling am Rand der Bande stehen.

Der Fotograf wartete ein paar Minuten, dann wurde er etwas unruhig. Er hatte noch kein einziges Foto geschossen. Doch die drei in der Mitte machten keine Anstalten, ihren Zustand zu verändern.

Nach weiteren fünf Minuten hielt er es nicht mehr aus und sprach Kati an. „Kommt da noch was?"

Kati zuckte mit den Schultern. „Hab ehrlich gestanden keine Ahnung."

Der Mann schien zunehmend verunsichert. Schließlich schoss er ein einziges Foto. Dann ging er nervös auf und ab.

Er wandte sich wieder Kati zu, während Sam in der Mitte der Halle weiter seelenruhig mit den beiden Stuten in stiller Verbundenheit einfach nur dastand.

„Die Agentur braucht ein paar knackige Fotos für die PR von dem Event. Das da lockt keinen Hund hinter dem Ofen hervor."

Kati zuckte nur unschuldig mit den Schultern und meinte treuherzig: „Das ist das Beste, was wir bieten können."

Der Gesichtsausdruck des Mannes veränderte sich plötzlich. „Wollt ihr mich eigentlich verarschen?"

Er wandte er sich abrupt um. „Das hat ein Nachspiel!" Dann stapfte er wütend davon.

Schon am nächsten Tag kam ein Anruf von dem Veranstalter der Gala. Die Agentur habe sich beschwert, dass Sam sich null kooperationsbereit gezeigt habe, und der Fotograf sei nur mit einem einzigen Foto zurückgekommen, das komplett Müll war.

„Kannst du mir das bitte erklären, Sam?" Bea Gerst blickte ihre Tochter fragend an. „Wir haben hier Himmel und Hölle in Bewegung gesetzt, um jemanden zu finden, der den Transport von Sayquíca und ihren Unterhalt zahlt, und du stößt die nun so vor den Kopf? Warum?"

Sam ging auf die Frage ihrer Mutter nicht ein. „Hat der Typ echt *Müll* gesagt?"

„Sam! Kannst du bitte meine Frage beantworten?" Bea Gerst war anzumerken, dass sie langsam die Geduld verlor.

„Ich habe einfach ein voll schlechtes Gefühl, was diese ganze Gala angeht", antwortete Sam leise.

„Warum?", hakte ihre Mutter nach.

Sam zuckte mit den Schultern. „Bei mir hat sich was verändert. Klar bin ich megastolz darauf, welche Entwicklung Say macht. Und ich möchte das auch echt gerne mit anderen teilen – mache ich ja auch, auf unserem Blog. Aber ich will Sayquíca nicht vermarkten, als wäre sie eine Sache, verstehst du? Ich will einfach zusammen mit ihr und Alli weiterarbeiten und die Dinge sich in ihrem eigenen Tempo entwickeln lassen. Mama, da ist noch total viel möglich ..."

Bea Gerst nahm einen tiefen Atemzug. „Sam, ich habe fast befürchtet, dass so was passiert."

„Wieso, was meinst du denn?“ Sam sah ihre Mutter verständnislos an.

„Ich glaube, wir müssen mal ernsthaft reden.“ Die Mutter blickte für einen Moment zu Boden, als suche sie die richtigen Worte. Dann fuhr sie fort: „Ich habe dich bis hierhin vollkommen unterstützt, weil ich diese ganze Geschichte mit Say als eine großartige Chance für dich betrachtet habe. Wer hat schon die Gelegenheit, ein vollkommen wildes Pferd zu zähmen und auszubilden und es dann auch noch einem großen Publikum vorzustellen. Aber ich bin immer davon ausgegangen, dass dir klar ist, dass Say, wenn ihre Ausbildung beendet ist, einen neuen Besitzer finden muss. Fakt ist, wir können in so einem teuren Stall keine zwei Pferde finanzieren.“

Sam hatte für einen Moment das Gefühl, dass ihr schwarz vor Augen wurde und sie gleich umkippen würde.

„Das geht nicht“, brachte sie mit trockenem Mund hervor. „Ich kann Say nicht abgeben. Und ich darf es auch nicht. Sie und ich haben eine Aufgabe zusammen.“

Bea Gerst gab ihrer Tochter einen Moment Zeit, dann sagte sie: „Ich kann mir gut vorstellen, dass in den letzten Monaten eine tiefe Beziehung zwischen dir und Sayquíca entstanden ist. Das ist schon was ganz Besonderes, diejenige zu sein, die mit einem rohen Pferd alles zum allerersten Mal macht. Aber wie stellst du dir das denn vor? Wenn du später wirklich mal mit Pferden professionell arbeiten willst, wirst du lernen müssen, dich zu trennen.“

Sam lief ein Strom stiller Tränen über die Wangen.

Ihre Mutter nahm sie in den Arm. „Das tut mir so leid, mein Schatz.“

Sam reagierte nicht.

„Ich rufe beim Veranstalter an und sage, dass der Fotograf noch mal kommen soll. Okay?", fragte Bea Gerst sanft.

Sam konnte einfach nichts sagen. Ihre Kehle war wie zugeschnürt. Natürlich hatte ihre Mutter recht. Und gleichzeitig hatte sie überhaupt nicht recht. Nur konnte sie es ihr einfach nicht erklären, warum es absolut undenkbar war, Say abzugeben.

Sie befreite sich aus der Umarmung der Mutter, stand auf und wandte sich ab.

„Sam?", rief Bea Gerst sie zurück. „Eins solltest du wissen. Wenn der Veranstalter sich zurückzieht, ist die einzige Alternative, Sayquíca sofort zu verkaufen. Sorry."

Sam fühlte sich wie eine Maus in der Falle. Am liebsten hätte sie losgeschrien.

„Gut. Der Fotograf soll noch mal kommen", würgte sie stattdessen hervor.

Kati war auf Sams Nachricht hin sofort zum Stall gekommen. „Ich kann mir Say gar nicht mit irgendwem anders als dir vorstellen", meinte sie jetzt hilflos.

Die beiden kauerten in Allis und Says Paddockbox.

„Ich hab's einfach weggeschoben", murmelte Sam. „Hab mir eingeredet, dass alles so weitergeht."

„Wem gehört Sayquíca eigentlich? Ich meine technisch gesehen?", fragte Kati.

„Als Wildpferd gehörte sie rechtlich gesehen keinem, und nachdem ich sie mit Erlaubnis der Nimiipuu gezähmt habe, gehört sie eigentlich mir. Die Papiere laufen auf meine Mutter. Praktisch gehört sie dem Veranstalter, weil der ja das ganze

Geld hingelegt hat“, antwortete Sam. „Und in Wahrheit gehört Sayquíca keinem, außer sich selbst.“

„Das ist ja ganz schön unübersichtlich!“, murmelte Kati. „Wir müssen irgendeinen Weg finden, sie bei dem Veranstalter auszulösen. Vielleicht kannst du ja anderen Leuten zeigen, was du entdeckt hast. Dein Wissen weitergeben in Kursen und so. Oder Pferde zur Korrektur nehmen mit deiner Methode.“

Sam schüttelte den Kopf. „Wir stehen mit alldem doch erst am Anfang. Da gibt es so viel, was uns Alli und Say noch zeigen können. Und das dauert, bis es anläuft mit irgendwelchen Kursen. Außerdem muss ich ja auch zur Schule und wir haben nur noch drei Monate, Kati!“

„Also ich denke, unsere einzige Option ist es, jetzt erst mal gute Miene zum bösen Spiel zu machen und dem Veranstalter zu geben, was er will“, meinte Kati pragmatisch. „Er will tolle PR-Fotos? Er kriegt sie. Und inzwischen müssen wir mit voller Kraft an einem Plan B arbeiten.“

Say kam zu ihnen herüber, legte ihren Kopf auf Sams Schulter und entließ einen tiefen Seufzer.

„Kleine Say“, flüsterte Sam zärtlich. „Sorge dich nicht. Ich hab dich erst im Traum gesehen und dann in echt gefunden, wir sind Freunde geworden, und aus freiem Willen hast du dich entschieden, bei mir zu bleiben, anstatt bei deiner Herde. Das alles passiert nicht einfach so. Dafür gibt es einen tieferen Grund.“

Alli kam zu ihnen herüber, ging in die Knie und legte sich neben Sam ab.

„Sie will auch mit dabei sein“, lächelte Kati.

Sam musste gegen ihren Willen lachen. „Klar gehörst du dazu, meine Alli, denn ohne dich wäre ich nicht da, wo ich heute bin, und hätte nie entdeckt, wie es sich anfühlt, Teil einer Herde zu sein. Ihr beide seid einfach die tollsten Pferdemädchen, die es gibt. Ich verspreche euch: Wir gehen zusammen weiter, komme, was wolle!"

Beim zweiten Mal tauchte ein anderer Fotograf auf. Sie hatten Say vorher ihre wunderschöne, lange Mähne und ihren Schweif gewaschen, und wie gewünscht zeigte Sam mit ihr in der Freiarbeit einige Übungen, die schnellere Gangarten und spektakulärere Elemente enthielten. Nach einer Viertelstunde zog der Fotograf zufrieden wieder ab.

„Lass uns mit den beiden rausgehen", meinte Sam danach, „ich brauche jetzt einfach frische Luft!"

„Bei dem Wetter willst du raus?", fragte Kati entsetzt.

Draußen tobte ein kalter Dezemberwind und es sah verdächtig nach Schnee aus.

„Bitte, Kati. Ich brauch das jetzt einfach!", meinte Sam.

„Einverstanden", gab Kati nach.

Sam wählte den Weg, den sie immer den „Abenteuerweg" genannt hatten: ein schmaler Pfad, von knorrigen Wurzelsträngen durchzogen, der bergauf und bergab über einen bewaldeten Bergrücken mäanderte und sie tief in die Natur hineinführte.

„Du willst es heute aber echt wissen", keuchte Kati.

Der Wind hatte sich zu kräftigen Böen entwickelt, und obwohl sie im Wald einigermaßen geschützt waren, heulte er über ihnen durch die Baumwipfel. Erstaunlich ruhig folgten die beiden Stuten den Mädchen. Schließlich kamen sie an eine Lichtung, auf der Sam und Kati im Sommer oft kleine Picknicks machten, während Alli frei war, nach Belieben Kräuter zupfen, die am Waldrand wuchsen.

Kaum hatten sie die Lichtung erreicht, legte sich der Wind und es begann zu schneien. Der erste Schnee dieses Jahres. Dicke Flocken tanzten herab und im Nu war der Boden weiß.

Sam streifte Say wortlos das Halfter ab und Kati tat es ihr gleich. Laut prustend liefen die beiden Stuten mit gesenktem Kopf auf der Lichtung herum, und schließlich war es Alli, die sich als erste genussvoll im frisch gefallenen Schnee wälzte. Kurz darauf ging auch Say in die Knie und wollte gar nicht mehr aufhören, sich hin und her zu wälzen. Als sie aufstand, begann sie, vor lauter Lebensfreude und Energie ein paar tolle Luftsprünge zu machen.

Alli ließ sich anstecken und brachte ebenfalls ein paar Buckler zustande. Dann standen die beiden schnaubend im still fallenden Schnee.

Der Zauber des Moments übertrug sich auf Sam und sie konnte plötzlich eine unglaublich tiefe Verbundenheit zu beiden Pferden spüren. Sie tauchte mit Alli und Say in dieses unbeschreibliche Gefühl von Harmonie und Frieden ein, dann trat sie neben Alli. Sam verfolgte keinen bestimmten Plan, sondern ließ sich einfach nur von einem tiefen Gefühl leiten. Sie strich Allis Rücken ab, der vom Wälzen im Schnee ganz nass war. Die Stute begann, als Zeichen der Entspannung zu lecken und zu kauen.

Sams Blick kreuzte den von Kati. Auch die Freundin war vollkommen im Zauber dieses Moments gefangen, in dem alles möglich schien.

Sam sprang auf Allis Rücken auf. Es war das erste Mal seit

der Ataxie-Diagnose, dass sie wieder auf der Spanierin saß. Es fühlte sich total gut an. Durch Katis kontinuierliche Longen- und Hand-Arbeit der letzten Monate war Alli deutlich besser bemuskelt, mobiler in Schulter und Hüftgelenk sowie viel stärker im Rücken als vorher.

Sam ließ Alli in einem großen Zirkel im Schritt um die Lichtung gehen und die Stute zeigte sich in einer schönen Biegung. Say schloss sich ihnen an und lief innen versetzt neben Alli her. Sam ließ Alli eine Runde traben, dann gab sie ihr die Hilfe zum Galopp. Alli sprang weich an und zirkelte in guter Körperspannung um die Lichtung, gefolgt von Say, die sich ihrem Tempo anpasste.

Kati stand in der Mitte der Lichtung und filmte Sam und die Pferde, wie sie sich in den dichten Flocken um die Lichtung herum bewegten. Keiner sprach ein Wort, alles schien einfach wie von Zauberhand zu geschehen.

Sam hielt Alli durch ein unmerkliches Zeichen aus dem Galopp an. Dann signalisierte sie Say, parallel zu Alli zu kommen. Als die beiden Stuten genau nebeneinanderstanden, schwang sie ihr äußeres Bein über Allis Widerrist, sodass sie seitwärts auf ihr zum Sitzen kam.

Es war, als habe sich plötzlich irgendwo im Nirgendwo ein Tor weit geöffnet, und Sam wusste mit untrüglicher Gewissheit, dass es möglich war. Dass sie Say jetzt zum ersten Mal reiten konnte.

Sie legte ihr Bein über Sayquícas Rücken und glitt einfach hinüber. Beide Stuten blieben völlig entspannt nebeneinander stehen. Insbesondere Say zeigte keinerlei Zeichen von Stress. Vielleicht weil Alli direkt neben ihr stand?

Sam hatte vom Boden aus mit Say schon verschiedene Stimmsignale für das Antreten und Halten geübt und gab ihr nun das Kommando loszugehen. Und die Ma'amin-Stute tat es, schritt mit Sam auf dem Rücken im fallenden Schnee ruhig einen Zirkel um die Lichtung, während ihre Freundin Alli dicht neben ihr blieb.

Nach einer Runde hielt Sam Sayquíca an und sprang ab. Still fiel sie beiden Stuten um den Hals und bedankte sich innerlich bei ihnen. Sie war angefüllt von einer pulsierenden Freude. Ihr Wildpferd war heute zum Reitpferd geworden! Es war Magie pur gewesen. Genau wegen solcher Momente tat sie, was sie tat. Ging den Weg, den sie gehen musste.

Wild horses on tour

„Mit dem ersten Schneefall dieses Jahres haben Alli und Say uns ein wundervolles Geschenk gemacht. Aus dem Moment heraus habe ich mich zuerst auf Alli gesetzt und bin sie in allen drei Gangarten geritten. Ihre Bewegungsstörung ist kaum mehr zu spüren. Und wir bleiben dran! Danke, Kati, für die tolle gymnastizierende Arbeit ... Dann bin ich von Allis Rücken rüber auf Say geglitten und sie hat mich total entspannt eine Runde im Schritt getragen. Schaut euch das Video an, das Kati gemacht hat (wenn ihr vor lauter Schnee was erkennen könnt ☺). Es scheint fast so, als tauschten sich unsere beiden Girls heimlich aus: Sayqíca vermittelt Alegría etwas von der tollen körperlichen Koordination, die sie als Wildpferd besitzt. Und Alegría lehrt Sayqíca, was es heißt, ein verlässliches Reitpferd zu sein.

Ein Freund von mir hat mal gesagt: *Die tiefen Dinge kann*

der Kopf nicht begreifen. Die muss man drinnen in sich fühlen. Das mit Alli und Say ist so eins von diesen ‚tiefen Dingen'. Ich bin total geflasht von allem, was mit den beiden zusammen noch möglich sein wird! Halten euch auf dem Laufenden! Sam & Kati mit Alli & Say."

Sam hatte nun auch begonnen, Say mit Allis weichem Kappzaum an der Hand zu gymnastizieren und ihr an der Longe eine gute Haltung zu vermitteln. Natürlich war die Ma'amin-Stute von ihrem Gebäude und ihren Anlagen her nicht wirklich für die Dressur gemacht, aber dennoch lernte Say erstaunlich schnell, was Sam ihr durch die Impulse an Kappzaum und Longe zu zeigen versuchte: im Genick weich zu werden und sich leicht nach innen zu stellen, dadurch konnten Hals und Rücken ebenfalls in eine Innenbiegung kommen, um ihrer natürlichen Schiefe entgegenzuarbeiten.

Nach einem gemeinsamen Entspannen zu Beginn jedes Trainings übte Sam mit Say zum Aufwärmen ein paar Seitengänge. Gerade so viel, dass die Stute nicht die Lust daran verlor. Mit zunehmender Fähigkeit zur Biegung fand Say auch in ihr Gleichgewicht. Bald würde sie in der Lage sein, einen Reiter gut auf ihrem Rücken zu tragen.

Parallel zur Gymnastizierung von Say arbeitete Sam weiter an den Grundlagen, sie ans Reiten zu gewöhnen. Sie stellte die Aufstiegshilfe in die Mitte des Platzes und brachte Say zuerst bei, dass dies ein angenehmer Ort war. Immer wenn sie die Stute frei arbeitete, machten sie ihre gemeinsame Pause an der Aufstiegshilfe.

Dann begann Sam, die drei Treppchen der Aufstiegshilfe hinaufzuklettern und von oben Says Rücken abzustreichen. Auch das nahm die Ma'amin-Stute mit großer Gelassenheit hin. Sie zeigte keinerlei Signale von Anspannung oder „Einfrieren", weil etwas von oben ihren Rücken berührte – was in der freien Natur ja in der Regel eine Wildkatze war, die das Pferd töten wollte. Ganz im Gegenteil blieb Say mit entspanntem Auge und wachem Ohrenspiel stehen. Es waren zwei Wochen vergangen, seit sie Sam den unbeschreiblichen Ritt im Schnee geschenkt hatte, und Sam war fest davon überzeugt, dass es genau so weitergehen würde.

„Bis Weihnachten werde ich sie noch eine Runde im Gelände reiten", meinte sie selbstbewusst zu Kati, als Say das Einparken an der Aufstiegshilfe und Stillstehen komplett entspannt absolvierte, während Sam sie von oben abstrich.

Doch dann kam alles ganz anders. Als Sam einige Tage später Says Rücken mit ihrem Gewicht belasten wollte, ging die Stute ein paar Schritte nach vorne und entzog sich. Zuerst dachte Sam sich nichts dabei und wiederholte die Übung des Einparkens an der Aufstiegshilfe und des Abstreichens einfach, doch sobald etwas Gewicht auf ihrem Rücken hinzukam, zeigte Say deutlich, dass sie das nicht mochte.

„Ich verstehe das nicht", meinte Sam, als Say sich den dritten Tag in Folge Sams Versuchen, ihren Rücken zu belasten, entzog. „Ich habe doch schon auf ihr gesessen, bin eine ganze Runde Schritt geritten und sie war total entspannt. Wieso verweigert sie sich mir jetzt plötzlich?"

Kati zuckte ratlos mit den Schultern. „Ich habe ehrlich nicht die geringste Ahnung, Sam. Hatte es was mit dem Schnee zu tun, dass es damals so gut lief? Mit Alli an ihrer Seite? Mit dem Fakt, dass es draußen in der freien Natur war und nicht, wie jetzt, auf einem Reitplatz? Oder hat es mit etwas zu tun, von dem wir nicht die geringste Ahnung haben?“

Sam spürte eine tiefe Enttäuschung in sich aufsteigen. Bis jetzt hatte es nichts gegeben, was ihr Vertrauensverhältnis mit Say trüben konnte. Klar waren da immer wieder Herausforderungen gewesen. Aber tief im Innersten war Sam stets davon überzeugt gewesen, dass Say mit ihr durchs Feuer gehen würde. Und jetzt? Warum wollte sie Sam nicht aufsitzen lassen?

Die folgenden Tage brachten weitere fruchtlose Versuche, auf die Ma’amin aufzusteigen. „Ich sehe einfach nicht, wo es hakt!“, rief Sam verzweifelt aus. Sie ging zum gefühlt tausendsten Mal alle Schritte durch, die sie bis zu diesem Punkt geführt hatten. „Say folgt mir in der freien Arbeit zu hundert Prozent, vertraut mir in jeder Situation am Boden und im Gelände, ist komplett desensibilisiert, in kleinen Schritten ans Reitpad gewöhnt und daran, dass ich hoch über ihrem Rücken stehe. Was fehlt, Kati?“

„Ich kann sie gerne mal festhalten, vielleicht lässt sie dich ja dann aufsteigen“, bot Kati an.

Sam schüttelte energisch den Kopf. „Sie gegen ihren Willen zu etwas zu zwingen, würde allem zuwiderlaufen, was wir hier versuchen. Wenn wir uns auf die Fahne geschrieben haben, dass wir den Pferden ein Mitspracherecht geben, dann muss ich einfach akzeptieren, dass es jetzt so ist, wie es ist.“ Aus Sams Stimme klang eine wachsende Frustration.

„Sagst du nicht immer, dass Pferde ihr eigenes Wesen sind, die ihre ganz eigenen Bedürfnisse haben und ihre eigenen Entscheidungen treffen, wenn man sie lässt?", meinte Kati. „Vielleicht hat es gar nichts mit dir zu tun und sie will es im Moment einfach nicht?"

„Ja, vielleicht hast du recht", sinnierte Sam. „So habe ich es noch gar nicht gesehen. Vielleicht will Say in zwei Wochen geritten werden, vielleicht in zwei Monaten, in zwei Jahren oder nie mehr, und das eine Mal auf ihrem Rücken war das einzige Mal in ihrem Leben, dass sie einen Reiter geduldet hat. Auch wenn es mir nicht gefällt – mir bleibt nichts anderes übrig, als das ernst zu nehmen, bis sie mir etwas anderes zeigt." Sam kämpfte die stichelnde Sorge in sich herunter, die mit dieser Aussicht in ihr aufstieg.

Was, wenn Say niemals zum Reitpferd würde – dann konnte sie ihre Eltern erst recht nicht überzeugen, sie zu behalten. Sie war mal wieder zur Freiheit verdammt, aber dieses Mal hieß das nicht nur, dass ihre Geduld auf die Probe gestellt wurde. Inzwischen ging es um viel mehr.

Kati musste den besorgten Gesichtsausdruck ihrer Freundin gesehen haben und legte ihr einen Arm um die Schulter. „Ich habe zwar keine Ahnung, warum Say jetzt nicht geritten werden mag", meinte sie mit aufmunternder Stimme. „Aber ich glaube fest, dass sie es dir schenken wird, wenn sie will und kann."

Wild horses on tour

„Hallo, ihr Lieben! Ich habe mit Say, wie ihr wisst, schon ziemlich krasse Sachen erlebt und ziemlich krasse Vertrauensbeweise von ihr bekommen. Zum Beispiel, als sie in Oregon noch bei ihrer Herde war und sich im Gewitter aus freien Stücken entschieden hat, bei mir zu bleiben, anstatt den anderen zu folgen. Und nicht zuletzt, als sie mich vor zwei Wochen im Wald auf ihrem Rücken geduldet hat und vollkommen frei eine ganze Runde Schritt mit mir gegangen ist. Habe ich deswegen einen Anspruch darauf, dass es auch beim nächsten und übernächsten Mal so ist? Die Antwort ist: NEIN! Klar vertraut Say mir sehr, das zeigt sie mir in tausend kleinen Dingen jeden Tag. Doch sie allein entscheidet jeden Tag neu, wie weit sie mit mir geht. Nach unserem magischen Ritt vor ein paar Wochen im Wald lässt sie mich im Moment nicht mehr aufsteigen, und ich habe keine Ahnung, warum. Kati und ich erkennen keinen körperlichen oder psychischen Grund dafür. Doch wenn ich ihren Rücken belasten will, geht sie einfach weg. Und das muss ich akzeptieren.

Erst durch ‚mein Wildpferd' wird mir bewusst, wie viel wir über unsere Pferde oft einfach verfügen. Die Versuchung besteht immer, dass wir von ihnen Dinge erwarten, einfach weil es schon mal so war oder weil wir es jetzt so wollen. Auch ich bin dagegen nicht immun. Doch wenn wir sagen, dass wir das Pferd ernst nehmen als unseren gleichberechtigten Partner, dann bleibt das mit dem Vertrauen eine empfindliche Sache. Ich persönlich glaube, man muss sich das Vertrauen seines Pferdes in jedem Moment neu verdienen. Es gibt so viele Dinge, die in jedem Moment auf das Pferd einwirken, von denen wir Menschen das meiste gar nicht mitbekommen. Vertrauen lässt sich nicht erzwingen.

Für mich und Kati ist es mittlerweile das Wichtigste, dass sowohl das Pferd als auch der Mensch am Ende der Trainingseinheit entspannter sind als am Anfang. Dass wir uns alle hinterher besser fühlen als vorher. Und danach kommt erst das, was wir zusammen ‚schaffen' wollen.

Damit erreicht man irgendwelche selbst gesteckten Ziele unter Umständen erst auf Umwegen, manche vielleicht nie, aber dafür hat man ein zufriedenes Pferd und einen echten Freund! Kati und ich wollen diese Art der Pferdearbeit jedenfalls gegen keine andere mehr eintauschen (und ich glaube, Alli und Say auch nicht). Wir halten euch weiter auf dem Laufenden! Sam & Kati mit Alli & Say."

Sam und Kati waren mit beiden Stuten auf dem hinteren Reitplatz, den sie bei fast jedem Wetter der Halle vorzogen, weil sie hier von den teils neugierigen, teils abschätzigen Blicken der anderen Einsteller verschont blieben. Da Sam mit dem Anreiten von Say erst mal nicht weiterkam, hatte sie begonnen, Alli wieder langsam vom Sattel aus aufzutrainieren. Die Arbeit, die Kati mit Alli am Boden machte, konnte Sam wunderbar durch gymnastizierende Übungen vom Pferderücken aus ergänzen. Say ließen die Mädchen einfach frei mitlaufen und sie schien mit einer Mischung aus Neugier und Verwunderung zu beobachten, wie Sam auf Alli ritt. Zu Anfang stand sie in der Mitte des Platzes und verfolgte aufmerksam, wie Alli ihre Zirkel, Volten, Schlangenlinien und Seitengänge erst im Schritt, dann im Trab durch die Bahn zog. Einem Impuls folgend, begann Sam, Say zum Mittelpunkt der Volten zu machen, um sie einzuladen, ihnen zu folgen. Und tatsächlich setzte sie sich irgendwann in Bewegung und begann, neben Alli herzulaufen. Wenn ihr eine Biegung zu eng wurde, fiel sie kurz zurück, um gleich wieder aufzuschließen, sobald sie auf der Geraden war.

„Ich habe das Gefühl, dass Say dadurch total viel lernt", meinte Sam zu Kati. „Vielleicht sollten wir einfach mal so ins Gelände gehen."

„Du meinst, dass Say frei hinter Alli herläuft?", rief Kati entgeistert aus.

„Die beiden Stuten haben mittlerweile eine so enge Bindung, dass ich nicht glaube, dass Say sich selbstständig machen wird. Sie wird definitiv bei ihrer Herde bleiben, wie sie es aus ihrem Leben in Freiheit gewohnt ist. Und nach unserer langen Desensibilisierungsarbeit gibt es eigentlich auch nichts mehr, vor dem sie sich groß erschrecken und in Panik weglaufen könnte", entgegnete Sam.

„Und warum nimmst du sie nicht einfach an Halfter und Seil als Handpferd mit?" Kati sah die Freundin fragend an und in ihrem Blick lag mehr als eine Spur Unverständnis.

„Ich habe das Gefühl, dass sie umso entspannter ist, je freier sie ist", gab Sam unbekümmert zurück.

Kati schüttelte langsam den Kopf. „Sam, es tut mir echt leid, aber du übertreibst die Geschichte mit der Mitbestimmung und Entspannung total! Ich meine, irgendwann soll doch mal ein Reitpferd aus Say werden, oder? Dann muss sie sich einfach an bestimmte Dinge gewöhnen und dazu zählen auch Halfter und Seil. Und außerdem ist es einfach viel zu gefährlich, ein Pferd im Gelände frei mitlaufen zu lassen. Wir sind hier ja nicht in den Weiten des amerikanischen Westens, sondern im kleinen Deutschland."

Sam war fassungslos. „Ich dachte, wir ziehen beide am selben Strang? Mit dem Pferd konsequent zu seinen eigenen Bedingungen zu arbeiten? Ist das nicht unser großes Experiment?"

„Es ist *dein* Experiment, Sam", entgegnete Kati. „Ich bin von deinem Ansatz, immer wieder in die tiefe Verbindung zu meinem Pferd zu gehen, total begeistert. Das bringt echt eine ganz neue Dimension in die Beziehung zum Pferd. Aber am Ende muss man eine gesunde Mischung aus Freiheit und Begrenzung finden. Schließlich arbeitest du auch mit Kappzaum und das ist ja nicht grade frei, oder?"

„Ich bin bereit, so weit zu gehen, wie es nötig ist", gab Sam entschlossen zurück, als habe sie Katis letzte Worte gar nicht gehört. „Kein anderes Pferd außer Sayquíca hätte mir diesen Weg zeigen können. Einfach dadurch, dass sie ist, wer sie ist und unter welchen besonderen Umständen wir einander begegnet sind. So zu arbeiten, dass sie ihre wilde Seele behält und trotzdem mit dem Menschen eine tiefe Beziehung eingeht, das ist mein Ziel. Und wenn ich ihr kommuniziere: *Du darfst so sein, wie du bist, und ich werde dich zu nichts zwingen,* dann kann es da keine Kompromisse geben! Verstehst du? Entweder nehme ich sie ernst als ein eigenständiges Wesen, oder ich betrachte sie als ein Ding in meiner Verfügungsmacht."

„Deine Ansichten sind ziemlich extrem, Sam", entgegnete Kati. „Die Pferdearbeit lebt von Kompromissen: Mal gehen wir mit dem Pferd und mal geht das Pferd mit uns."

Sam blickte sie entgeistert an, aber Kati fuhr fort, der Freundin den Kopf zu waschen: „Außerdem stößt du mit deiner Verbohrtheit viele Leute vor den Kopf. Und das ist schade. Nimm zum Beispiel die anderen Mädchen hier im Stall. Ich bin mir sicher, dass die eine oder andere sich für das interessieren würde, was wir hier machen. Aber mit dieser Friss-oder-stirb-Haltung, mit der du ihnen gegenübertrittst, haben sie keine Chance."

„Warum hast du mir das noch nie vorher gesagt?“, gab Sam zurück. Sie klang plötzlich ziemlich kleinlaut.

Kati zuckte mit den Schultern. „Du bist immer so überzeugt von allem, und da ist es schwer, gegen dich anzukommen.“

„Tut mir leid“, meinte Sam ehrlich zerknirscht. „Das wollte ich nicht. Natürlich hast du recht, dass die Pferdearbeit von Kompromissen lebt. Die mache ich ja auch jeden Tag. Es geht mir mit Say um etwas viel Grundlegenderes, etwas, das *vor* allen Kompromissen kommt.“

Ihre Augen schweiften in die Ferne. „Vielleicht bin ich ja irgendwann einmal in der Lage, richtig auszudrücken, was ich spüre. Und es vor allem mit Say zu zeigen. Ich muss da einfach weitermachen.“

Dann blickte sie die Freundin an. „Aber es stimmt schon: Die Sicherheit darf definitiv nicht hintenüberfallen.“

„Du bist einfach, wie du bist“, meinte Kati nun versöhnlich. „Und so mag ich dich ja auch, sonst wären wir nicht schon viele Jahre beste Freundinnen.“

Sam zuckte grinsend mit den Schultern. „So bin ich halt. Etwas extrem.“

Kati fing ebenfalls an zu grinsen. „Okay, Sam Gerst. Du darfst so sein, wie du bist, und ich werde dich zu nichts zwingen.“

Ausgerechnet an Weihnachten platzte die Bombe. Ihre Mutter und ihre Schwester Sophie waren gerade dabei, den Baum zu schmücken, als Sam mit dreckigen Reitklamotten ins Wohnzimmer stürmte.

„Bitte sofort unter die Dusche und umziehen“, rief Bea Gerst ihrer älteren Tochter zu.

Sam war schon im Begriff, den Raum wieder zu verlassen, als ihre Mutter weitersprach: „Sam, der Veranstalter von eurer Pferdegala hat sich übrigens noch mal mit einem Vorschlag gemeldet."

Sams Magen krampfte sich zusammen, wie immer, wenn das Gespräch auf die Gala kam. Sie drehte sich langsam um.

Bea Gerst fuhr fort: „Er fand die Fotos von eurer Arbeit ganz toll und meinte, wenn die Leute sehen, wie klasse du Sayquíca ausgebildet hast, könnte man sie am Ende der letzten Show versteigern. So kommt sicher mehr zusammen als das, was er ausgelegt hat. Und er würde dir auch etwas davon zukommen lassen für deinen Beritt. Dein erster Profilohn. Wie findet du das?"

Die Worte ihrer Mutter trafen Sam wie ein präziser, harter Schlag in den Magen, sodass sie plötzlich keine Luft mehr bekam. *Sie am Ende der Show versteigern,* dröhnte es in ihren Ohren.

„Sam, bist du in Ordnung?", hörte sie noch die Stimme der Mutter aus weiter Ferne. „Sam?"

Dann wurde alles um sie herum schwarz.

Zuerst sah sie nur die Farben und Muster. Dann wurde ihr bewusst, dass sie auf Sayquíca saß, die an verschiedenen Stellen ihres Körpers bemalt war. Ihren Hals zierten horizontale weiße Streifen, ihre Kruppe war mit einigen schwarzen Handabdrücken verziert und ihre Schulter mit einer Art umgekehrten ockerfarbenen Hufeisen. Als die Stute ihren Kopf umwandte, um zärtlich Sams Fuß zu berühren, bemerkte sie einen gemalten weißen Kreis um ihr rechtes Auge, außerdem hatte die Ma'amin Federn in Mähne und Schopf eingeflochten. Das ganze Pferd strahlte eine unglaublich starke Energie aus – eine geballte Mischung aus Mut, Intelligenz und Kraft, die Sam deutlich spüren konnte.

Wo war sie? War das hier ein Traum? Sam blickte sich um und stellte fest, dass sie mit Sayquíca in der Mitte einer riesengroßen Arena stand. Sie erinnerte sich dunkel, hier schon mal gewesen zu sein. Und wie damals waren alle Stühle der Arena leer.

Sam galoppierte aus dem Stand an und Sayquíca jagte eine Runde durch die Arena. Die kleine Stute war mit jeder Faser total auf ihre Reiterin ausgerichtet, das konnte Sam deutlich spüren. Gleichzeitig dachte sie eigenständig mit, indem sie blitzschnell ihren Schwerpunkt unter den von Sam brachte, als diese in einer schnellen, scharfen Kurve drohte das Gleichgewicht zu verlieren. Ein Pferd, was sie aktiv wieder auffing! Es war atemberaubend. Sam konnte gar nicht mehr sagen, wo sie aufhörte und wo Sayquíca anfing. Sie waren EIN Körper, EIN Denken, EIN Fühlen. We are one, pumpte Sams Herz im Rhythmus ihres wilden Galopps.

Nachdem sie die Arena ein paarmal umrundet hatten, stoppte Say plötzlich abrupt ab und starrte nach vorne. Jetzt sah es auch Sam: Die monumentalen Tore der Arena schwangen wie von Geisterhand langsam auf. Sie gaben den Blick frei auf eine weite grüne Wiese, die sich in eine Art Lager verwandelt hatte: Im Gras saßen und standen Frauen, Männer sowie viele Kinder und Jugendliche in kleineren und größeren Grüppchen. Die Stimmung wirkte ungeheurer entspannt und friedlich.

Sam saß auf Sayquíca in dem geöffneten Tor und überblickte verblüfft die Szenerie, als sie bemerkte, wie ihr Alli mit einer gelöst wirkenden Kati auf dem Rücken aus der Mitte der Menschen entgegenkam.

Sam blickte Kati und Alli fragend an, worauf die Freundin ihr lächelnd entgegnete: „Sie sind hier, um etwas über die Sprache der Freiheit zu erfahren, Sam. Dein Publikum ist hier draußen!"

Das Bild verblasste und Sam fand sich in ihrem Bett wieder, doch die Kraft des Traumes war immer noch vollkommen lebendig. Langsam kam die Erinnerung an die Szene mit der Mutter wieder: Sayquíca sollte versteigert werden.

Sie musste sofort zu ihr und Alli. Sam setzte sich auf und hielt auf der Bettkante einen Moment inne. Ziemlich zittrig war sie, aber sonst okay.

Ihr Wecker zeigte den 25.12. an, es war vormittags um elf. Wow, sie war ganz schön lange ausgenockt gewesen. Einen Moment überlegte sie, ob es eine gute Idee war, jetzt mit dem Rad die sieben Kilometer zum Stall zu fahren. Dann wischte sie den Gedanken beiseite. Sie konnte ja langsam machen.

Sie hinterließ einen Zettel auf ihrem Kopfkissen: *Bin bei Alli & Say,* schlüpfte in ihre Reitsachen und schlich sich aus dem Haus.

Der Stall war menschenleer. Klar, mittags am ersten Weihnachtstag waren alle zu Hause. Umso besser. Sobald Sam in die Stallgasse einbog, streckten sich zwei Köpfe über die Tür, und mit wenigen Sekunden Verzögerung kam erst von Alli und dann von Say ein tiefes, warmes Brummeln.

Sam fühlte sich immer noch ein bisschen zittrig auf den Beinen, aber als sie die Stuten sah, wurde sie von einem tiefen, warmen Gefühl durchflutet.

Sie betrat die Paddockbox und wurde erst mal von beiden von

oben bis unten abgeschnuffelt. Sam schloss die Augen und genoss das Gefühl der zärtlichen, warmen Pferdenasen auf ihrem Gesicht und ihren Händen.

Dann hockte sie sich in eine Ecke der Box und spürte nach innen, in ihren Körper, wie es ihr in den vergangenen Wochen zur Gewohnheit geworden war. Als sei dies ein unsichtbares Signal, senkten Alli und Say fast gleichzeitig die Köpfe ab und fielen ebenfalls in einen tiefen Zustand von Entspannung. Die Verbindung zu beiden war augenblicklich klar und tief.

Sam ließ sich immer weiter in den ihr mittlerweile so vertrauten Zustand hineingleiten. Es war merkwürdig, aber sie hatte das Gefühl, dass die beiden Stuten sie an ihrer Kraft teilhaben ließen, und fühlte sich mit jeder Minute, die verstrich, stärker. Wie lange sie so zusammen waren, konnte sie nicht sagen, aber irgendwann wusste sie, dass sie jetzt mit ihnen rausgehen konnte.

Sam öffnete die Boxentür weit, schwang sich auf Alli und ritt aus dem Stall heraus, dicht gefolgt von Say. Sie schlugen Sams Lieblingspfad durch den Wald ein.

Als sie die Reitanlage hinter sich gelassen hatten, trabte sie Alli an. Sam konnte spüren, dass es beiden Stuten großen Spaß machte, so vollkommen frei mit ihr draußen unterwegs zu sein. Und auch sie fühlte, dass ihre Lebensgeister zurückgekehrt waren. Die mahnenden Worte von Kati und allen anderen fegte sie beiseite. Das war jetzt das einzig Richtige für sie und die Stuten.

Nach einem kurzen Galopp ließ sie Alli wieder in den Schritt fallen. Die Bilder ihres Traumes stiegen plötzlich lebhaft in ihr hoch, wie es sich angefühlt hatte, mit Say vollkommen eins zu sein. Getragen von dieser Empfindung, ließ Sam sich von Allis

Rücken auf Say herübergleiten, wie schon einmal vor vier Wochen. Say ging entspannt im Schritt weiter. Wo war das Problem?

Sam gab der Ma'amin das Signal anzutraben und sie fiel in einen weichen Trab, dicht gefolgt von Alli.

Freude flutete in Sam auf. Sie parierte Say mit Stimme und Gewicht ein paarmal durch in den Schritt und ins Halten, wie sie es vom Boden aus geübt hatten. Die Stute nahm ihre Hilfen ohne das kleinste Zögern an. Ob sie mal einen Galopp wagen konnte?

Als sie an den Fuß eines Hügels kamen, gab Sam die Galopphilfe. Say sprang an und begann, den Hügel kraftvoll hinaufzugaloppieren. Sam hielt sich an ihrer Mähne fest, lehnte sich flach über ihren Hals und legte die Schenkel etwas an. Sofort beschleunigte Say und raste pfeilschnell in gestrecktem Galopp dahin. Sam stieß einen wilden Freudenschrei aus. Sie spürte, dass die Ma'amin noch lange nicht an ihrer Grenze war, obwohl Alli jetzt schon Probleme hatte mitzuhalten. Oben angekommen, wurde Say ganz von allein langsamer und Sam konnte sie leicht zum Halten durchparieren. Außer Atem von der Anstrengung blickten die drei hinunter auf die Reitanlage.

Von hier oben sah alles so klein aus wie Spielzeug. Aus dieser Perspektive schien nichts mehr bedrohlich oder unlösbar. Sam spürte, wie ihr Herz plötzlich ganz leicht war, als könne es fliegen. Genauso wie sie eben im Galopp den Hügel hinaufgeflogen waren.

Der Schlüssel lag allein bei ihr! Say hatte sie eben auf ihren Rücken gelassen, weil Sam etwas in sich verändert hatte. Weil sie ohne Erwartung gewesen war, es einfach aus dem Moment heraus hatte geschehen lassen, wie bei ihrem ersten Ritt im Wald. Genau dasselbe galt auch für die viel größere Herausforderung, die nun vor Sam lag. Der Ball lag in ihrem Spielfeld!

Als sie sich wieder dem Hof näherten, konnte Sam das Auto ihres Vaters erkennen. Angelockt von den Hufschlägen, traten Bea, ihr Vater und Kati aus dem Stallgebäude. Selbst Sophie war mitgekommen.

„Sam, bist du denn wahnsinnig? In deinem Zustand zu reiten?“, ergriff Bea Gerst sofort das Wort.

Jetzt erst schien ihre Mutter zu realisieren, dass sie ohne Zaum und Sattel auf Say saß. „Und dann auf Sayquíca? Mein Gott, das ist ja lebensgefährlich, was du da tust!“

„Ich fühle mich bestens, Mama. Es ist alles in Ordnung“, gab Sam ruhig zurück.

Ihre Blicke trafen die von Kati. Sam konnte darin Besorgnis erkennen, gemischt mit tiefer Bewunderung.

„Wie du da eben auf Say angeritten kamst, das sah soooo mega aus“, flüsterte die Freundin gerührt. „Ich dachte, mir bleibt das Herz stehen. Vor Freude und Gänsehaut! Ich habe immer gewusst, dass Say es dir schenken wird, wenn sie so weit ist.“

Sam glitt stolz vom Rücken der Stute. Dann sagte sie mit fester Stimme: „Es wird keine Versteigerung von Sayquíca geben.“

Sophie blickte ihre ältere Schwester an, als habe sie komplett den Verstand verloren.

Sam fuhr fort: „Ich werde bis zum 1. März das Geld haben, um den Veranstalter auszuzahlen.“ Sie strahlte eine Entschlossenheit aus, der man sich schwer entziehen konnte.

In den Augen ihres Vaters konnte Sam einen Anflug von Respekt erkennen. „Wie viel ist das denn überhaupt, was der vorgestreckt hat?"

„Zehntausend Euro", gab Bea Gerst trocken zurück.

Sam musste kurz schlucken, doch ließ sich nichts anmerken.

„Und du hast wirklich eine Idee, wo du das Geld herbekommst?", fragte ihr Vater interessiert.

Bevor Sam antworten konnte, maulte Sophie: „Können wir jetzt bitte wieder zurück nach Hause? Es ist Weihnachten, mir ist kalt und jetzt muss ja wohl keiner mehr Sam suchen."

„Bin sofort wieder da", gab Sam zurück. „Kati und ich bringen nur schnell die beiden Mädels zurück in ihre Box."

„Hey, deine Eltern haben sich voll Sorgen gemacht", meinte Kati auf dem Weg in den Stall. „Du bist irgendwie in Ohnmacht gefallen, hat Bea erzählt, und dann warst du auf einmal verschwunden."

Sam winkte ab. „Alles halb so wild. Aber es stimmt, ich war bewusstlos, habe alles weggedrängt, damit ich nicht komplett verzweifle. Jetzt bin ich wach. Hellwach. Und ich sehe, was möglich ist. Kati, ich muss dir viel erzählen."

Das verspätete Weihnachts-Mittagessen von Familie Gerst lief ziemlich angespannt ab. Sam wusste, dass ihre Eltern Antworten von ihr erwarteten, und Sophie schien immer noch sauer, dass sie ihr den Weihnachtsmorgen verdorben hatte, aber sie musste zunächst mit Kati sprechen. Bea Gerst willigte ein, dass sie sich erst nach Weihnachten zu einem Familienrat inklusive der Hofmanns einfanden und das Thema bis dahin ruhen ließen. Nicht viel Zeit, aber Sam sprühte weiter vor Energie. Gleich nach dem Essen zog sie Kati in ihr Zimmer.

„Wir sprechen als Erstes mit der Franzen, ob wir die Reithalle für eine Veranstaltung mieten können. Am 22. Februar. Groß genug ist die ja."

„An deinem Geburtstag?", gab Kati zurück.

Sam nickte und fuhr fort: „Ja, genau an meinem Geburtstag. Ich will eine Mischung aus Show und Workshop organisieren und wir nennen es: *Die Sprache der Freiheit.*"

„Das klingt ja cool", gab Kati zurück. „Wo hast du das her?"

Sam grinste. „Von dir!"

„Wie jetzt??"

Sam musste über Katis verdatterten Blick lachen und erzählte der Freundin von ihrem Traum.

„Sie sind hier, um etwas über die Sprache der Freiheit zu erfahren. Dein Publikum ist hier draußen!", murmelte Kati beeindruckt. „Und ich habe das wirklich gesagt? Was habe ich damit nur gemeint?"

„Ganz einfach", antwortete Sam. „Was da ist und was wir hier und jetzt damit machen können!"

Kati blickte sie verwirrt an. „Ich stehe grade auf dem Schlauch?"

„Wir haben so vieles, was einzigartig ist: Die Geschichte der Ma'amin, wie und wo ich Sayquíca begegnet bin, ihre Zähmung in der Wildnis und was wir mithilfe von ihr und Alli über die tiefe Verbundenheit mit einem Pferd herausgefunden haben. Das ist mehr als genug, dass wir selbst etwas auf die Beine stellen können – auch wenn ich vor Kurzem noch daran gezweifelt habe. Unser Publikum ist da draußen, Kati. Du hast es selbst gesagt. Ich sehe jetzt unseren Weg. Und ich sage dir: Wir brauchen dafür keine große Gala!"

Man konnte förmlich hören, wie es in Katis Kopf ratterte. „Wir könnten noch mal Joe Gärtner anrufen, der kann im Vorfeld eine Geschichte machen. Er hat ja schon über Alli und über deine Zeit in Oregon geschrieben, der findet das bestimmt spannend, die ganzen Hintergründe der Ma'amin zu erfahren und was sich jetzt weiter mit dir und Say entwickelt hat."

Sam gab ihr ein High Five. „Jetzt bist du auf meiner Wellenlänge! Ich werde Luke texten, dass die Gala abgesagt ist, und ihn fragen, ob er trotzdem kommt."

Katis Gesicht verzog sich. „Brauchen wir den denn?"

Sam blickte der Freundin aufmerksam in die Augen. „Sag mal, hast du eigentlich mit Luke irgendein Problem?"

Kati blickte zu Boden. „Nee. Schon okay."

Es tat Sam immer gut, mit Luke zu reden. Irgendwie war er seit ihrer gemeinsamen Zeit in der Eagle Cap zu einem großen Bruder geworden, der sich alles ruhig anhörte und sie ermunterte, ihren Weg zu gehen.

Sam hatte ihn in den letzten Monaten regelmäßig über ihre Fortschritte mit Say auf dem Laufenden gehalten, entweder mit einer kurzen Nachricht oder per Skype. Nun lauschte er Sams Schilderung der letzten Ereignisse und ihres Traums. Dann meinte er: „Du hast in deinem Traum Sayquíca als Kriegspony gesehen. Das ist ein Zeichen, dass du bereit bist, in deine volle Kraft zu gehen und deinen Kampf siegreich zu beenden. Wir haben unsere Kriegsponys in erster Linie bemalt, um unseren Gegnern Respekt einzuflößen. Außerdem glaubten unsere Leute, dass die Bemalung den Pferden Kraft und Mut verleiht. Und schließlich haben die verschiedenen Symbole und Farben etwas darüber ausgesagt, welche Heldentaten Pferd und Reiter zusammen bestanden haben."

„Ich glaube, ich habe kapiert, wie viel Power bei mir selbst liegt. Es sind nicht die äußeren Umstände, die den Weg bestimmen, sondern meine Einstellung dazu. Sayquíca hat mich das gelehrt. Die Frage ist immer: Wie muss *ich* jetzt sein, dass sie sich gerne mit mir verbinden will? Was muss ich jetzt *in mir* verändern, in meinem Denken, Fühlen, Handeln, dass sie mir folgt? Und dasselbe gilt genauso fürs ganze Leben."

„Wenn du das erst mal kapiert hast, steht dir alles offen", stimmte Luke ihr zu. „Ich soll dir von Sahkonteic ausrichten, dass du eine fabelhafte Arbeit machst. Alles wird sich zum Guten wenden. Ich werde kommen und euch dabei unterstützen."

„Danke, Luke", murmelte Sam.

Der geplante Familienrat zusammen mit Anja und Thomas Hofmann fand am 27. Dezember im Wohnzimmer der Gersts statt. Nur Sophie hielt sich dieses Mal raus. Sam hatte mit ihrer kleinen Schwester geredet und sich für das verkorkste Weihnachtsfest entschuldigt, doch ein wenig schien die vernünftige Sophie immer noch zu grollen. Das würde sich mit der Zeit wieder geben, wenn sie sah, dass Sams Plan funktionierte – hoffentlich!

Sams Vater eröffnete die Runde. „Sam, du weißt, dass wir dir immer großes Vertrauen entgegenbringen und deine Ausbildung von Sayquíca bisher mit Stolz und Begeisterung verfolgt haben. Aber das, was da an Weihnachten passiert ist, war für uns alle ein Schock. Du hast ein ganz besonderes Verhältnis zu Say, aber trotzdem war dieser Ritt kurz nach deinem Zusammenbruch mehr als riskant und hat uns allen Angst gemacht."

Sam atmete ein, aber ihr Vater bedeutete ihr mit ernstem Blick, dass er erst ausreden wollte.

„Wir vertrauen dir immer noch, doch dafür musst du uns auch etwas zurückgeben. Wir wollen mit dir und Kati gemeinsam eine Lösung finden – aber nur, wenn wir diese auch mittragen können. Also, jetzt mal die Karten auf den Tisch: Wenn wir Sayquíca wirklich aus der Gala rausnehmen würden, wo wollt ihr dann die 10000 Euro herbekommen? Wir haben mit dem Veranstalter ja einen Vertrag geschlossen: Er bezahlt für den Transport und Unterhalt der ersten sechs Monate und Sam tritt dafür bei ihm auf. Wenn wir das kündigen, müssen wir ihm natürlich sein Geld zurückzahlen.“

Sam und Kati tauschten einen Blick.

Dann ergriff Sam das Wort. Nach dem Gespräch mit Luke war sie von einer unerschütterlichen Zuversicht erfüllt. „Durch Say und Alli haben wir einen Weg tiefer Verbundenheit und Zusammenarbeit mit Pferden in Freiheit gefunden, der in der Pferdewelt echt etwas verändern kann!“

„Na, ihr seid ja selbstbewusst”, bemerkte Katis Vater trocken.

Sam fuhr fort: „Es gibt da draußen viele Menschen, die unseren Weg mit Alli und Say mit großem Interesse verfolgen. Wir haben mittlerweile 200 000 Abonnenten auf Instagram. In ein paar Wochen kommt in der *Alternative Horsemanship* eine Titelgeschichte raus über die Geschichte der Ma’amin und was wir durch Say und Alli herausgefunden haben.“

Kati nahm Sams Faden auf: „Und wir haben die Erlaubnis, bei uns in der Reithalle an Sams Geburtstag eine Veranstaltung zu machen, die wir *Die Sprache der Freiheit* nennen. Eine Mischung aus Show und Workshop.“ Weil es so gut klang, fügte

Kati schnell noch hinzu: „Mitteilungen an die relevante Pferdepresse sind schon raus."

„Das ist ja alles schön und gut, aber wie schlägt sich das in Zahlen nieder? Habt ihr denn schon Anmeldungen?", warf Thomas Hofmann ein.

„Noch nicht, aber der Vorverkauf ist ab nächste Woche eröffnet", gab Sam zurück. „Und heute geht ein Post an unsere Fans auf Instagram raus."

Kurz herrschte Schweigen im Raum, dann ergriff Anja Hofmann das Wort. „Ich finde das ganz schön mutig. Ihr setzt euch wirklich ein und auf den ersten Blick klingt das nach einer machbaren Geschäftsidee."

Den Mädchen fiel ein Stein vom Herzen. Eine Fürsprecherin für ihr Projekt schienen sie schon mal zu haben.

„Ja, aber Moment", meldete sich jetzt Sams Mutter. „Wie viel Leute passen denn in die Halle und für wie viel verkauft ihr die Tickets? Habt ihr das mal durchgerechnet?"

Kati schaltete sich erneut ein. „300 Leute passen bestimmt in die Halle. Das haben wir schon mal bei anderen Veranstaltungen gesehen. Wenn wir für Kinder 25 Euro nehmen und für Jugendliche und Erwachsene das Doppelte, sollten wir das Geld zusammenbekommen. Dazu brauchen wir grob 200 Kinder und 100 Erwachsene."

Sam blickte ihre Freundin dankbar an. Bei solchen organisatorischen Sachen war Kati in ihrem Element. Sie selbst hätte wahrscheinlich nur grob überschlagen, aber jetzt hallten die Worte ihres Vaters in ihrem Kopf wider. Er hatte recht: Sie wollte Vertrauen, also musste sie auch etwas anbieten – in diesem Fall einen guten Plan.

Als sie Robert Gerst jetzt in die Augen blickte, konnte sie erkennen, dass sie den richtigen Ton angeschlagen hatten. „Also, ich stimme Anja zu", sagte er nach einer weiteren kurzen Bedenkpause. „Ich bin zwar kein Pferdemensch, aber ich habe ebenfalls das Gefühl, dass eure Idee funktionieren könnte und dass es eine gute Sache ist. Ich bin bereit, euch dabei zu unterstützen, das zu stemmen."

Sam fiel ihrem Vater um den Hals. „Juhuuuuu!"

„Die Kuh haben wir noch lange nicht vom Eis", dämpfte Bea Gerst Sams Enthusiasmus. „Ich rechne das alles noch mal durch, und wenn es wirklich aufgeht, habt ihr auch meine Unterstützung. Aber es muss euch klar sein, dass das Geld durch eure Aktivtäten vollständig reinkommen muss. Sonst sind wir gezwungen, Sayquíca sofort zu verkaufen."

Sam und Kati nickten. Sie hatten ihre Chance. Das war alles, was sie brauchten!

Wild horses on tour

„Hallihallo, ihr Lieben! Bei uns gibt es große Neuigkeiten: Sam und Sayquíca werden an der Gala am 1. März in Dortmund nicht teilnehmen. Ihr wisst ja, dass ein Veranstalter von Pferde-Events Sayquícas Transport über den Atlantik und ihre Stallmiete der letzten sechs Monate bezahlt hat, dafür, dass Sam sie im Gegenzug auf seiner Gala-Show präsentiert.

Dieser Veranstalter hat uns mitgeteilt, dass er als „Highlight" eine Versteigerung organisieren will, wo Sayquíca meistbietend verkauft wird, um das Geld, was er in sie „investiert" hat, reinzuholen. Wenn Say meistbietend versteigert wird, geht es nicht um sie oder ihr Wohlergehen, sondern darum, wer das meiste Geld zahlt. Das wollen und werden wir ihr auf keinen Fall antun! Also haben wir (mit Unterstützung unserer Eltern) ‚Nein' zur Versteigerung und zu der ganzen Gala gesagt!

Stattdessen machen wir unser eigenes Ding. Ihr seid alle am 22. Februar (das ist Sams Geburtstag ☺) in die Reithalle unseres Stalles herzlich eingeladen zu ‚Sprache der Freiheit' – einer Workshop-Show mit Sam & Kati, Alli & Say.

Als ‚special guest' kommt aus Oregon Luke Roseheart, der Nimiipuu-Indianer ist und dessen Stamm Sayquíca und ihre Herde ursprünglich gezüchtet hat. Wir versprechen euch, dass es superspannend wird! Wir möchten mit euch all das live teilen, worüber wir hier schon seit Monaten reden und wovon wir euch Bilder und Videos zeigen. Bitte seid dabei und helft uns so, die 10 000 Euro zusammenzubringen, um den Veranstalter auszuzahlen. Es liegt in unserer Hand, wie es weitergeht mit diesem großartigen Pferd und allem, was es uns zu geben hat. Wir halten euch weiter auf dem Laufenden! Sam & Kati mit Alli & Say."

„Wenn du für uns eine Titelgeschichte hast, haben wir eine superspannende Story für dich", meinte Sam lässig zu Joe Gärtner, der sich gleich Anfang Januar mit ihnen im Stall traf.

„Ihr macht mir echt Spaß", meinte der lachend. „Ich habe doch schon zwei Mal was über Sam gemacht. Was habt ihr denn jetzt zu berichten, das eines Titels würdig wäre?"

Sam und Kati blickten sich verschwörerisch an. Das mit der Titelgeschichte musste einfach klappen, schließlich hatten sie es ihren Eltern schon als Fakt verkauft.

„Wie wäre es mit einer uralten Vollblut-Rasse aus einem geheimnisvollen zentralasiatischen Tal, die schon vor dem arabischen und dem englischen Vollblut existierte?", setzte Sam an.

„Die von den alten Chinesen *Himmelspferd* genannt wurde, weil diese Pferderasse 1 000 Meilen pro Tag zurücklegen konnten und dabei Blut schwitzte?", machte Kati weiter.

„Und die sich nur noch an zwei unzugänglichen Orten an entgegengesetzten Enden der Welt rein erhalten hat: in der turkmenischen Oase Achal und in der Wildnis der westamerikanischen Wallowa Mountains", fuhr Sam fort.

Sie machte eine kurze Pause, um die Spannung zu erhöhen, und ließ dann die Katze aus dem Sack: „Das Wildpferd, das ich in Oregon gezähmt habe, stammt aus einer Herde, die seit über hundert Jahren in versteckten Bergtälern überlebt hat. Sayquíca ist ein reinrassiges Himmelspferd! Die Nimiipuu-Indianer nennen diese Pferde Ma'amin. Ihr Stamm hat im frühen 18. Jahrhundert die ersten zentralasiatischen Vollblüter von russischen Pelzhändlern erworben und zu einem der leistungsfähigsten Pferde des amerikanischen Kontinents gezüchtet."

Die Freundinnen blickten Joe gespannt an, ob er schon Feuer gefangen hatte. Sie hatten ihre Präsentation minutiös vorbereitet und eingeübt. Zu viel stand einfach auf dem Spiel.

„Okay, so weit ganz spannend", meinte er nun. „Aber was hat das alles mit uns hier und jetzt zu tun? Und vor allem mit euch beiden und euren Pferden?"

Sam ergriff wieder das Wort: „Durch die Arbeit mit Alli und Say haben wir Zusammenhänge in der Pferdearbeit entdeckt, die bei uns in Europa so noch keiner konsequent angewandt hat. Und die zu erstaunlichen Ergebnissen führen. Die wollen wir mit anderen Pferdemenschen teilen."

Joe Gärtner nickte. „Sam, ich halte eine Menge von dir und deiner Pferdearbeit, das weißt du. Aber jetzt musst du mich schon ein bisschen mit Inhalten überzeugen. Jeder Trainer glaubt von sich, dass er die einzig wahre Methode hat. Was macht deine oder eure“, er nickte zu Kati hinüber, „denn so besonders?“

„Das Ganze hat seinen Ursprung darin, dass ich Say, so nennen wir die Ma'amin-Stute, in vollkommener Freiheit inmitten ihrer Herde zähmen musste. Du hast ja selbst darüber berichtet. Ich war dort auf ihre freie Zustimmung und Mitarbeit angewiesen, sonst hätte das Ganze nicht funktioniert. Mir ist erst hier in Deutschland langsam aufgegangen, was das bedeutet, so zur Freiheit ‚verdammt' zu sein.“

Joe blickte sie nun interessiert an und Sam fuhr fort. „Vielen ist der Unterscheid zwischen Freiheitsdressur, Freiarbeit und dem, was Kati und ich die *Sprache der Freiheit* nennen, nicht klar. Dabei merkt man es schon an den Worten, wenn man genau hinschaut: Überall steht *Freiheit,* aber im ersten Begriff kommt das Wort *Dressur* vor, im zweiten *Arbeit* und im dritten *Sprache.* Es ist nichts verkehrt mit Freiheitsdressur und Freiarbeit, es sind aus meiner Sicht einfach verschiedene Grade von Freiheit. Der Unterschied ist, unter wie viel Druck die Beziehung entsteht und wächst. Und umgekehrt natürlich wie viel Mitspracherecht ich meinem Pferd gebe. Wie viel Eigeninitiative ich zulasse. Das bestimmt unter anderem die Motivation des Pferdes. Und die Tiefe seines Vertrauens. Mit Say hatte ich keine Alternative: Wir mussten in vollkommener Freiheit zusammenfinden oder gar nicht. Wir mussten eine gemeinsame Sprache finden, auf Augenhöhe. Allein dadurch ist unsere Beziehung entstanden und gewachsen. Deshalb die *Sprache der Freiheit.*“

Joe hatte inzwischen sein Aufnahmegerät angeschaltet. Ihm war anzumerken, dass er gespannt dem folgte, was Sam berichtete. „Sprich weiter, bitte", forderte er sie auf.

„Der Grundgedanke ist, dass das Pferd nur bei mir bleibt, wenn es wirklich will. Wenn es das Zusammensein mit mir interessant, lohnend, angenehm findet. Dazu muss ich erst mal auf jegliches Hilfsmittel, mit dem ich Druck oder Zwang ausüben könnte, verzichten: Gerte, Halfter, Strick, selbst Halsring und natürlich auch den Roundpen. Ich habe nur meinen Körper, um zu kommunizieren. Das Pferd hat wirklich die Wahl, mich jederzeit zu verlassen, und es liegt an mir, ihm meine Ideen so zu präsentieren, dass es ‚Ja' sagen kann. Damit schafft man erst mal eine unglaubliche Basis von Vertrauen und Verbundenheit.

Natürlich wird jetzt jeder Trainer sagen: Und was ist mit dem Respekt? Klar ist eine souveräne Führung unverzichtbar, damit mein Pferd mir vertrauen und sich bei mir sicher fühlen kann. Aber es gibt verschiedene Arten und Ebenen, Führung auszuüben. Und unsere hat nichts mit offenkundiger Dominanz zu tun. Sondern kommt aus einer tiefen Verbundenheit, aus der Vertrauen und gegenseitiger Respekt resultieren."

Sam war erstaunt, wie flüssig die Worte zu ihr kamen. Sie hörte sich beim Sprechen zu und war total angetan von dem, was sie da sagte. Ein Seitenblick auf Joe Gärtner zeigte ihr, dass er ebenfalls fasziniert schien.

Sie fuhr fort: „Das Wichtigste ist für mich, herausfinden, wer ich sein muss, um mit meinem Pferd in Verbindung zu treten. Wie muss ich sein, damit dieses Pferd gerne bei mir bleiben möchte. Wenn diese Verbindung erst mal steht, passiert etwas

Magisches: Je weniger ich von meinem Pferd verlange, desto mehr bietet es mir an. Es wird mir freiwillig schenken, was ich mir am meisten wünsche. Das habe ich selbst mit Sayquíca so erfahren."

Nachdem sie geendet hatte, herrschte einen Moment Stille. Dann meinte Joe einfach nur: „Wow."

Sam und Kati strahlten sich an. Es hatte funktioniert, Joe anzustecken.

Er fragte weiter: „Und wo kann man Genaueres über diese Art der Pferdearbeit lernen?"

„Am 22. Februar in unserer Workshop-Show *Die Sprache der Freiheit* hier in der Reithalle", antwortete Kati stolz.

Joe nickte langsam und grinste. „Überzeugt. Ihr kriegt den Titel. Dann fangt mal an, mir Genaueres zu erzählen."

Es war ein kalter, trockener Tag Mitte Januar. Sam und Kati hatten beschlossen, mit Alli und Say ein bisschen frei ins Gelände zu gehen. Es war, als habe Sayquíca mit dem Ritt am ersten Weihnachtstag eine Schallmauer durchbrochen. Seitdem war es kein Problem für Sam, sie in jeder Gangart draußen zu reiten, und die Stute reagierte auf feinste Signale von ihr.

„Mann, ist das schön, mal wieder auf dem Pferd zu sitzen", meinte Kati nun. „Vor lauter Orga und PR haben wir die beiden Mädels ganz schön vernachlässigt!"

„Stimmt", pflichtete Sam ihr bei. „Aber wir tun das alles ja nur für sie. Und wenn Luke morgen kommt, steigen wir noch mal intensiv ins Training für unsere Veranstaltung ein. Sind ja nur noch fünf Wochen."

Kati schwieg.

„Weißt du, was mir für unser Event noch fehlt?“, sprach Sam weiter. „Wenn wir nicht nur Elemente aus unserem Training mit Say und Alli zeigen und eine kleine Show mit ihnen machen, sondern wenn wir unseren Weg auch noch an ein paar fremden Pferden demonstrieren könnten. Am besten drei Stück – eins für dich, eins für mich, eins für Luke.“

„Das überlegst du dir ja früh“, meinte Kati trocken. „Und wo sollen die herkommen?“

„Na, aus unserem Reitstall“, gab Sam zurück.

Kati schüttelte zweifelnd den Kopf.

„Kannst du dir echt vorstellen, dass Lisa oder Desiree ein Interesse haben, dass ausgerechnet wir mit ihren Pferden arbeiten?“

Sam zuckte mit den Schultern. „Du hast doch selbst gesagt, dass es nur eine Frage ist, wie wir sie ansprechen. Wenn wir eine überzeugende Lösung anbieten können für ein Problem, was sie mit ihren Pferden haben, warum nicht?“

Obwohl noch gar kein endgültiges Programm stand, waren schon bald nach ihrem Instagram-Post die ersten Anfragen eingelaufen. Bea Gerst hatte sich bereit erklärt, die Anmeldungen aufzunehmen und das eingehende Geld zu verwalten.

„Hey, ich habe gute Nachrichten. Wir haben einen Caterer, der sowohl das Mittagessen als auch Kaffee und Kuchen für circa 300 Personen ausrichten kann“, begrüßte die Mutter Sam, als sie in die Küche kam.

„Cool“, gab Sam zurück. „Du bist echt klasse, Mama. Und Papa auch. Danke für eure ganze Unterstützung! Wie viele Anmeldungen haben wir denn jetzt?“

„Knapp 40 Kinder und 60 Jugendliche bzw. Erwachsene", meinte Bea Gerst. „Da muss schon noch ein bisschen was passieren, damit wir die 300 zusammenbekommen."

„Wird schon", beschwichtigte sie Sam. „Wenn Luke da ist, machen wir das Programm, und dann melden sich bestimmt noch 'ne Menge an. Und der Artikel in der *Alternative Horsemanship* kommt Ende Januar raus, das gibt bestimmt auch noch mal einen Schub."

Bea Gerst nickte. „Hoffentlich."

„Habt ihr eigentlich schon was von dem Veranstalter gehört?", wechselte Sam das Thema. „Ich meine wegen dem Geld und so."

Ihre Mutter antwortete nicht sofort.

Sam blickte alarmiert auf. „Mama?"

„Papa hatte ihm Anfang Januar geschrieben, dass du aus persönlichen Gründen auf eine Teilnahme an der Gala verzichtest und wir die Summe, die er vorgelegt hat, am 1. März zurückzahlen werden", sagte die Mutter. „Daraufhin hat er uns letzte Woche durch das Amtsgericht einen Mahnbescheid geschickt. Er will das ganze Geld innerhalb von zwei Wochen haben."

Sam spürte, wie ein heißes Gefühl von Angst sich in ihrem Magen breitmachte. Sie zwang sich zu sprechen: „Warum habt ihr mir das nicht erzählt? Was machen wir denn jetzt?"

„Ich wollte nicht, dass du dich aufregst", gab ihre Mutter zurück. „Papa hat das mit unserem Anwalt besprochen und wir haben Widerspruch eingelegt. Damit haben wir erst mal eine Pfändung und Zwangsversteigerung abgewendet."

„Pfändung und Zwangsversteigerung? Von was?" Sam hörte ihre Stimme eine Spur zu schrill in ihren eigenen Ohren.

„Von Sayqíca", gab die Mutter zurück.

„Der kann Say zwangsversteigern?“, rief Sam ungläubig aus.

„Rein rechtlich gesehen schon.“ Bea Gerst nahm ihre Tochter in den Arm, die plötzlich am ganzen Körper bibberte wie Espenlaub. „Es tut mir leid, mein Schatz. Aber wie du es auch drehst und wendest, das Geld muss zusammenkommen. Und zwar so schnell wie möglich. Sonst ist die Stute weg!“

Sam befand sich seit ihrem Traum und allem, was sich danach ereignet hatte, in einem eigenartigen inneren Zustand. Ein Teil von ihr ging volle Kraft nach vorne, ohne nach links und rechts zu gucken. ‚Geht nicht‘ gab es nicht. Sie musste sich nur vergegenwärtigen, wie es sich angefühlt hatte, als sie auf Sayquíca geritten war. *We are one,* pulsierte es dann wieder in ihrem Herzen und sie spürte: Mit dieser Energie konnte sie alles schaffen!

Doch abends, vor dem Einschlafen, kroch manchmal eine Stimme des Zweifels in ihr hoch, und sie hatte das Gefühl, an der ganzen Situation schier irre zu werden: Ihre Begegnung mit Sayquíca schien so schicksalhaft vorherbestimmt, sie hatte Türen geöffnet, die sonst verschlossen geblieben wären, hatte Sam auf ungeahnte Weise herausgefordert und geformt und hatte sie Dinge verstehen lassen, mit denen Sam die Pferdewelt zu einem besseren Ort machen konnte. Sie und Sayquíca, zusammen mit Kati und Alli, hatten so viel zu geben – konnte es da einfach *nicht* weitergehen? Was, wenn die Veranstaltung am 22.2. die letzte Möglichkeit war, mit Say zusammen zu sein? Durfte das Leben so unfair sein? Wenn am Ende des Tages das Geld nicht zusammenkam, würde sie sich von Say verabschieden müssen.

„Ich würde sie nur in supergute Hände abgeben“, versuchte

sie sich dann selbst zu beruhigen. Aber etwas in ihr schrie laut ‚Nein', weil sie tief in ihrem Herzen einfach wusste, wie grundfalsch es wäre, wenn sie und die Ma'amin sich trennen mussten.

Sam hatte keine Ahnung, wie sich die Ankunft des gut aussehenden Nimiipuu so schnell herumgesprochen hatte, aber binnen zehn Minuten war die ganze Stallgasse voller Teenage-Mädchen, die scheinbar geschäftig vor den Boxen ihrer Pferde rumwerkelten oder sich erst gar nicht die Mühe machten, etwas vorzuschieben, und Luke nur unverhohlen anstarrten.

Luke ließ sich von dem ganzen Auflauf nicht aus der Ruhe bringen. Sie waren auf seinen Wunsch direkt vom Flughafen in den Stall gefahren. Nun stand er zusammen mit Sam vor Allis und Says Paddockbox. Er öffnete die Boxentür und ließ die beiden Stuten in die Stallgasse treten.

„Erzähl mir von Sayquícas Bemalung in deinem Traum", meinte er jetzt.

Sam blickte sich schnell um. Wo war nur Kati? Es wäre echt blöd, wenn sie das hier verpassen würde.

Dafür näherten sich die Einstellerinnen und Reitbeteiligungen, um Lukes Worte zu erhaschen, und Sam hatte den Eindruck, dass das durchaus von ihm gewollt war.

„In meinem Traum war Sayquíca am Hals mit weißen Linien bemalt, an der Kruppe waren schwarze Handabdrücke und auf der Schulter umgekehrte Hufeisen. Und um ihr rechtes Auge hatte sie einen weißen Kreis gemalt", beschrieb sie. Sam konnte sich an jede Einzelheit erinnern, als sei der Traum erst gestern gewesen.

Luke nickte. „Die Bemalung eines Kriegsponys hat eine tiefe Bedeutung."

Zu Sams Überraschung zog er aus seiner Tasche einige kleine Töpfchen. „Asche für die weiße Farbe, Holzkohle für Schwarz, und Ockererde für Gelb."

Dann begann er, Alli zu bemalen, und forderte mit einem Kopfnicken Sam auf, dasselbe mit Say zu tun.

Er sprach nun direkt zu den Mädchen, die sie umringten.

„Die weißen Linien stehen für jeden Streich, mit dem ein Krieger seinem Gegner dessen Mut und Energie abgenommen hat."

Luke brachte auf Allis Hals drei weiße Linien auf.

Ausgerechnet Desiree meldete sich brav wie in der Schule. „Wir haben den Ausdruck: Jemandem seinen Schneid abkaufen. Ist es so was in der Art?", wagte sie, Luke zu fragen.

Luke lächelte. „Ja, so in der Art."

Unterdessen sann Sam nach: Ein Strich gehörte auf jeden Fall auf Sayquícas Hals, denn sie hatte sich durch den Veranstalter der Gala nicht ihren Schneid abkaufen lassen. Und ein zweiter für alle Fälle.

„Die Handabdrücke zeigen, wie viel Gegner ein Krieger im Einzelkampf Mann gegen Mann besiegt hat", fuhr Luke fort und brachte zwei Handabdrücke auf Allis Kruppe auf.

„Wie cool", flüsterte ein Mädchen ihrer Freundin zu. „Meinst du, der macht das auch mal bei meinem Pferd?"

Sam konzentrierte sich auf Say und wusste plötzlich intuitiv, dass es drei Handabdrücke sein mussten.

Die Mädchen hingen derweil Luke fasziniert an den Lippen, als er weiter erklärte: „Die umgedrehten Hufeisen zeigen die Anzahl der erfolgreichen Überfälle."

Er zwinkerte ihnen zu und bemalte Allis Schulter mit drei Stück. Sam platzierte ebenfalls drei Hufeisen auf Sayquícas Schulter, einfach weil es sich richtig anfühlte. Sie blickte Luke an. „Und der weiße Kreis ums Auge?“

„Der soll deinem Kriegspony Scharfblick verleihen“, meinte Luke und reichte Sam das Töpfchen mit der weißen Asche.

Sam brachte einen Kreis um Says rechtes Auge an.

Dann malte Luke unter den Blicken der Mädchen noch ein besonderes Zeichen auf Sayquícas andere Halsseite unter ihre lange Mähne. „Das ist ein Schutz- und Segenszeichen, das normalerweise vom Medizinmann aufgebracht wird.“

„Kann eigentlich jedes Pferd ein Kriegspony sein?“, platzte eines der Mädchen heraus.

„Die Fähigkeit, sich mit seinem Pferd blitzschnell zu verständigen, war für unser Volk in kriegerischen Auseinandersetzungen das Allerwichtigste. Dazu mussten Reiter und Pferd eine Einheit sein! Wenn du mit deinem Pferd eins sein kannst, dann ist es ein Kriegspony“, gab Luke zurück.

„Und woran merke ich, ob wir eine Einheit sind?“, schob ein anderes Mädchen schnell hinterher. Es war Lisa, die Freundin von Desiree.

„Konzentriere dich auf das, was dein Pferd für dich tun soll. Nimm euer Ziel in den Blick. Wenn ihr wirklich eins seid, wird es deine Wünsche fühlen und sie erfüllen.“

Luke zog nun aus seiner Tasche zwei Adlerfedern und wandte sich wieder Sam zu. „Die sind für dich, von Sahkonteic. Die Federn eines Raubvogels in Mähne und Schopf sollen dem Pferd dessen Schnelligkeit und Geschicklichkeit verleihen. Außerdem hat ein Krieger in die Pferdemähne eine Strähne seines eigenen Haares eingeflochten, damit sich beide Seelen zu einer Einheit verbinden."

Sam nahm die Federn andächtig entgegen. Plötzlich machte sie Kati hinter all den Mädchen am Ende der Stallgasse aus. Die Freundin wirkte, als wolle sie versuchen, sich unsichtbar zu machen. Sam bedeutete ihr energisch, zu ihnen herüberzukommen.

Als Kati vor ihnen stand, stellte Sam sie Luke vor. „Das ist meine allerbeste Freundin Kati. Ohne sie wären weder ich noch Alli und Sayquíca da, wo wir jetzt sind. Sie ist meine unverzichtbare zweite Hälfte. Und ich freue mich total, dass ihr euch endlich kennenlernt."

Kati lächelte schüchtern und Luke reichte ihr grinsend die Hand. Sam bemerkte, wie Kati sich deutlich entspannte – hatte sie sich irgendwie vor der Begegnung gefürchtet oder war sie eifersüchtig gewesen? Sam entschied, Kati in einer ruhigen Minute noch einmal zu fragen. Aber jetzt gab es erst einmal anderes zu tun und auch Luke deutete auf Alli und meinte zu Kati: „Dein Kriegspony ist bereit. Ich habe es schon mal für dich bemalt. Und jetzt lasst uns an die Arbeit gehen."

Lukes Anwesenheit in der Stallgasse hatte gereicht, um das Blatt zu wenden. Plötzlich wollten alle Einstellerinnen und Reitbeteiligungen mit ihren Pferden am Workshop teilnehmen, und bald hatten sie mehr Bewerber, als es Plätze gab. Sam, Kati und Luke wählten drei Pferd-Mensch-Paare aus, um an ihnen am 22. die Sprache der Freiheit zu demonstrieren. Den übrigen Mädchen versprachen sie, mit ihnen und ihren Pferden in den verbleibenden Wochen vor der Show zu arbeiten. Erstaunlicherweise wollten nicht alle zu Luke, sondern gerade die Mädchen, die sich vorher am kritischsten über Sams und Katis Arbeit geäußert hatten, zeigten sich nun offen, von ihnen zu lernen. Sam und Kati waren überglücklich. Über allem schien plötzlich ein Zauber von Gelingen zu liegen.

Wild horses on tour

„Liebe Freunde, mitten aus den intensiven Vorbereitungen zu unserer Workshop-Show am 22. Februar, ‚Die Sprache der Freiheit', haben wir heute für euch etwas ganz Besonderes: die Worte des großen Medizinmanns John Fire Lame Deer. Unser Freund Luke Roseheart hat sie mit uns geteilt, weil viele ihn immer wieder fragen, was es braucht, um mit seinem Pferd wirklich eins zu sein.

Ich bin ein Medizinmann, ein wicasa wakan. Medizinmann – das ist ein Wort, das die Weißen erfunden haben. Ich wünschte, es gäbe ein besseres Wort, um auszudrücken, was „Medizinmann" für uns bedeutet, aber ich finde keines und du auch nicht, und so müssen wir uns wohl damit zufriedengeben.

Ein wicasa wakan muss viel und oft mit sich allein sein. Er will weg von der Menge, weg von den kleinen alltäglichen Dingen. Er liebt es zu meditieren, sich an einen Baum oder an einen Felsen zu lehnen und zu fühlen, wie sich die Erde unter ihm bewegt und wie über ihm das Gewicht des weiten flammenden Himmels lastet. Auf diese Weise lernt er zu verstehen. Er schließt die Augen und beginnt, klarer zu sehen. Was du mit geschlossenen Augen siehst, das zählt.

Der wicasa wakan liebt die Stille, er hüllt sich in sie wie in eine Decke - eine Stille, die nicht schweigt, die ihn mit ihrer donnergleichen Stimme vieles lehrt. Solch ein Mann liebt es, an einem Ort zu sein, wo er nur das Summen der Insekten hört. Er sitzt, das Gesicht gen Westen, und bittet um Beistand. Er redet mit den Pflanzen und sie antworten ihm. Er lauscht den Stimmen der wama kaskan - der Tiere. Er wird einer von ihnen. Von allen Lebewesen fließt etwas in ihn ein und auch von ihm strömt etwas aus. Ich weiß nicht, was und wie, aber es ist so. Ich habe es erlebt.

Der Medizinmann muss der Erde angehören, muss die Natur lesen können wie ein weißer Mann ein Buch.

Das gilt natürlich auch für alle angehenden Medizinfrauen! Erfahrt mehr am 22. Februar. Neben unserer Show erwarten euch Workshop-Einheiten mit unseren eigenen und mit Gastpferden zur tiefen Verbundenheit mit dem Pferd (Beziehung ist das Wichtigste überhaupt!), zu verschiedenen Arten von Führung (denn ich komme nicht umhin, die Leittierrolle einzunehmen - aber wie ich sie ausfülle, ist die Frage) und zu unserem „Special": *der Sprache der Freiheit!*

In ein paar Tagen ist das vollständige Programm online. Ihr dürft gespannt sein ... Sam & Kati mit Alli & Say und Luke."

Am Ende eines Tages voll erfüllender Arbeit mit Pferden und Menschen saß Sam bei den beiden Stuten und gönnte sich einen Moment der Ruhe. Ein Teil von ihr konnte es immer noch nicht fassen, dass nun wirklich alles im Begriff war, sich zum Guten zu wenden. Doch da konnte es keinen Zweifel geben.

Die Fotos, die einige der Mädchen an jenem Tag in der Stallgasse von Alli und Say in Kriegsbemalung geschossen und in den sozialen Medien gepostet hatten, gingen viral, und immer mehr Leute kamen auf die *Wild horses on tour*-Seite und interessierten sich für Sams und Katis Arbeit.

Der 22. war schon restlos ausgebucht, doch täglich kamen neue Anmeldungen rein, sodass sie schon überlegten, bald eine zweite Workshop-Show zu machen. Nach Erscheinen von Joes Titelgeschichte in der *Alternative Horsemanship* rollten überdies zahlreiche Anfragen für Interviews, Shootings und Workshops mit Alli und Say ein.

In der Pferdearbeit war es immer Sams Stärke gewesen, das Ziel nicht aus den Augen zu verlieren und niemals aufzugeben. Jetzt wusste sie, wie wichtig das auch im Leben war: Wenn du etwas mit ganzem Herzen willst und wirklich bereit bist, alles dafür einzusetzen, können selbst die unglaublichsten Träume sich erfüllen!

Sie hörte Kati und Luke scherzend die Stallgasse entlangkommen.

„Hier bist du!", rief Kati aus, als sie Sam in der Box entdeckte. „Wir haben dich schon gesucht!"

„Und? Zufrieden?", meinte Luke.

„Bist du zufrieden?", gab Sam die Frage zurück.

„Sehr", antwortete Luke. „Ihr wisst vielleicht nicht, was das alles hier für mich und meinen Stamm bedeutet. Damals, am Ende von Chief Josephs Flucht, hat uns das Militär die überlebenden Ma'amin weggenommen und versteigert. Wir mussten hilflos zusehen und hatten keine andere Möglichkeit, als es geschehen zu lassen. Ihr habt es durch euren Einsatz geschafft, die Versteigerung von Sayquíca, einer echten Ma'amin, zu verhindern. Das ist für mich und meinen Stamm ein wichtiges Zeichen, was die Zukunft der Ma'amin betrifft."

Sam und Kati schwiegen berührt.

„Jede unserer Handlungen hat eine Auswirkung auf alles andere", fuhr Luke fort. „Das Geheimnis der Verbundenheit von allem mit allem zu verstehen und zu respektieren, ist unsere Verantwortung gegenüber Mutter Erde und ihren Geschöpfen. Ihr habt das verstanden und seid damit echte Kriegerinnen."

Der Veranstalter, der Says Flug und Unterkunft vorgelegt hatte, war ausbezahlt. Und sie würden sogar noch eine großzügige Summe für ein Projekt spenden können, das Sayquícas Herde in den Wallowa Mountains unter ein Schutzprogramm stellte. So würden die Ma'amin weiter ungestört dort oben leben können.

Sam spürte neben sich Says warmen Atem. Noch wenige Minuten, dann würde die Musik einsetzen und sie beide würden in die Halle einlaufen.

Die Show war ausverkauft bis auf den letzten Platz und Sam konnte die Präsenz des Publikums draußen deutlich spüren. Es war elektrisierend.

Und genau das brauchte sie auch.

Sam hatte auf Lukes Rat hin keine feste Choreografie einstudiert und ihren Auftritt vorher auch nicht geprobt.

„Folge einfach dem Moment. Es wird sowieso alles anders sein als sonst – das Publikum, das Licht, die Musik. Das kannst du nicht vorwegnehmen. Konzentriere dich ganz auf Sayquíca und lasse die Menschen an eurer tiefen Verbundenheit, an eurem freien Spiel teilhaben. Das hat eine tausend Mal stärkere

Wirkung als irgendwelche perfekten Shownummern“, hatte er gesagt, und Sam wusste intuitiv, dass er recht hatte. Einstudierte Shownummern abzurufen, würde mit Say auch gar nicht funktionieren.

Ihr kamen Katis Worte aus dem Traum in den Sinn: *Sie sind hier, um etwas über die Sprache der Freiheit zu erfahren.*

Ja, Sam war fest entschlossen, der Sprache der Freiheit zu folgen. Ihrem Pferd die maximale Freiheit zu geben, sobald sie draußen waren, offen zu sein, wie Say reagieren, was sie ihr anbieten und vorschlagen würde, wann sie Sams Bewegungen folgen würde und wann Sam den Bewegungen von Sayquíca. Es hieß, ihre lebendige Beziehung vor Perfektion zu setzen.

Auch Sayquíca schien die vibrierende Energie des Publikums zu spüren.

In ihrer vollen Bemalung eines Kriegsponys wirkte sie so stolz und energiegeladen wie nie zuvor, Adlerfedern und eine Strähne von Sams Haar schmückten ihre lange Silbermähne.

„Sei einfach nur du selbst“, flüsterte Sam Say zu. „Und ich werde dasselbe tun.“

Würde sich ihr gemeinsamer Tanz nur am Boden abspielen? Oder würde sie irgendwann auch auf Sayquíca aufspringen und sie reiten?

Sam hatte keine Ahnung. Das Einzige, was sie wusste, war, dass sie, Sam, für diese geballte Mischung aus Mut, Intelligenz und Kraft neben sich der vertraute Ankerpunkt war, zu dem Sayquíca immer wieder zurückkehren würde, egal was auch passierte.

Die Lichter in der Halle gingen aus, und Sam nahm wahr, wie das Publikum allmählich verstummte.

Sie spürte in sich hinein und zugleich meinte sie, auch Sayquíca tief in sich zu fühlen – ihren Atem, ihren Fokus, ihre Energie.

„Wir sind eins“, flüsterte sie.

Dann setzte die Musik ein. Ihr Publikum war da draußen.

Nachwort

von Alexia Meyer-Kahlen

Dieses Buch wurde inspiriert von Tanja Riedinger, ihrer Freundin Bettina Rittler und Tanjas Pferd Estella. Ich habe Tanja und Bettina mehrmals getroffen und die beiden haben großzügig mit mir ihren Weg und ihre Erfahrungen geteilt.

Vor allem das erste Kapitel trägt viele Züge, für das sich in Tanjas und Bettinas Leben Entsprechungen finden lassen. Danke für eure Offenheit!

Das zweite Kapitel spielt in den USA, und viele der Dinge, die ich hier beschrieben habe, entsprechen den Fakten. Es gibt im Nordosten Oregons tatsächlich das Örtchen Joseph in den Wallowa Mountains und auch die Eagle Cap Wilderness kann man dort finden. In der Eagle Cap Wilderness leben allerdings keine wilden Pferde. Auch die dort lebende Züchterfamilie der Redhearts habe ich mir ausgedacht.

Wahr ist wiederum, dass die Nez-Perce-Indianer als Begründer der Appaloosa-Rasse gelten und dass ihre Pferde ursprünglich nicht auf den amerikanischen Mustang zurückgehen, sondern auf eurasische Pferde, wie ich es im Buch beschrieben habe. Auch Chief Josephs Flucht mit seinem Stamm aus den Wallowas hat damals tatsächlich so stattgefunden. Weiterhin ist wahr, dass der Nez-Perce-Stamm in Idaho sich seit Mitte der Neunzigerjahre um eine systematische Rückzüchtung des Nez Perce Horses bemüht, unter anderem indem sie Achal-Tekkiner einkreuzen.

In der Beschreibung von Sams Pferdearbeit mit der Stute Blue habe ich mich im zweiten Kapitel an Tanjas Erfahrungen sowie an dem orientiert, was ich von Stefan Valentin („Feine Sprache“) lernen durfte.

Im dritten Kapitel, wo es um das Zähmen von Sayquíca inmitten ihrer Herde geht, durfte ich viel von Elsa Sinclair und ihrem „Freedom Based Training“ übernehmen.

Danke, lieber Stefan und liebe Elsa, dass ihr euer Wissen immer wieder aufs Neue mit mir teilt!

Im vierten Kapitel schließlich habe ich mich noch mal mit Tanja und Bettina beraten, was die dargestellte Arbeit mit den Roman-Pferden Alli und Say angeht. Danke für euren Einsatz; das Buch hat dadurch sehr gewonnen! Hier habe ich auch der lieben Babette Teschen zu danken für alles, was ich von dir über das gymnastizierende Longieren von Pferden lernen darf.

Herzlichen Dank schließlich an Sara Mehring, meine Lektorin beim Coppenrath Verlag, für die immer wieder fruchtbare Zusammenarbeit.

Ich glaube, ich hatte bei der Arbeit mit Pferden schon immer viele verrückte und verspielte Ideen. Hier seht ihr mich mit 10 Jahren im Frankreich-Urlaub.
So fing alles an.

2011 wurde ein großer Traum Wirklichkeit. Estella trat in mein Leben und ich erlebe mit ihr und meiner besten Freundin Bettina seither viele Abenteuer. Zusammen haben wir auch die Seite „Nativehorses" gestartet.

Obwohl wir sehr viele schöne Momente hatten, gab es eine Zeit, wo wir sehr in Sorge um Estella waren. Zum Glück haben wir eine Reitlehrerin gefunden, die uns gezeigt hat, wie wir unsere Stute körperlich wieder fit machen können – Estella war jedoch die allergrößte Lehrmeisterin.

2017 hatte ich zum ersten Mal die Ehre, für drei Monate das Vertrauen eines Mustangs zu gewinnen. Auf dem Bild verbringen Naira und ich schöne Stunden am Meer. Zwischenzeitlich war sie eine meiner größten Herausforderungen, aber auch das größte Geschenk.

2018 durfte ich dann mit der Mustang-Stute Feenja arbeiten. Hier sieht man uns an unseren ersten Tagen. Zu dem Zeitpunkt war sie noch nie wirklich von Menschen angefasst worden. Lange Zeit habe ich bei ihr verbracht, bevor ich sie berühren durfte. Dieser Moment war dafür ganz besonders.

Ich liebe das Reisen, Abenteuer und die Begegnungen auf dem Weg. Nach meinem Abitur führte mein Weg nach Amerika.

Bettina und ich sind außerdem für sechs Wochen spontan mit unseren Pferden durch Frankreich gelaufen und haben darüber ein Buch geschrieben. Mehr Infos dazu findet ihr unter nativehorses.de. Wir haben im Rhythmus der Pferde gelebt und wurden während dieser Zeit eine Herde. Unser gemeinsamer Weg hat uns zu den unglaublichsten Plätzen geführt ...